男の欲望が自分をいっぱいに充たしてゆく。
薄い被膜を通して芯熱が放出する熱を感じる。
じっくりと熱く硬くなっていき、
生きものみたいに刻一刻と変化する。

# 極道きゅん戀

恋愛ドラマ大好きなヤクザだが悪ぃかよ?

草野 來

Illustrator
炎かりよ

ジュエル文庫

◆初出一覧

『極道きゅん戀　恋愛ドラマ大好きなヤクザだが悪ぃかよ?』
株式会社KADOKAWA　ジュエルブックス
2021年7月刊

『はじめてのHのやり直しは甘くて』　書き下ろし

『スキャンダルで危機!?　愛が試されて』　書き下ろし

GOKUDOU KYUNKOI

RENAI DRAMA DAISUKINA YAKUZA DAGA WARIIKAYO?

# MOKUJI

※本作品の内容はすべてフィクションです。
実在の人物・団体・事件などには一切関係ありません。

「愛とは、皿に残ったピザの最後の一切れを譲ること」

（小山田ウシオ『五十六億七千万年後に会いましょう』シナリオより）

# 第一章　ヤクザさんが私の熱狂的ファン!?

## 一

小山田《おやまだ》ウシオは終わってる。

自分が世間からそう思われているらしいことを、潮《うしお》は重々承知していた。ネットの検索エンジンで仕事用の名前を検索してみると、こんな意見が続々と出てくる。

『ところで小山田ウシオって今、何やってんの?』

『もう一年くらい新作がないけど、とうとう干されちゃったかな』

『オワコンですな(、、∀、)』

『ひょっとして、どこかで死んでたりして(笑)』

(おあいにくさま。生きてるわよ)

すっすっはーはー、すっすっはーはー、すっすっはーはー。

数時間前にエゴサーチして出てきたコメントを思い出し、潮は心のなかで言い返す。

（このとおりぴんぴんしてるし、一年ぶりの新作ドラマに取り組んでる最中だしね。楽しみに待ってなさいよ、ネット民！）

仮想空間でどれだけ心ない言葉をぶつけられても、誰かから面と向かって「あんたはもう終わってるよ」と言われたことは、かろうじてまだない。

しかして同様に「あんた最高だよ！」と言われることもこの数年間、絶えてなかった。

すっすっはーはー、すっすっはーはー。

（まあ、べつに今さら褒め言葉なんて期待してないけどね……それより帰ったら『極道八犬伝』を観《み》なくっちゃ。たしか配信レンタル期限、明日までだったし）

『極道八犬伝』とは、プロデューサーから今回の作品の参考になるかもしれない、と勧められた人気Ｖシネマシリーズだ。『南総里見八犬伝』をベースにしたヤクザもので、数奇な運命を背負った八人のヤクザが集結し、日本統一を目指すという内容である。

（ああ……観る気がぜんぜん、ちっとも、さっぱり湧いてこない。でも観なくっちゃ……少しでもヤクザに詳しくなって、ヤクザを好きにならなくちゃ……）

すっすっはーはー、すっすっはーはー。

鼻から吸って口から吐く模範的なランニングの呼吸をしながら、潮は自らに言い聞かせる。だだっ広いマシンジムのフロアで、鏡張りの壁に向かって整然と並ぶランニングマシン。自分の他に走っている人はいない。ただいまの時刻は午前二時を少しまわったところだ。

二十四時間営業のスポーツジムとはいえ、この時間帯ともなると利用者の姿はほとんどない。有酸素運動エリア、筋トレエリア、ストレッチエリア。さまざまな島でぽつりぽつりとトレーニングしている人がいる程度だ。

深夜にはスタジオクラスもなければ、体験レッスンのグループもない。軽快なダンスミュージックのＢＧＭも音を最小限に絞っている。広い静かな空間で、誰もが黙々と己の身体《からだ》を鍛えている。この独特のストイックな空気感が潮は好きだ。

関東を中心に全国展開している総合フィットネスクラブ、アクアティック。

潮がここの会員になったのは、半年ほど前のことだった。自宅マンションから徒歩にして数分の場所にあり、スパやサウナもついている。それに惹《ひ》かれてキャンペーン期間中に試しに入会してみたら、意外にも通い詰めるようになった。

とりたてて運動好きというわけではない。学生時代はずっと文化部で、社会人になってからはさらに運動から遠ざかって、身体を動かすといえば、たまにストレッチをするくらいだった。それなのに三十路《みそじ》間近になって突如としてジムにハマっているなんて、ふしぎなものだと我ながら思う。

走ると頭がすっきりする。ネットでの自分の評判も、難航しているプロット作りも、観たくもないヤクザVシネマのことも、走っているときだけは頭からすーっと消えていく。抱え込んでいるさまざまな悩みや不安など、たいしたことないと思えてくる。

ピピ――ッ。

四十五分間に設定していたランニングタイムが終了し、ローラーの速度がゆるやかになる。走った後は、いきなり立ち止まってはいけない。そのまま少し歩き続けてクールダウンするのだ。はあはあと荒い息を吐きながら、ドリンクホルダーに置いてあるスポーツドリンクを飲む。

正面のウォールミラーには、汗だくになった自分の姿が映っている。

肩に届くか届かないかの長さのダークブラウンの髪は、汗で湿って黒光りしている。比較的小さめの顔に、普通にしていても困って見られがちな下がり眉。ほどほどの目鼻立ちに、ほどほどの身体つき。それでも走る習慣をつけたせいか、全体的にすんなりとして見えるのは我褒めだろうか。

そこでミラーの片隅に、ベンチプレスをしている男性の姿が映っているのを発見する。

（あ、タートルネックさんだ）

フロアの一隅、筋力トレーニングスペースで、見知った顔が筋トレに励んでいる。いかにも重そうな重りをバーベルの両端につけ、ベンチにごろりと仰向けになって、黙々坦々《たんたん》と上げ下げしている。

(タートルネックさん……今夜もストイックね)

鏡越しに、その男性を眺めるともなしに眺める。

短く刈り込んだ黒髪に、ちょっと怖そうな、だけどなかなか端整な顔立ち。筋肉質のがっしりとした体格に、身の丈は百八十センチは優にあるだろう。男性の年齢はよく分からないけれど、二十代後半から三十代前半というところだろうか。

ここで週に二、三度は見かけている会員さんだ。潮はひそかに〝タートルネックさん〟という呼び名をつけている。その理由は、常にぴっちりと首まで隠れるスポーツウェアを着ているから。

暑くても寒くても季節に関係なく、ユニフォームのごとくいつも黒のタートルネックに身を包んで筋トレをしている。

よほどタートルネックが好きなのか、それとも単なる筋肉自慢なのか。おそらく後者ではないのだろうかと潮はにらんでいる。

(だってあの人、筋肉もりもりなんだもの……ああやってさりげなく胸筋アピールしてる

んじゃないかしら）

ミラー越しにタートルネックさんをチラ見しつつ、そんなことを考える。何の仕事をしている人なのだろう。こんな夜遅くにジムに来ているなんて普通の勤め人とは思えない。そもそも風貌的に会社員には、なんとなく見えない。

（警備の仕事とか、配達業とか建設系かなあ……案外幼稚園の先生だったりしたら、おもしろいかも。エプロンをつけて、子どもたちから〝マッスル先生〟なんて呼ばれたりして）

などと想像してみて、ひとり笑う。これもまた頭のエクササイズのようなものだった。

クールダウンを終えてマシンのスイッチを切り、なにげなく斜め向かいの壁にかけられている薄型テレビに目をやって、はっと息を呑《の》む。

人気俳優の鮒戸《ふなと》翔《しょう》が、画面の中でさわやかな笑みを浮かべている。マシンに備えつけられているヘッドフォンを耳につけると、音声が聞こえてきた。

『……今週末より公開される主演映画『フェイク・ラブ』で、鮒戸さんは成功率百パーセントの結婚詐欺師に挑戦していますが、見どころをお聞かせください』

翔と並んでソファに腰かけている女性が、そんな問いを向けている。どうやら番宣か何かのトーク番組のようだ。

『そうですね、僕が演じる主人公は、ターゲットである女性を騙《だま》すというよりも、喜びを与えて恋する気持ちを取り戻させようとしてるんです。本人的には毎回真剣に恋をしているつもりなんですが、それが結果的に詐欺になってしまって……』

ところどころで笑いを交えながら翔は映画の見どころを語り、共演者と監督を称賛し、相手の質問に如才なく受け答えしている。昔はインタビューが大の苦手だったのに。

「翔くん……がんばってるなあ」

つぶやきが口から洩《も》れる。女子アナが明るい口調でトークを締めくくる。

『さあ、今夜放送するのは鮒戸さんが初主演を務めた作品で、あの大ヒットドラマの劇場版、『五十六億七千万年後に会いましょう』です。ノーカット完全版でお送りします』

それを聞くなり「うぐっ」と、潰れた蛙《かえる》のような呻《うめ》き声が出てしまう。画面に映画会社のロゴマークが現れて、本編がはじまろうとする直前、潮はだっとテレビへ駆け寄って電源ボタンをぱちりと消す。

そのとき、自分に視線が当てられるのを感じた。

〝タートルネックさん〟がベンチからむくりと起き上がり、潮をじろりとにらみつけている。

（あ……テレビ、観ていたのかな……）

離れていても分かるほどの目力に圧《お》されて、慌てて電源を入れ直す。ぺこりと頭を下げると、そそくさとフロアをあとにする。


潮は昔、自分には才能《ギフト》があると思っていた。

昔というのは二十代の前半から半ばにかけてのことだ。民放の大手テレビ局が主催するシナリオコンクールの登竜門、高額の賞金が出ることでも有名な〝ヤングジェネレーション・シナリオ大賞〟。その賞を九年前に、史上最年少の二十歳で受賞した。

そのときから数年間、もしかしたら自分は天才なのかもしれない……と、かなり本気で思っていたのだった。

現役大学生兼、大物新人脚本家として鳴り物入りでデビューして、手がけたドラマは軒並み高視聴率を叩《たた》き出《だ》した。ちょうどその頃、十代向けの恋愛映画やテレビドラマがブームであったことも、潮にとって追い風となった。

〈テンポのいい会話とコミカルな展開〉〈明るくさわやか、そしてピュアな恋愛描写〉〈若者の心情が切実にして繊細〉。

潮の書くものは、こうした点が評価されて人気を集めた。主に純愛をベースにした、ふんわりとしたラブコメディだ。その代表例がコンクールの受賞作で、デビュー作ともなった『五十六億七千万年後に会いましょう』だ。

弥勒菩薩《みろくぼさつ》の化身の青年と、平凡な女子高生が織りなすラブストーリーである。

自らを弥勒菩薩と名乗るふしぎな男、ミロクと出会ったヒロインは、やることなすこと浮世離れしている彼に振りまわされるうちに次第に惹かれていく。しかし彼はいずれ天界に帰る身。弥勒菩薩とJKの恋はけっして実らない――。

当時、新人俳優だった鮒戸翔がミロク役に抜擢《ばってき》され、テレビドラマは大ヒット。タイトルはその年の流行語大賞の一つに選ばれた。この一作で翔は人気俳優の仲間入りをして、潮にも多数の仕事が舞い込んだ。

あの頃は仕事をしていた記憶しかない。友人と遊びにいったり、旅行へ出かけたり、デートをしたり。そういった、いわゆる青春期の思い出というものが一切合切まるでない。

来る日も来る日もパソコンに向かって執筆し、たまに外出をするにしてもテレビ局での会議や打ち合わせといった仕事がらみの用件で、それも終わったらとんぼ返り。ほとんど引きこもりに近い生活をしていた。

書いてるうちに眠くなったら、その場にひっくり返って寝て、空腹になったら近くにあるものを適当に食べて。髪に櫛《くし》も当てず、化粧もせず、着替えもせず、何日も人と会わず、ひたすら書いていた。

孤独ではあったけど、さびしくはなかった。たまに友人と長電話をして、恋バナを聞いては作品づくりの参考にして、恋愛とはこういうものなのか……と楽しく想像をふくらませた。

潮自身は恋は未経験だったものの（そんな時間的余裕もなかったので）、その分、いくらでも自由に、のびのびと空想の翼を広げることができた。頭のなかはいつも書きたいストーリーやキャラクターたちでいっぱいで、彼らはいつも潮に「早く書いて、早く！」と呼びかけていた。そして作品がオンエアーされると、感想や反応がすぐさまネットに上がって、観てくれている人たちとつながっている感覚があった。

テレビドラマのシナリオの他、映画の脚本や小説、マンガ原作なども旺盛にこなし、潮の書いたものは片っ端から売れていった。インタビューを受ける際は写真撮影NGに加え、性別不問を条件とする覆面作家主義すらも好意的に受けとめられ、二〇一〇年代のテレビドラマ界において、小山田ウシオはもっとも人気のある脚本家のひとりとなった。

自分の書くものは愛されている。自分は愛されている。あの頃の潮にはそんな実感がたしかにあった。

そして二十九歳の現在、どうやら自分は天才ではないらしいということに、潮は薄々気づいていた。才能という名のギフトを使い果たし、ネット民がいうところの〝オワコン〟

一歩手前となっていることにも。

潮の得意分野である純愛ブームの終焉《しゅうえん》と共に、潮自身の人気が下がりはじめていったのは、二十五歳を過ぎたあたりからだった。まず視聴率がじょじょに落ちていき、新作が放送されても話題にのぼらなくなった。そして少しずつ仕事が減っていった。

このままではいけないと、新たなジャンルに挑戦もした。それまでの小山田ウシオのイメージを覆すような硬派な社会派ドラマや、シリアスな不倫ものを手がけるものの、どちらも惨敗、酷評を浴びた。

『背伸びして社会派ものを書いたけど、逆に底の浅さを露呈したね』

『この前の不倫ドラマもぜんぜんつまんなかった。やっぱ大人の恋愛はムリだわ、この人（笑）』

『小山田ウシオ、もういいよ（´∀`）ザンネーン』

といった書き込みをネットで見つけるようになり、それは今でも時折り見つける。

失敗作が重なるにつれて、それまでに築いた〝貯金〟は減っていった。だんだん大手の局からのオファーがこなくなり、それでも地方局やインターネットテレビ局、独立系映画の制作会社などから打診をされもしたけれど、

（いやしくも、〝ヤングジェネレーション・シナリオ大賞〟の受賞作家が、自主映画に毛

の生えたような製作規模の低予算映画の脚本なんて書けない――)

そんな自尊心がはたらいて、ほとんど断ってしまった。

なまじ売れっ子だった時代があるだけに、中途半端な仕事はしたくないという意地が、かえって自分を頑《かたく》なにした。そうして気づいたら、どこからも声がかからない状態となっていた。

テレビ業界はシビアである。かつてどれほどヒットを飛ばそうとも、結果を出せなくなった者に居場所はない。シナリオライター志望者は山ほどいる。新人作家が毎年のように誕生する一方で、売れなくなったロートルはどんどん淘汰《とうた》されていく。第二、第三の小山田ウシオはいくらでもいる。

つまり、小山田ウシオはシナリオライターとして目下、下り坂の状態にあるのだった。

約一年間、シナリオを書いていなかった。いや、書けなくなっていた。かつて自分の頭のなかには、まだ書かれていないストーリーやキャラクターがぱんぱんに詰まっていたのに、今はすかすかだ。振っても何も出てこない。

私はもうオワコンなのではないだろうか。そんな問いを、この一年、毎日自分に向けている。

鮒戸翔主演の単発二時間ドラマの話がきたのは、十日前のことだった。

潮とは対照的に翔は順調にキャリアを重ね、今では押しも押されぬ第一線の俳優となっていた。その翔のたっての希望ということで、来年春のスペシャルドラマの脚本執筆のオファーが、旧知のプロデューサーからもたらされたのだ。

奇《く》しくも潮のデビュー作『五十六億七千万年後に会いましょう』を放送した局の、開局四十周年作品だという。

テレビ局の喫茶室で数年ぶりに顔をあわせたプロデューサーの石持《いしもち》氏は、太っていた。以前はひょろりとした長身だったが、今は縦にも横にもふくらんで、見た目からして貫禄が出ていた。

石持氏とは過去に何作か組んだことがある。潮が一番脂がのっていた時期で、石持氏との仕事は楽しく、好きなように書かせてもらった。

しばし雑談をしてから、ドラマのコンセプトはすでに決まっていると氏は告げる。

「どんな内容ですか？　翔くん主演ですから、やっぱり恋愛ものでしょうか。あ、それともコメディか、家族ものか、思いきってＢＬものとかもいいですね」

ややおもねり口調になってしまうのが、我ながら卑屈ではあった。そんな潮に石持氏はにっこりと笑いかけ、こう言ってのける。

「ヤクザものです」

「……はい?」

数秒、間が生じる。

「来年いよいよ三十歳に突入し、このところ大人の魅力がぐっと増してきた鮒戸くんの、オスとしての色気と危険さ。それを存分にアピールする、女性が観ても安心な、いやむしろ女性が観てキュンキュンするような、これまでになかったヤクザドラマ。小山田さんならそういうのが書けると思うんです。いいえ、小山田さんにしか書けないと思うんです!」

石持氏は拳を握って力説する。なんでもヤクザものは男のロマンの宝石箱なのだという。男同士の絆《きずな》と裏切り、組織と個人の葛藤《かっとう》と軋轢《あつれき》、義理と人情の板挟み、そして暴力が絶対という価値観。女性の介在しない男たちのみで構成される疑似家族制度。どこをとっても男のロマンに充《み》ち満ちているのだそうだ。

「やっぱりね、これまでのヤクザものって、どうしても男性目線で作られがちなんですよね。だから女性ファンがつかなくて、結局ジャンルそのものが衰退してきて。でもね、だからこそうまいこと当てたら、どデカいヒットになると思うんです」

「はあ」

潮はうなずく。石持氏はテーブル越しにずい、と丸みのある顔を近づけて、

「小山田さん、ここらでそろそろまた、ぶちかましましょうよ。脚本・小山田ウシオ×主演・鮒戸翔のゴールデンコンビ復活ですよ。この春最高の話題作、作りましょうよ」

「は……はい！　どうぞよろしくお願いします。初心に戻ってがんばります！」

そんな流れでオファーを引き受けた。「私、きっとヤクザものが好きになれると思います！」と。

今の自分の立場からすれば、断るという選択肢はなかった。それどころか、大変ありがたい申し出だった。オワコン一歩手前から大逆転する、大きな大きなチャンスである。石持氏に誓ったように、心からがんばりたい。その気持ちに嘘《うそ》いつわりは、まったくない。

ただし問題が一つある。

それは、自分がヤクザなるものに、まったく興味もなければ知識も皆無なことだった。

(だってヤクザだなんて……石持さんも言ってたけど、普通、女子は興味ないじゃない。カチコミとか指詰めとか鉄砲玉とか……)

「どこをどこからどう見てもキュン要素なんて……一ミリもないじゃない」

ランニングマシンで走りながら、ぜえぜえと息を切らして、ひとりごちる。

昨夜は『極道八犬伝』シリーズを全部観た。明け方から観はじめて、終わったのは夜の

十時。つまり徹夜してしまった。全八作、合計十六時間ものマラソン鑑賞で疲れているはずなのに、変な具合に目がさえてしまった。ベッドに入っても眠れなく、結局、今夜もこうしてジムにきている。

すっすっはーはー、すっすっはーはー、すっすっはーはー。

相変わらず深夜帯は閑散としている。昨日以上に空いていて、フロアにいるのは潮の他、一名しかいない。その人物をミラー越しにちらと眺める。

(今日も来てるし……ほんとにあの人、ちゃんと仕事してるのかなあ)

自分のことは棚に上げ、〝タートルネックさん〟を見つめてそんなことを考える。本日は背中を鍛えるラットプルダウンをやっている。上半身を後ろに倒しながらバーを引く動作を、休憩を挟みつつ、坦々と続けている。

と、鏡のなかで目があって、潮はさっと視線をそらす。昨日にらまれたときのきまりの悪さが、胸に蘇《よみがえ》る。〝タートルネックさん〟はあの後、ここでトレーニングをしながらあの映画を観たのだろうか。

劇場版『五十六億七千万年後に会いましょう』は、テレビドラマ版のスタッフ・キャストが続投して作ったものだ。

ドラマの最終回で天界へ帰ったはずのミロクが、記憶喪失になってヒロインのもとに戻ってくるというストーリーだ。主人公は彼が弥勒菩薩であることをミロク本人には告げず、このまま人間として下界に、自分のそばにいてほしいと願う。

思い出すだに他愛のない話だ。だけど、その年の国内映画の興行収入第四位にランクインした。上位三作品はアニメーションだったので、実写部門では一位になる。翔は日本アカデミー賞の新人賞を受賞。潮も脚本賞にノミネートされた。もう、ずっと昔の栄光だ。

（それが今や、なんの興味も持てないヤクザドラマを書く破目になるなんてね……）

モニターがピピーッと鳴り、クールダウンに入る。

石持氏が勧めてくれた『極道八犬伝』は、残念ながらぴんとこなかった。だんだんおもしろくなってくるかもと思って最後まで観たけれど、心に響くものはなかった。

『極道八犬伝』だけではない。ヤクザものの名作といわれる映画やVシネマ、マンガなどもこの十日間で観まくり、読《よ》み漁《あさ》った。昭和の時代の任侠《にんきょう》ヤクザ、バブル時代の経済ヤクザ、平成以降のリアリティ路線の現代ヤクザ。

ひと口にヤクザものといっても、いろいろな種類のヤクザがいるということが分かった。ヤクザと半グレのちがいや、暴排条例（暴力団排除条例）の登場以降、ヤクザの在り方が激変したことも学んだ。

しかし、分かったということと、興味が湧くかどうかはまた別の話だ。

今は九月下旬で、ドラマが放送されるのは来年四月の予定だった。撮影期間を差し引いて、どんなに遅くとも年内にはシナリオを完成させなければならない。まず〝プロット〟と呼ばれる大まかな枠組みをつくって石持氏に提出し、OKが出たら執筆にとりかかる。むろん初稿を出したらそれで終わりというわけではなく、そこからまたいろいろなチェックが入る。この俳優はギャラが高いのでなるべく出番を減らしてほしいとか、ここの場所は撮影許可が下りないので別の場所に変更してほしい、とか。そうして書き直しに書き直しを重ねて、やっと完成稿が仕上がるのだ。

執筆期間は約三ヶ月。現役時代の潮だったらどうということもないスケジュールだが、一年間のブランクがあるうえ、これまでになじみのなかったジャンルということで、さっぱりアイディアが浮かんでこない。

石持氏の言葉を借りるなら、『極道八犬伝』をはじめとするような「男性目線」のヤクザものは、たぶん自分には書けない。書いたとしてもおもしろくない。無理をして書いたものは、いい出来にはならない。それはかつての経験から学んでいた。

社会派ものや不倫ものにさして興味も関心もなかったのに、ただ自分の引き出しを増やしたい、評価されたいという思いだけで取り組んで、結果、裏目に出てしまった。

もう失敗はできない。これでしくじったら今度こそオワコン認定されるだろう。

小山田ウシオにしか書けない、「女性目線」のヤクザもの。目指すべきはそれだった。そして、それが何なのかが分からなかった。

（やっぱり、いくら資料を漁っても本物を知らないんじゃあ……意味ないのかもしれないなあ）

ウォーキングをするうちに汗が次第に冷えてくる。

（こうなったら、実際にヤクザ関係の人に取材をしてみようかな……でも、そんな知り合いなんていないし……なにより怖いし）

モニターの終了ボタンを押してマシンから降りると、とと……と足がふらついた。徹夜した状態で走ったので、さすがに疲れた。帰ったらまず寝よう。今日はもうぐっすり眠って、明日また考えよう。

ジムを出ると、夜空に満月が浮かんでいた。そういえば冷蔵庫が空っぽだったことを思い出し、コンビニエンスストアへ寄って玉子や食パン、ハムを買う。雑誌コーナーに鮒戸翔が表紙を飾っている女性誌があった。

表紙の翔は半裸で、外国人の金髪美女を抱き寄せてカメラに流し目を向けている。〈挑発する雄――鮒戸翔〉という惹句《じゃっく》がついている。

しなやかに割れた腹筋、シミ一つないなめらかな肌、中性的に整っている顔立ち。コンビニの照明を受けて光るカバー写真が、匂い立つような色気を放っている。

「すみません」と前方で立ち読みをしている男性に声をかけ、その雑誌をとると買いものカゴに入れる。先日の打ち合わせの席で石持氏は、翔が自分を推薦してくれた、と言っていた。『鮒戸くんのたっての希望で小山田さんにお願いしたく』と。

それが嬉《うれ》しかった。表舞台からフェイドアウトした自分のことを、翔は忘れないでいてくれたのだ。その期待に応えるためにも、

「がんばらなくっちゃ」

丸い月を見上げて高らかに宣言する。翔をうんと魅力的な、セクシーで危険で、女性をキュンキュンさせるようなヤクザにしてみせるぞ、と。

スポーツバッグを肩にかけ、ビニール袋をがさがさとさせて夜道を進んでいくと、背後に人の気配を感じた。ちらりと振り向くと、さっきのコンビニで立ち読みしていた中年男性が後ろを歩いている。潮から三メートルほど離れて。サラリーマンがよく着るようなベージュのコート姿だ。

大通りを曲がって細い路地へ入る。ここから先は住宅街だ。

道を一本またいだだけなのに、急に静かな雰囲気になって、この時刻ともなると夜の空気が濃い。もう少し歩くと小さな公園があり、さらにその先に潮の住むマンションがある。

なにげなく歩道のカーブミラーに目を向けると、自分と、そのすぐ後ろにコート姿の男性が映っていた。さっきよりも距離が近い。

（あれ、あの人、まだ後ろにいる）

と思った次の瞬間、ぐいっとバッグを引っ張られて背後から抱きつかれる。

「ひゃあっ」

裏返った声が出た。「ち、ち、ち……」

痴漢！ と叫ぼうとするものの、続く声が出てこなかった。突然の事態に頭が真っ白になり、全身が硬直する。首すじに生あたたかい息がかかって、ぷんと酒の臭いがした。

（や、に、に、逃げなきゃ……）

なのに脚が動かない。振りほどこうにも腕に力が入らない。驚きと恐怖のあまり、口だけがぱくぱくと動く。男は潮を羽交い締めしたまま、パーカーの上から身体をべたべたさわってくる。ジーンズのボタンに指をかけられて、全身がさらにフリーズする。

（や、やだ……だ、だ、だれか、たすけ……）

心のなかで必死に助けを求めると、ふっと酒くさい息が遠ざかった。後方のブロック塀に何かが叩《たた》きつけられる音がした。重くて鈍い音だった。

（――え）

見ると、男が塀によりかかるようにして、くずおれている。その手前に、もうひとり男がいた。背がとても高くて大きくて、痴漢を思いきり蹴りつけている。がすんっ、がすんっと固い音が辺りに響く。

「あっ、すいません、ご、ごめんなさいっ」

痴漢はしゃがみ込んだ体勢で、両手で顔を覆っている。長身の男は無言で蹴り続け、その容赦のない動作に迫力があった。

「あっ、いた、いたいっですっ」

やけに甲高い声を上げる痴漢に、

「痛いじゃねえだろうがよ、おっさんよ」

男が低い声で語りかける。

「刑法百七十七条って知ってるか。強制性交未遂は五年以上の懲役だぜ。相手にケガさせたら致傷罪もプラスだ。どうするよ、あんた人生終わりだな」

うずくまる痴漢が、ひいいっ、と呻く。その傍らに男はすっと腰を下ろし、

「携帯よこせ」

事務的な口調で言う。「あと名刺もな。サラリーマンなら持ってんだろう」と。

そして妙にやさしげな声で続ける。

「なあ、あんたもこんな出来心で懲役なんか食らいたくねえだろう。ちょっと魔が差しちゃったんだよな。分かるぜ。ま、ここはひとつ穏便にだな……」

潮もまた道路にへたり込んだまま、こちらに背を向けている男に、おそるおそる声をかける。

「あ、あのう」

「あん?」

振り返る男に「まず一一〇番《ばん》をした方が……」と言いかけて、目を丸くする。その顔には見覚えがあった。あるどころか、ついさっき眺めていた顔だった。

(た……タートルネックさんっ!)

スポーツジム、アクアティックの深夜の常連会員の〝タートルネックさん〟だった。

今はタートルネックではなく、白いシャツに黒のスラックス姿だ。彼も潮をまじまじと見て「あんたかよ」とつぶやく。精悍《せいかん》な顔に驚きの色が浮かんでいる。

そのとき、地面に這《は》いつくばっていた痴漢が突如、俊敏な動きを見せる。脱兎《だっと》のごとく駆け出して、やってきた道を猛然とした勢いで逃げていく。

「あ、くそ」

あとを追おうと男が立ち上がると、すぐそばにある電柱の釘《くぎ》にシャツが引っかかる。び

りっと布がやぶけ、脇腹から裾にかけて大きく裂けてしまう。あらわになった肌を見て、

「わあ」

思わず声が出た。男の肌には絵が描かれていた。

絵といってもボディペインティングではない。ぎんぎらぎんに派手な模様をしたフルカラーの刺青《いれずみ》が、月明かりの下でくっきりと見えた。

(これって……ひょっとして、刺青……?)

痴漢を追いかけるのを諦めて、男はちっ、と舌打ちする。

「いいガジリのネタになったのによ。運のいい野郎だ」

その場に座り込んでいる潮を見下ろし、

「大丈夫か」

「あ、は、はいっ。あ、あの……どうもありがとうございました。ほんとに……ほんとに」

男はやや気まずそうに、潮から視線を外す。怒ったようにひと言、

「ズボン」

「え?」

「チャック!」

そう言われてジーンズに目を落とすと、ボタンが外れてファスナーが全開になっていた。慌てて閉め直すと、男は地面に放り投げられていたスポーツバッグとビニール袋を、とってきてくれる。

「さっきのやつ、知り合いか」と問われて、ぶんぶんと首を横に振る。コンビニで居合わせただけで見たこともない人だ、と。

「しっかりビビらせといたから、もう大丈夫だと思うけど……警察にいきたいなら途中まで送るぞ。ただし交番の近くまでならな」

「あ、あの、でも、私あの人の顔をほとんど見てませんでしたし、もしよろしければ警察で一緒に説明をしていただけると……」

そう言いかける潮に、男はやぶれたシャツをぺろりとめくって自らの刺青を示す。何の図柄なのだろう。動物の前脚みたいなものが、裂け目から覗《のぞ》いている。

「分かるだろう。俺がついてったら余計にめんどくせえことになるぜ」

「……はあ」

まだ混乱した状態で、アスファルトにぺたりと尻をつけたまま、彼を見つめる。つまり……この人はヤクザなのだろうか。刺青を人目にさらさないために、ジムでは首まで隠れるタートルネックを着ていたというわけなのか。

「玉子、割れちまったな」

男が言う。ビニール袋の中の玉子の六個入りパックは、盛大に割れていた。

「で、どうする。交番いくか」

尋ねられ、少し考え、このまま帰ると答える。男が言ったとおり、あの痴漢はもうこの近辺には近づくことはないと思った。男に恫喝《どうかつ》されて、すっかり怯《おび》えきっていたから。それに自分も疲れていた。早くうちへ帰って休みたかった。

「ひとりで帰れるか」

そう言ってから、男はくっきりとした眉をひそめて苦笑いする。

「家まで送る、なんて言ったら、かえって怖えよなあ。あんなことがあった後でよ」

「あ、あの、うちはすぐ近くなんです。ほんとうです。ほら、あれ」

公園の少し先の方にある建物を、潮は指さす。嘘ではなく、もう三年そこに住んでいる。

「そっか。じゃあ、気をつけろよ」

男は潮が立ち上がるのに手を貸してくれた。その手は大きくて、がさがさしていた。そしてなにごともなかったかのように夜道を歩き去っていった。その後ろ姿を、月光がけざやかに照らしていた。

男はそれから三日間、ジムに姿を現さなかった。

その間、潮はひたすらにやきもきしていた。もしや自分の正体がヤクザであることを知った潮を、避けているのではないのだろうか……と。ここへ通う時間帯をずらしたとか、それとも退会してしまったとか。

(あ、ひょっとしたら敵の組織との抗争がはじまって、カチコミ要員に駆り出されていたりして!)

『極道八犬伝』の影響で、Vシネ的な想像まではたらいてしまう。あの男にもう一度会いたかった。いや、会わなければならなかった。

考えてみたらこの半年間、自分たちはしょっちゅう深夜のフロアで顔を見交わしあっていた。見かけるたびに潮は「あの人、またいる……」と思っていた。おそらく向こうも同じように思っていると思っていた。

どんな仕事に就いてる人なのか、ずっと気になっていたけれど、まさかヤクザだったなんて。

(灯台下暗しとは……まさにこのことだわ)

ジムの一階、受付フロアの自販機の横でコーヒーを飲みながら、心のなかでつぶやく。

気分はさながら張り込み中の刑事だった。もう三日、こんなことをやっている。

壁に目をやると、スタジオプログラムの案内やマラソン大会のビラに混ざって、『暴力団追放』のポスターが貼られてある。人気プロレス団体の看板レスラーが、凛々《りり》しい顔つきでファイティングポーズをきめて「反社に負けるな！」と呼びかけている。

〈当館は暴力団および暴力団関係者の方の入会は、固くお断りさせていただきます〉

という注意書きもついている。

こんなポスターが貼られてあったなんて、これまで意識したこともなかった。いつもこの壁の前を行き来していたのに、気に留めたこともなかった。

時刻は間もなく午前一時になる。普段だったら、彼はそろそろ来るところなのだが。

（でも……今日も来ないかなあ）

昼間、石持氏からメールがきていた。プロットの進捗に関してで、ざっくりとしたものでいいので、現時点でまとまっている内容を教えてほしいとのことだった。

（どんな内容も何も……まだ何も考えてないよう……だめ、ぜんぜんおもしろくない）

そんなダジャレを脳内で飛ばすと、入り口の自動ドアが開く。スタッフが「こんばんはー」と挨拶をする声が聞こえて、

（き、きたっ！）

ホシが、いや、目当ての人物がついにやってきた。受付をすませ、更衣室へ向かおうと

するその人に――〝タートルネックさん〟に、声をかける。

「どうも！　お疲れさまです！」

向こうは驚いたような目を潮に向けて「お、おう」とうなずく。黒いタートルネックのスポーツウェアに白の開襟シャツを重ね、下は黒のスラックス。そう思って見てみると、いかにもヤクザのファッションという感じだ。

「あの、先日はどうもありがとうございました。それで、ですね……実はちょっと、その、お話がしたいといいますか……少しだけお時間をいただきたくて……」

「話？」

男は濃い眉を、ぴくりとさせる。

潮はぴんと背を伸ばす。

「は、はい」

「あ、私けっして怪しい者ではありません。あなたにどうしても……その、なんと言えばいいのか……おうかがい、したいことがあるんです。大事な……私的には……とっても大事なお話でして」

しどろもどろな口調になってしまう。訊《き》くべきことは一応ノートにまとめてきたのだが、いざこうして声をかけてみると、何からどう話すべきか混乱する。緊張して頬が熱くなってくる。

そんな潮を、男はじっと眺める。くっきりとした眉をひそめて、なにやらいぶかしむような、警戒するような表情で。

広い額に短い前髪。やや浅黒い肌が、男っぽい風貌とあっている。シャツ越しにも肩や胸の筋肉が盛り上がっているのがよく分かる。どちらかといえばいかつい雰囲気がするけれど、顔立ち自体は整っている。なによりも目に力がある。黒目の色が濃く、深い。

〝美丈夫〟という、やや古風な形容が頭に浮かんだ。翔のような二・五次元めいた今どきの美形とは対照的なタイプだった。

「話ってなんだよ」

男はぶっきらぼうに言う。

「それが、ここではちょっと……その、口にしにくいことでして」

受付カウンターにいるスタッフを、潮はちらりと見る。

「他の人には聞かれたくなくて……できましたら、その、場所を移してお話ししたいのですが……」

「でも俺、これから筋トレしてえんだけど……」

「あ、もちろんどうぞ、なさってください！」

男が言うのにかぶせて言う。

「私、あそこでコーヒーでも飲んで待ってますので。さ、どうぞごゆっくり」

さっきまで座っていた自販機の横の椅子を指さす。飲みかけのコーヒーと仕事用のショルダーバッグを置いてある。

「一時間くらいするぞ」

「大丈夫です！　待ってます！」

元気よく答える潮に、「じゃあ、ちょっくら……」と言い残して男は廊下をまっすぐに進み、突き当たりの更衣室へ入っていく。

さて、と潮は再び椅子に腰をかけ、バッグから文庫本を取り出す。ぬるくなったコーヒーをひと口飲み、ページをめくろうとすると、

「なあ」

頭上から低い声がした。見上げると、たった今更衣室へ消えた男が戻ってきていた。

「話ってなんだよ」

ぶった切るような口調で言う。

「気になって仕方がねえ。ここであんたを待たせながら上で悠長にベンチプレスすんのも、どうも落ち着かねえ。話があるんなら、さっさとすまそうぜ」

むすっとしているけれど、気のせいか、それとも照明の具合だろうか、頬のあたりが少々赤らんでいるような。

「あ……じゃあ、ここのカフェテリアでもよろしいでしょうか？　今の時間帯ならきっと空いてて、静かにお話できると思うんです」

「ああ」

潮の先導でエレベーターに乗り、五階へ上がる。

このビルは地下一階がプール、一階が更衣室およびシャワーにジャグジー、サウナルーム。二階から四階がスタジオスペースで、最上階の五階はカフェテリアとなっている。アルコール以外の飲みものと、軽食程度の食事ができるので、日中はなかなかにぎわっているようだ。

想像どおり深夜の今は人影もまばらだった。白を基調とした広い空間に、等間隔でテーブルが配置されている。セルフサービスのガラスケースの中にはサラダやスナック、サンドイッチが並んである。

窓際の、とりわけ他の席から離れている卓を選んで、

「私、飲みものを買ってきますので、たーと……」

そこで続く言葉をぐっと呑《の》み込む。あぶなかった。あやうく「タートルネックさんは何

にしますか?」と言いそうになってしまった。

「あ?」

「い、いえっ。たと……たとえばスムージーなんていかがですか。アサイースムージーとか、さっぱりしてておいしいんですよ! 私それにしようかな!」

「じゃあ、俺もそれで」

「了解です! 少々お待ちください」

財布を手にドリンクコーナーへ向かい、トレイに紫色のスムージーを二つ載せて戻ってくる。テーブルを挟んで向かいあって座ると、まず、先日のお礼を改めて述べる。

「あれからどうだ。また変なのにつきまとわれたり、してねえか」

男の問いに「いいえ」と答える。

「ならいいけど、しかしあんた、こんな夜中に若い女がジムに来んのはやめた方がいいんじゃねえか。あんたが走ってんのを見かけるたび、そう思ってたけどな」

「そ、それはどうも……ご心配をおかけしました」

潮がぺこりと頭を下げると、

「べ、べつに」

男はぷいっと顔をそむけ、ずずっと音を立ててストローからスムージーを吸い込む。あれれ、と思う。急に不機嫌になった。とりなすように潮は話しかける。

「あ、あの、この三日間ジムにいらしてなかったですね。お忙しかったのですか?」

「本家の当番に入ってた」

ストローから口を離して男は答える。〝本家の当番〟とは何のことだろうか。分からなかったが「大変ですね」と潮はうなずく。

「あんたこそ大変だったな。変なオヤジに襲われかけて」

「そうですね……ほんとうにびっくりしたやら、怖かったやらで……あのとき」

そこでいったん言葉を切り、目の前の男をまっすぐ見つめる。

「来てくださらなかったらと思うと、今もぞっとします」

「サメハダ」

「――え?」

「名前。シャークの鮫《さめ》に肌色の肌で、鮫肌《さめはだ》」

男はそう名乗ると、どことなく照れたようにさっきよりも盛大な音を立ててスムージーを吸う。

「あのう、鮫肌さん」

姿勢を正して、改まった口調で、潮は本題に入る。

「突然こんなことを言いだして、変に思われるかもしれませんが……どうか聞いてください」

「お……おう」

潮の真剣な様子に釣り込まれてか、鮫肌も表情を引き締める。なぜか頬がまたうっすらと赤くなっている。

「これまでずっとここで鮫肌さんを遠目に見ていて、どんな方なのかな、と思ってはいたんですが……あの、今から私が言うことを、ほんとうにどうか変に思わないでいただきたいんです。この三日間、悩みに悩んで考えた末に……決めたんです。ダメもとでもいいから、ぶつかってみよう……と」

潮がそう言っている間も、目の前の男の顔はどんどん紅潮してくる。赤面しながら潮を凝視して、「お、おう。なんだ、言ってみろ」と、低音ヴォイスで先をうながす。

「あのっ、鮫肌さんっ、どうか」

潮もまた声を張り上げる。

「おう、かかってこいやあ！」

「どうか、ヤクザの取材をさせていただけませんかっ」

「――――あ？」

男の頬の赤みが、すーっと消えていく。数秒の間が流れ、

「取材ってあんた、週刊誌の記者かなんかか」

ドラマの脚本家です、と潮は答える。現在二時間ドラマの脚本に取り組んでいるものの、初挑戦するジャンルでもあるため、なかなか構想がふくらまない。それでぜひ鮫肌さんに取材をさせてほしいのです、と。

「なんで俺に？」と問う鮫肌に、潮は問い返す。

「失礼ですが、ヤクザ方面の方で……いらっしゃいますよね？」

「それがどうしたよ」

ふてくされた顔つきで、しかし素直に認める。どうもさっきから不機嫌になったり、かと思いきや顔を赤らめたりと、表情がくるくると変わってせわしない。遠くから眺めていたときは寡黙なマッシブという感じだったけど、今はへそを曲げた男の子みたいだ。

実はそのドラマというのが、ヤクザを主人公にしたものなのだと潮は明かす。

「鮫肌さんを本職の方とお見受けしまして、よろしければ可能な範囲で現場のお話などをうかがうことができればなあ……と」

「断る」

男はずずーっと、スムージーを一気に吸い込む。

「あ、あの、けっして個人情報は反映させませんし、取材の際に撮影も録音もいたしません。些少《さしょう》ですが謝礼の方もお出しできるかと……」

食い下がろうとする潮の言葉をさえぎって、

「ドラマって、あれだろ。どうせヤクザを半笑い的にしたコメディやら、なんちゃらなんだろう。うんざりなんだよ、そういうのは」

鮫肌は苦々しげに吐き捨てて、例を挙げる。

ヤクザ一家の後継ぎ息子に嫁いだヒロインの奮闘を描いたホームコメディ『ふつつかな姐御《あねご》ですが』や、天才的な推理能力を持つ青年ヤクザが難事件を解決する『極道探偵〜若頭はシャーロック〜』などなど。どちらも数年前に放送され、そこそこ人気があった作品だ。

「ああいうの、観ていてほんとに腹が立つんだよ。だいたいヤクザは世襲制じゃねえし、姐さんは前にしゃしゃり出てくるもんじゃねえし。それに極道探偵はいったいなんなんだ。あんなに若え若頭《わけ》がいるわけねえだろ！　若頭っつーのは普通、ジジイだジジイ！」

「そうなんですか」

男の勢いに押されつつ、潮は脳内でメモをとる。若頭は若くない……と。

（そう、これよ。こういうのが知りたかったの！　それにしてもこの人、やけに詳しいけど、もしやドラマ好《ず》き……？）

「あのう、ちなみに『極道八犬伝』なんて、いかがでしょうか？」

こわごわと訊いてみると、「あれはまあ悪くはねえ」という反応がくる。

「でもやっぱり、今の時代に日本統一を目指すなんてリアリティがなさすぎだろ。それもたったの八人でどうやって統一するってんだ。アホかよ」

「で、ですよね！　私もそう思ったんです」

自分と同意見だ。嬉しくなって潮がにっこり微笑《ほほえ》むと、男はうつむき、ぼそりとつぶやく。

「話っていうから何かと思えば……これかよ」

「はい？」

「なんでもねえ。じゃ、そういうわけなんで。取材がしてえんなら他をあたってくれ」

がたん、と椅子から立ち上がろうとする鮫肌の腕を、潮はとっさに摑《つか》んで食い下がる。

「あ、あの、待ってください！　どうかいま一度ご検討ください。私っ、こういうのを書いてるんです。よろしかったら観てみてください！」

必死になって訴えながら、バッグから過去作のＤＶＤを取り出してテーブルに並べる。

小山田ウシオ脚本、鮒戸翔主演作品をセレクトしてきた。

男はちらっと、すげない一瞥《いちべつ》を向けて——くわっと目を見開く。

「なんだこりゃ」

「は、はい？」

「なんであんたが小山田ウシオのドラマを持ってきてるんだよ」

「あ……申し遅れました。わたくし、脚本家をしています小山田と申します」

そういえば、肝心の自己紹介をまだしていなかった。今さらながらに潮は挨拶をして、自分にとっても翔にとっても出世作となった『五十六億七千万年後に会いましょう』の通常版Ｖｏｌ・１を手にとる。

「これなんか、わりと知られている方だと思うんですが……ちなみにここに写っている俳優さんが、今回のドラマの主演を務めるんです」

と、パッケージの翔を指さす。鮫肌は目を見開いたまま、ＤＶＤと潮の顔を交互に見つめる。

「あんた、まさか……小山田ウシオ……だってのか？」

低い声がかすれていた。

「あ、はい。あの、これ」

カードケースから名刺を抜いて差し出すと、

「マジかよ」

　男は、信じられないというふうに、受けとった名刺を眺める。

「じゃああんたが……『五十六億七千万年後に会いましょう』も『僕と彼女の射程距離』も『ラブ・コンフィデンシャル』も書いたっていうのかよ！」

「あ……はい。一応」

「小山田ウシオって、男じゃなかったのかよ！」

　驚きと困惑と憤りが混ざったような表情で、男は叫ぶ。

「野郎じゃなかったら、なんだってあんなに男心を細かく書けんだよ……ウソだろ、小山田ウシオが女だったなんて……俺、ずっと自分と同い年くらいの男だと思ってたぜ」

「ど、どうも……すみません」

　なぜか謝ってしまう。謝らなければいけないような気持ちにさせられた。鮫肌はテーブルに突っ伏して、しばしそのまま動かない。そうして顔を伏せたまま、くぐもった声で言う。

「ここ一年くらい小山田ウシオのドラマがなかったから……どうしてんのかと思ってたんだよ。病気でもしてんのかな、って。でも……元気そうじゃねえか」

「あ、はい。おかげさまで」

鮫肌は顔を上げる。

「なんであんた、今書いてねえんだよ。もうシナリオ書くのに飽きたのかよ」

「そ、それは……っ」

潮は言葉に詰まる。この場でそれを説明したとして、テレビ業界の人間ではないこの人に、現在の自分の状況を理解してもらえるとは思えない。どんなに書きたいと乞い願っても、ライターは依頼ありきの商売だ。いったん第一線から外れてしまった者に、なかなかリスタートの機会は与えられない。

そこでふと、疑問を抱く。なぜこの男は、こうもすらすらと自分の作品を暗誦《あんしょう》したのだろう、と。『五十六億～』はともかく、『僕と彼女の射程距離』と『ラブ・コンフィデンシャル』のＤＶＤは持参してきていないのに。

そういえばこの前、マシンジムフロアのテレビで劇場版『五十六億～』がはじまろうとしたときに、テレビの電源を切ったら、じろりとにらまれたっけ。

もしや、まさか、この人は……。

しばしためらい、思いきって潮は口にする。

「あのう、もしかして鮫肌さんは、私の作品をけっこうご覧になっていたり……」

「ああ⁉」

ドスのきいた口調ですごまれて、「いえっ、なんでもないです。ごめんなさいっ」と首をすくめると、

「ぜんぶ観てるよ！　悪《わり》ぃか！」

逆ギレ口調で肯定される。沈黙が流れる。

鮫肌はぷいと横を向いて腕を組み、潮は手持無沙汰をごまかすように、ずずず、とスムージーを吸う。

動揺で胸がどきどきしてきた。自分のドラマをぜんぶ観ている人に出会うなんて――仕事相手というならともかく――プライベートでは初めてのことだった。しかもここ一年、小山田ウシオの新作がないということも鮫肌は知っている。

思いがけないところに、自分のファンがいてくれた。自分の現状を気にかけてくれていた。そのことに、感謝にも似た胸の高鳴りを覚える。

「その二時間ドラマって……ミロク役のあいつが演《や》んのかよ？」

鮫肌の方から沈黙を破って、訊いてくる。潮はうなずき、「来年春の放送を予定しています」と告げる。自分にとって復帰がかかった大事な作品であるということも。

「鮫肌さんが先ほどおっしゃったように、私……今ちょっと仕事がうまくいってないんです。もしかしたらこれが……第一線に戻れる最後のチャンスになるかもしれなくて……」

そう正直に打ち明けると、目の前の男は腕を組み直し、難しそうな表情をする。ぎりぎりと歯ぎしりして、「くぅ……っ」と呻《うめ》きを洩らし、しばらく考えたのちに、

「分かったよ」

いかにも苦渋の決断という感じで、こう答える。「先生の取材に協力してやらあ」と。

二

その五日前のこと――。

鮫肌ユキジは酒が弱い。弱いというよりも体質的に、アルコールを受けつけない。ビールはコップ一杯で顔が真っ赤になり、ウィスキーは舐《な》めるだけで頭がガンガンしてくる。この稼業をするうえで酒が呑めないというのは、なかなか格好がつかないものだが、その分、酒で失敗するということもない。

宴席で泥酔したあげく醜態をさらしたり、酔った勢いでカタギ相手に喧嘩《けんか》をふっかけ留置所にぶち込まれたり。そういったぶざまなしくじりとは無縁でこつこつ実績を積んでいき、今や一応、本部傘下のフロント企業の社長と呼ばれる身となっている。

「しゃちょお～、オレほんっと、ほんっとに社長の盃《さかずき》もらえて嬉しいっす。光栄っす。武津興業《むつこうぎょう》の社員になれて感謝感激っす」

部下のスズキは酒が入ると、きまって〝オレと社長のヒストリー〟を話しはじめる。自分がどんなに社長（つまりユキジのこと）を好きか、社長に恩義を感じているかを語るうちに感極まって嗚咽《おえつ》して、最終的に吐き戻す。

栗毛《くりげ》色の髪にそばかすの散った童顔のこの部下は、ユキジより五歳年下の二十七歳だ。手足は長いが顔立ちがガキくさく、アンバランスな愛嬌《あいきょう》がある。ここのキャバ嬢たちからも何かにつけてかまわれて、「スズキちゃん、また泣いちゃった」「フルーツ食べる？」と、ユキジの目の前でいじられている。

スズキの酔態を眺めるにつけ、自分は酒が呑めない体質でほんとうによかったと、ユキジはつくづくと思う。

ここは武津興業が経営するキャバクラ店の一つ、フィッシュボーンだ。四十分四千円の優良料金システムで、カラオケが歌い放題、焼酎は呑み放題。夜の営業の他に昼キャバも行っており、キャストの社員寮もある。

今夜は帳簿チェックをしにきたついでに、スズキに「一杯呑んでくか？」と声をかけたら、これだ。久々の差し呑みに、ぐでんぐでんになっている。

「俺もいつか社長みたくカッコいい墨、入れたいんすよっ！　何がいいっすかね。俺も社長とおそろで虎入れてもいいっすか？」

「声でけえよ」

低い声でたしなめる。他のテーブルの客たちに〝盃〟〝武津興業〟〝墨〟といった単語を聞かれたくなかった。

隣についている古参の嬢のアユリが「社長さ〜ん、あんま固いこと言わないのっ」と、アートメイクを施した眉を、めっというふうに吊《つ》り上《あ》げる。

「スズキちゃんは社長さんが大好きなんだから。そこんとこ、分かってあげなくちゃ。ね？」

そう言ってユキジの空いたグラスにウーロン茶を注ぐ。こんもりと盛り上がった巻き髪に、胸と尻の豊かさを強調した白のミニドレス。けばけばしさと華やかさが絶妙なバランスをとっている。

アユリは店のキャストたちのまとめ役のような存在で、ユキジが来店すると必ずそばにつく。加えてユキジが下戸であることを知っているので、何も言わずともウーロン茶のオン・ザ・ロックを用意してくれる。

「最近どうだ？」

ユキジが言うと、「寮の階段の灯《あか》りが、ちょっとチカチカしてるの」とアユリは答える。

「夜なんかに上り下りすると、足もとが暗くて危ないのよね。一回見にきてくれない？」

「分かった」

明日にでも管理会社に連絡して点検させることにする。

「いつもありがとね、社長さん。どう？　たまにはアフターなんて。社長さんなら私、車に乗っちゃってもいいわよ」

〝車に乗る〟とは、お持ち帰りＯＫを意味する隠語である。

「そういうのは太客に言えよ」

グラスを飲み干して席を立つ。

「おう、いくぞ」と、半分眠りかかっているスズキに声をかけ、店をあとにする。

「しゃちょお……もう一軒……もう一軒いきま……しょ」

ユキジにもたれかかって歩くうちに寝落ちするスズキを、ちょうどやってきたタクシーに押し込んで武津興業のアドレスを告げる。もう午前一時を過ぎているが、部屋住みか当番か、誰かしらは残っているだろう。

運転手に万札を渡し、車が走り去るのを見送ると、

「さて」

これでようやくひとりになれた。まっすぐ帰ってもいいのだが、今日はあまり身体を動かさなかったせいか、肩が張っている。

「軽く汗、流すか」


繁華街を抜けて隣駅の方角へ歩くこと数分。道路が二方向に分かれている三叉路《さんさろ》の中心に、こじゃれた建物がある。二十四時間年中無休のフィットネスクラブ、アクアティック。ユキジはそこの「エニタイム会員」、つまりいつでも利用できるフリーパスを持っている。

自動ドアをくぐると、

「いらっしゃいませ。こんばんは」

「どうも」

受付の従業員に軽く会釈してロッカールームへいく途中、壁に貼られたポスターが目に入る。金髪頭のプロレスラーが派手なパンツ一丁姿で、暴力団追放を力強く訴えている。

その中途半端に二枚目な顔には見覚えがあった。武津興業が属する組織である、海原会《かいばらかい》の会長がかつて後援していたプロレス団体、〝珍日本プロレス〟所属のレスラーだ。

ユキジがまだ下っ端だった頃、興行後の打ち上げの呑み会でそのレスラーが、オヤジたちの席まで挨拶しにきた姿を何度か目にしたことがあった。当時はまだ前座選手だったが、今では団体の看板だ。

（昔はさんざん呑み食いさせてもらっておきながら……今は『反社に負けるな！』かよ）

胸のうちでつぶやく。

ロッカールームに入ると、個人ロッカーに入れてあるスポーツウェアに着替える。首もとから手首まで隠れる吸汗速乾のモックネックだ。同じデザインのものを常に何枚か入れてある。

カッターシャツを脱ぐと、あらわになった背中が後ろの鏡に映る。満開の桜を背景に、咆哮《ほうこう》する炎をまとった虎が背一面に彫られている。黄と黒のまだら模様の毛が威嚇《いかく》するように逆立って、目の色はぎらついた黄金だ。

この刺青を入れる金はオヤジが出してくれた。オヤジ率いる武津組に骨をうずめる覚悟で入れ、独立して立ち上げた武津興業を命懸けで守っていくという思いの証《あかし》として入れた。

「おまえは墨が映えるでっけえ身体をしてるからよ、どうせ入れるんなら派手なやつにしたらどうだ」

そう薦められて虎にした。意味は強さ、勇気、金運アップだ。刺青負けしないよう精進しなければという気分にもなる。

誰かが入ってこないうちに、ユキジはそそくさと着替える。このジムはタトゥーを入れた者を拒否してはいないが、さっきのポスターが示しているように、暴力団関係者の入会は固く禁じている。こんなド派手な刺青では、ファッションタトゥーですと言い逃れすることもできない。見つかったら即退会だ。

それはここに限ったことではない。今やホテルに宿泊するのも、携帯電話の契約もクレジットカードの申請も自分たち《ヤクザ》はできない。昭和の時代ならいざ知らず、令和の時代を生きるヤクザは暴排条例にがんじがらめにされている。

さっきだって、フィッシュボーンを経営しているのが暴力団のフロント企業だというタレコミが警察へ入ったら、一発でアウトである。点数稼ぎの刑事《デコ》のほんの気まぐれで、いつパクられるかもしれない。

自分たちがヤクザであることを、極力世間さまに知られてはいけない。オヤジも常日頃から若い衆に、口を酸っぱくして言っている。

「カタギ相手に『殺すぞ』とか『ぶっとばすぞ』とか言うもんじゃねえぞ。それだけで俺らは恐喝罪になっちまうからな」と。

実際それで通報された者もいるくらいだ。最近のカタギはまったく油断がならない。

というわけで、ここへは人が少なくなる夜遅くの時間帯に通っている。着替えやシャワーの際に人目に肌をさらさないよう。

三階のマシンジムフロアに向かうと、先客がいた。壁に向かってずらっと設置されているランニングマシンで、若い女が走っている。

（今日もいやがる）

すらりとした、やや小柄な身体つきのその女は、ユキジと同じく深夜の常連だった。週に一、二度は見かける。言葉を交わしたことはないけれど、互いになんとなく顔なじみになっている。自分は筋トレエリア、向こうはランニングマシン一択だ。だだっ広い空間で、相手の存在を認識しながら黙々と身体を動かす。そんな距離感だ。

今夜はベンチプレスにする。六十キロからはじめて、インターバルを入れながら百キロまでやっていこう。ベンチに仰向けになって七回ずつ、三セットで。

「ふ、ふっ」

バーベルを上げ下げすると、肩甲骨が気持ちよく開いていく。一日の終わりにここでトレーニングをすると、身体だけでなく気持ちもほぐれる。酒も煙草《たばこ》も女もさほどやらない自分には、筋トレが一番のストレス解消なのだった。

と、ウォールミラーに映っている女の顔が目にとまる。

汗だくになって、歯を食いしばって走っている。今夜はことに表情が険しい。ここで見かけるようになって半年ほど経《た》っているが、向こうはいつもあんな顔だ。苦しそうな様子で、ひたすらに走っている。ちっとも気持ちよさそうではない。

（……つらそうな顔してんなあ）

つい、まじまじと見てしまう。女がミラー越しにこちらに気づきそうになり、慌ててセットを再開する。「ふっ、ふっ」と九十キロのバーベルを上下しながら、フロア内の壁にかけられているテレビへと視線を移す。

お、と思う。画面にミロクが映っている。いや、ミロクではなくミロクを演じていた役者だ。名前は憶《おぼ》えていないが、あの中性的な感じの美貌はミロクの頃と変わっていない。

（ミロク……相変わらずミロクだぜ）

ミロクとは、八年前のテレビドラマ『五十六億七千万年後に会いましょう』に出てきた男主人公の名前である。ユキジのこの世で一番好きなドラマで、ＤＶＤボックスもノベライズも買った。劇場版は三回観にいった。

ユキジは特にドラマ好きでもなければ、出演俳優のファンといったわけでもない。そもそもテレビはあまり観ない。つけていたらなんとなく眺める程度で、このドラマもそんな感じでたまたま目にして——ぐっと心を摑まれた。

弥勒菩薩の化身と人間の少女が織りなすピュアな、それでいてちょっぴりとぼけた恋愛模様に、たちまち夢中になった。

とりわけ心に残っているのは第三話。ミロクとヒロインが初デートをした回だ。遊園地へ出かけてフードコートで食事をする場面がある。生まれて初めて食べるピザなる食べものに、ミロクががっつくのがおもしろかった。そして最後の一切れを、食べたい気持ちをぐっと抑えてヒロインに譲り、こう告げるのだ。

『愛とは、皿に残ったピザの最後の一切れを譲ることです』

二人の間に恋心が芽生えた瞬間を、鮮やかに描き出していた。

（小山田ウシオ……天才だぜっ）

そのシーンを思い出すたびに、ユキジは胸が甘じょっぱくなる。

喧嘩に明け暮れ高校中退、少年院からの暴力団コースを辿《たど》ってきたユキジは、恋愛とは無縁に生きてきた。知っている女といえば身内か、アユリをはじめ色恋営業に長《た》けた夜の女たちばかり。セックスは知っていても、恋愛は知らない。

そんな自分にとって『五十六億七千万年後に会いましょう』は衝撃だった。軽妙なタッチで分かりやすく綴《つづ》られる、恋の喜びと苦しみ。誰かを好きになることの多幸感。

観ながら胸がきゅんきゅんした。喧嘩のときの高揚感とは明らかにちがう胸のときめきに戸惑い、自分も十代の頃にこんな甘じょっぱい恋愛をしてみたかった……と心底思った。

そう思ったことに驚いた。

脚本を書いたのは「小山田ウシオ」という新人のシナリオ作家だ。きっと俺と同じように女子に縁のない青春を過ごしてきた人で、そんな憤懣《ふんまん》やるかたない思いの丈を、脚本にぶつけたのじゃないだろうか。

以来、小山田ウシオの作品を追いかけるようになった。

オリンピックのライフル射撃代表選手同士の恋を描いた『僕と彼女の射程距離』。付き合っていることを周囲に秘密にしている恋人たちのドタバタコメディ『ラブ・コンフィデンシャル』。

小山田ウシオのドラマはどれもこれもおもしろく、常に恋愛をテーマにしていた。恋とはどういうものなのか、人を好きになる気持ちとはなんなのか。そういったことを小山田ウシオのドラマを通してユキジは学んだ。

それだけに、ここ数年の小山田ウシオがどうにも迷走しているように見えるのが、気がかりだった。自分がチェックしている範囲で最後に発表されたのは、一年と少し前。『逢《おう》魔《ま》がときに会いましょう』という題名の不倫ドラマだった。

小山田ウシオの持ち味のラブコメテイストを一切封じたドロドロの愛憎劇で、ファンであることを差し引いても……微妙であるのは否めなかった。それから新作の話は絶えて聞かない。充電期間に入っているのか、あるいは、もしや身体でも壊したのか。

（小山田ウシオ……元気にしてるのかよ）

テレビで女子アナ相手に喋《しゃべ》るミロクを眺め、そんなことを思っていると、画面の大きさが横長のスタンダードサイズに切り替わる。なにか映画がはじまるようだ。

（おっ！）

ベンチから身を起こす。映画会社のマークに続いて、見慣れている場面があらわれる。劇場版『五十六億七千万年後に会いましょう』のファーストシーンだ。なるほど、と合点《がてん》がいった。この映画を流すからミロクがテレビに出ていたのか。

劇場版は、ドラマ版のラストシーンからはじまる。

天界へ帰っていったミロクを想《おも》い、ヒロインが粉雪の舞う冬の星空を見上げてつぶやく。『また……五十六億七千万年後に会いましょうね、ミロクくん』と。何度見てもいいシーンだ。ぐっとくる。

ユキジが見入っていると、突然、画面が真っ黒になる。ランニングマシンの女がテレビを切ったのだった。てめえ何しやがる。ここはおまえんちじゃねえぞ。ぎろりとにらみつけると、女はびくっと身をすくめ、電源を入れ直す。こちらに向かっておずおずと頭を下げて、逃げるように去っていく。

やっちまった、と思う。これだから自分は女子に縁がないのだ。

バーベルを上げ下げしながら映画を観る。何度観ても感動する。

「ふ、ふっ」

海原会のフロント企業、武津興業の始業時刻は朝十時である。

駅の近くの大通りに面した雑居ビル。そこの最上階を丸まる借りて事務所兼、見習いである若い衆こと〝部屋住み〟たちの待機所として使っている。

〝フロント企業〟とは、ブラックジャーナリズムの用語でいうところの〝要注意企業〟、かつては〝企業舎弟〟とも呼ばれていた。暴力団が経営に携わっている、または組織の準構成員など関係者が営んでいる企業を指す。

かつてのフロント企業といえば建設や金融、総会屋など、見るからにヤクザとの関わりが深い職種が主だったが、現在は多種多様になっている。飲食をはじめ運送、梱包《こんぽう》、産廃処理業。メイド喫茶やペットショップといった、一見するとヤクザのイメージからかけ離れたものも多い。

かくいう武津興業も麻雀《マージャン》店、キャバクラ、ガールズバーの経営の他、最近流行《はや》りのタピオカ屋とベトナム風サンドイッチの店を持っている。もちろん地元の店の用心棒や債権回収といった、昔ながらの商売も陰ではしっかりやっている。

みかじめ料の徴収に地上げ、倒産処理、公共事業への参加など、ヤクザにとっての稼ぎ口である〝シノギ〟のほとんどが、現在は暴対法（暴力団対策法）で禁止されている。そのため、多くの組織が一応はオモテ社会に位置するフロント企業を抱え、その商売で得た収益を資金源としている。

海原会も例外ではない。

関東地域の指定暴力団、海原会は構成員約四百名の小団体だ。全国的に傘下を持つ大手広域団体には属さず、手を組まず、小さいながらも独立独歩でやっている。同じく東京における独立系の組織としては他に関東大鷦鷯《かんとうおおさざき》会、曙《あけぼの》一家という団体がある。この二つは数年前の代替わりを機に同盟を結び、友好関係にあるようだった。

十時ちょうどにユキジが事務所の防弾扉を開けると、いっせいに「おはようございます！」と野太い声が飛んでくる。自分同様に似合わない背広に身を包んだ男たちが、すでにデスクワークなり電話営業なりをはじめている。

「おう」

短く返事をして奥の社長室へ向かうと、二日酔いの顔をしたスズキがついてくる。昨日と同じ服装だ。

「社長……昨夜はどうも、ごち……うっぷ」

「酒くせえぞ。近寄んな」

しっしっ、と片手で払う仕草をして、今朝の新聞各紙が置かれた両袖机に座る。

出社してユキジが最初にするのは、朝刊に目を通すことだ。大手のものから経済紙、地方紙、スポーツ紙に宗教系の新聞まで、ざっと読むだけでも三十分はかかる。

商売のネタは新聞から拾え——とはオヤジの弁である。小さな三面記事や訃報欄、広告などを隈《くま》なくチェックして、シノギにつながるものを探せ、と。

花屋はお悔やみ欄を見て葬式の花輪の売り込みをし、解体屋は火事の記事を見つけたら、すぐさま現場へ飛んでいく。

「稼ぐやつってのは、そうやって仕事をとってくるんだ。それはカタギもヤクザも変わんねえよ」と。

スポーツ新聞のグラビアアイドルのカラー写真の隣に、「タピオカの次にくるのはこれ！」という記事がある。シフォンケーキのようにしっとり、ふわふわの台湾カステラなるスイーツを紹介している。

「なあ、台湾カステラって知ってるか？」

そばで犬のように待機しているスズキに訊いてみると、

「たいわ……？　いいえ、知りません」

だろうな。そもそもこいつはタピオカを見て魚の卵と勘ちがいしたやつだ。タピオカブームもそろそろ下火になってきているので、次はこれなんかいいかもしれない。

新聞を読み終えると、本日の予定を確認する。フィッシュボーンの寮の階段の電球点検。来客との面談が二件。それに今日はオヤジのところへいく日だった。今月分の〝会費〟を納めに伺うのだ。

「おい」

スズキに、サウナへいってくるよう命令する。

「ちゃんと服も着替えてこいよ。オヤジの前に酒くせえ部下なんか連れていけねえからな。あと、帰りにコンビニかどこかで台湾カステラ買ってこい」

「はい！」

〝オヤジ〟という言葉に、スズキは背中をしゃきっと伸ばす。


夕方、スズキの運転するセダンで武津興業の本部である武津組へ向かう。車で約十分の距離にある武津組は、二階建ての小さなビルだ。表には「有限会社　武津商事」と書かれたステンレスの看板が掲げられている。

「お邪魔いたします」

引き戸を開けるとすぐ目の前にコンクリートのたたきがあり、正面には事務デスク。両サイドに応接セット。壁には社員の名を記した木製の札がかけられている。

ユキジがここで働いていた時分とほとんど変わっていない。実用的でこざっぱりした――豪華な調度や装飾品にまみれた海原会の本家事務所とは対照的な――事務所らしい事務所だ。

「よう、来たか」

中から作業着姿の男が現れる。

ユキジのように大柄ではないが、がっちりとした身体つきの五十がらみの中年男だ。血色のいい顔に、小粒ながらくりくりとした目。丸い鼻。どことなくパグ犬に似ている。海原会の直参（本家のすぐ下にあたる二次団体）の武津組組長、武津悟朗《ごろう》だ。

「まあ上がれよ。今うちのやつらはみんな現場に出ていてな」

奥の応接室へ通される。部屋住みも買い出しにいかせているのだと言って、オヤジ手ずからお茶を煎れてくれる。施主さんからいただいたという鉄観音烏龍茶《ウーロンちゃ》だ。

「頂戴します」

恐縮しつつ口をつける。後ろに控えるスズキにもオヤジは勧め、

「このお茶は二日酔いに効くんだぜ。おまえ、昨日はだいぶ呑んだろう」

ひとなつこく笑いかける。両胸にポケットのついた薄いブルーの長袖ブルゾンに、同系色のワークパンツ。見たところ町工場の経営者か、現場監督といった感じだ。もしもカタギ十人がオヤジを見たら、十人ともヤクザだとは思わないだろう。

実際、悟朗は防水や塗装工事を請け負う会社の経営者でもある。従業員にはカタギもいれば組員もおり、ユキジ自身もかつては武津商事の社員だった。

少年院を退院したのち、親代わりになって育ててくれた曽祖母の知り合いである悟朗のもとに預けられたのだ。高校中退の半端者を、どうか一人前に育ててやってほしい、と。

自分としてはまじめに塗装職人を目指していたつもりだったのが、どういうわけか武津組の方の仕事を振られるようになり、そのまま部屋住み、そして盃をいただいて現在に至っている。曽祖母にヤクザの道を歩むことを報告したときは、盛大にしばかれたものだった。

湯呑《ゆの》み茶碗《ぢゃわん》を静かに茶托《ちゃたく》に置くと、視線でスズキに合図して、持参してきた桐《きり》箱を出させる。帯封つきの百万円の束が五つ、ちょうど五百万円が入る寸法になっている。その箱をオヤジに献上し、

「今月分の会費です。ご笑納ください」

「おお」と大ように悟朗はうなずく。

「おまえんところは順調のようだな。よその会社ではやれガサが入ったの、潰れたっつうのと耳にするがよ。しっかりやってんじゃねえか」

「オヤジのご指導の賜物《たまもの》です」

部下《スズキ》が同席しているからか、我ながらいつも以上に畏《かしこ》まった態度になる。

そういうオヤジの方こそ自分より、よほど儲《もう》かっているはずである。オモテ向きの商売である武津商事として住宅やマンションなどのリフォームを行う他、武津組としての裏の事業では不動産の仲介や、近隣の風俗店のケツ持ち、それに野球賭博もやっている。

数年前に感染症が流行った際にはいち早くマスクを転売し、短期間でぼろ儲けしたそうだ。

悟朗は、そういう商売人的センスに長けたヤクザであり、組員たちには月給制を敷いている。そのやり方をヤクザらしくないと見る上層部もいるようだが、オヤジに言わせれば、

「食えるようになるまでは親方が面倒みてやらんと、若いやつはすぐシャブやらオレオレ詐欺やらに手ぇ出すからな」

自らの才覚でシノギを開拓し、食っていけるようになった者には独立させて組を持たせる。そうでない者は自分のもとで責任もって監督する。それが悟朗のやり方だった。

そして独立させた部下たちには改めて〝会費〟という名のノルマを課し、徴収した会費

は武津組全体の〝上納金〟として、本部である海原会へ持っていく。

上納金とは、その名が表すように、上に納める金を指す。

オモテ社会では会社が社員に給料を支払うものだが、ヤクザ社会はその逆で、組員が組織に金を差し出す仕組みになっている。

自分たちが稼げるのは組の看板のおかげ、だからその使用料を納めますというもので、コンビニやファミレスのフランチャイズと似ている。成績のいい加盟店ほど本部の覚えがめでたくなり、その反対は冷遇されるというのまで、まったく同じだ。

武津組は、海原会の〝加盟店〟の中では上々の成績を上げている方である。

ユキジの武津興業をはじめ、独立した団体はどこもうまくいっているようで、金絡みのトラブルや内輪《うちわ》揉《も》め、不祥事などは起こしていない。武津組の上納金は、十いくつかある二次団体の中でも上位に入るだろう。

ヤクザの世界で出世の糸口は二つしかない。抗争で手柄を挙げるか、銭を稼ぐか。

暴力か金か、というわけだが、暴力団の犯罪が厳罰化されている現在、多くの団体では抗争を禁じている。つまり目下のところ金だけが、唯一の出世コースとなっている。

しかしユキジの見るところ、悟朗は商売上手であり、かつ熱心であるのだが、さほど地位や肩書きにはこだわっていないふうに思える。事務所や服装にも表れているように、オヤジは派手派手しいのは好まない。

海原会では幹部のひとりに数えられるポジションにいるものの、さらに上を目指そうというぎらついたところがない。オヤジのそんなところを尊敬している。自分の父親とは正反対だ。小物のくせに大きく見せたがる、あのろくでなしとは大ちがいだ。

「どうだ。メシでもいくか？」

オヤジに誘われ、近所の寿司《すし》屋へお供する。カウンターに小上がり席が一つという小さな店で、大将夫婦とその息子の家族三人で営《や》っている。

「社長、今日は若い衆を連れてますね」

朗らかな大将の言葉に「うちの稼ぎ頭なんですよ」と、オヤジは腰低く答える。

おそらく地元の人たちには、武津商事がヤクザ事務所であることは周知の事実にちがいない。それでもオヤジの人柄や、地域行事や寄付活動などに積極的に参加していることで、なんとか受け入れられているようだ。ユキジも昔、この町内の盆踊り祭りや商店街の催しものに、手伝いにいかされていたものだった。

オヤジは刺身とビールの大瓶をまず頼む。ユキジには熱いお茶を。

「おまえ、相変わらず呑めねえのか？」

いたずらっぽい笑みを向けられ、恐縮して頭を下げる。

「もったいねえよな。こんな立派ななりしてよ」

オヤジは気を悪くしたふうでもなく、うまそうにビールをすする。ユキジ以上に恐縮しているスズキのコップにも注いでやる。こいつを連れてきたのは、オヤジの酒の相手をさせるためだ。昨日の今日なので他の者にしてもよかったのだが、こいつが一番気安い部下なのだ。

刺身の盛り合わせがくる。平貝をひと口でぱくりと食べて、オヤジはスズキに話しかける。

「どうだ、こいつからちゃんと給料もらってるか?」

こいつとはユキジのことである。

「は、はい。そりゃあもう!　昨日も社長に呑ましていただきました!」

スズキがうわずった声で答えると、

「社長ときたか」

オヤジは楽しげに笑う。

「こいつもおまえくらいの年齢《とし》の頃は上の連中にこき使われていたけどよ、ケツ割らねえでがんばり抜いて、とうとう社長になったもんな。だからおまえも辛抱して、がんばんな」

「は、はい」

スズキはコップを両手で押し戴《いただ》き、ビールを流し込む。童顔のこいつはオヤジには、ハタチそこそこにでも見えるのだろう。たしかにその年頃の自分は洟《はな》たれもいいところだった。事務所の便所掃除から炊事洗濯、先輩からはあごで使われ、さながら丁稚《でっち》の小僧のような扱いを受けていた。

あの頃、共に部屋住みをしていた仲間が三、四人もいたけれど、うち一人が逃げたのを皮切りに、みんな辞めていってしまった。

ユキジも正直、ケツを割ろうと思ったことは何度かあった。今だったらまだ引き返せる。ひいばあちゃんに頭を下げて、うち《実家》へ戻らせてくださいと謝ろうか……と。

しかし、結局そうしなかった。お世話になってるオヤジに恩を仇《あだ》で返すような真似《まね》をしたくなかった。「今どきの若いもんは根性がねえ」と思われるのも嫌だったし、なにより自分の父親みたいな半端者になりたくなかった。

三年間の部屋住み期間を経て、二十二歳で正式に武津組の組員となり、三十二歳となった今、一応は自分の会社をかまえる身となっている。

もし曽祖母が健在だったら、こんな自分を少しは褒めてくれるだろうか。ユキ坊がんばってるね、と言ってもらえたりするだろうか。

いつしか卓には鯛《たい》のあら炊きや穴子など、うまそうなものが並んでいる。オヤジはビールから酒に切り替えて、スズキがぎこちなく酌をしている。いい感じに場があったまってきた頃合いに、

「次の定例会で本決まりになると思うんだけどよ」

なにげない口ぶりでオヤジが言う。

「俺、執行部に入ることになりそうだわ」

「そうですか！」

思わず声量が上がる。

「ああ。五十を過ぎてようやっと若頭補佐よ。ま、補佐っつっても俺を入れて六人もいるけどよ」

「おめでとうございます」

スズキともども辞儀をする。執行部とは海原会の運営機関である。

通常の会社における役員会のようなもので、トップが「会長」、ナンバーツーが「若頭」だ。その他に「幹事長」「本部長」「事務局長」などがいる。若頭補佐は執行部では一番下の地位ではあるが、それでも出世にはちがいない。

ユキジは冷酒の瓶を両手で持ち、「どうぞ」とオヤジのグラスに注ぐ。

「おまえも気持ちだけでもどうだ？」

勧められて、嫌とは言えない。女将《おかみ》さんに新しいグラスをもらって三人で乾杯する。

「さ、食え食え」

オヤジの言葉に「いただきます！」と、スズキは腹を空かせたガキよろしくがっつく。握りも注文して、寿司をアテに酒を呑む。さすがにオヤジも嬉しそうだ。パグに似た笑みを浮かべて、ゆっくりと肴《さかな》をつまんでいる。

「そういうわけで俺も、もうひと踏ん張りしねえとな」

「ほんとうにおめでとうございます。後日改めてお祝いに伺わせてください」

もう一度ユキジがそう言うと「ところでよ」と、オヤジはやや声を落とす。

「おまえんとこで営《や》ってる店に、大鶴鶴会や曙一家の連中が遊びにきたり、するか？」

「……いいえ」

少し考え、正直に答える。各店舗の店長たちには、何かあったら逐一報告するよう教育してある。チンピラや半グレ、およびヨソの暴力団の者らしい客が来たら、必ず店内カメラの映像を見せるようにと言っている。

「そうか。これもまだ本決まりじゃあねえんだがな」

と前置きをしてオヤジは語る。実は今、海原会と大鶴鶴会、曙一家の三団体による同盟を結ぼうという話が立ち上がっているそうだ。

「今後、大手の広域暴力団に三つのうちのどこかが攻め込まれたら、協力して立ち向かおうっつうわけだ」

といっても、大鵜鶏会と曙一家はすでに同盟関係にあるので、あとはうち《海原会》の返事待ちらしい。

「会長はじめ上つ方が協議中だ。ま、うちも一本独鈷《いっぽんどっこ》の小せえ組だしな、保険をかける意味あいで手を結ぶんじゃねえのかなあ」

どこか他人ごとのような、ひょうひょうとした口調なのがオヤジらしい。

というわけなので、大鵜鶏会・曙一家の人間と、しばらくの間はトラブルを起こさないよう、気をつけろとのことだった。トップ同士が手を組もうとしているときに、下の者たちが揉《も》めていたら何かとややこしいことになるので。

「まあ、おまえんとこは大丈夫だと思うけどな。念のため言っとくわ」

寿司屋の次はスナックへと繰り出して、お開きになったのは日付けが変わろうとする時刻だった。

オヤジをお見送りしてから運転代行を呼び、昨日に続いて二日連続でべろべろになっているスズキを乗せて帰路につく。スナックでオヤジのカラオケにお付き合いしている間に、ユキジ自身の酔いはすっかり抜けていた。

オヤジの慶事が我がことのように、いや、我がことよりも嬉しかった。広背筋がうずうずしてきて、無性に筋トレがしたくなった。

「俺、先に降りるわ」

後部座席の隣で船をこいでいるスズキに言うと、「……おつかれひゃまです。しゃちょ……」と、ろれつのまわらない口調で答えてくる。アクアティックの近くで自分だけ降ろしてもらい、運転手には武津興業へ向かうよう告げて金を払う。

ロッカールームでウェアに着替えていつものようにマシンジムフロアへいくと、またあの女がいた。

(こいつ……仕事とかしてんのかよ。無職か？　フリーターか？　旦那にかまってもらえなくて走って欲求不満を解消してる主婦か？)

つらそうな表情をしてランニングマシンで走る女を眺めつつ、ユキジはラットプルダウンをはじめる。明日の夜から三日間、本家事務所での〝当番〟が入っているので、今夜のうちにトレーニングをしておきたかった。

オヤジの執行部入りはまだオフレコとのことなので、本部で誰かにカマをかけられても、すっとぼけておかなくては。それと会社の連中に、街中で大鵜鶴会と曙一家の者と出くわしても、喧嘩とかすんなよと言っておこう。

そんなことを考えながらバーを上げ下げしていると、ウォールミラー越しに女と視線が交わり、ぷいと顔をそむけられる。おいおい、と胸中でつぶやく。露骨にこっちを嫌いやがって。

分かっている。自分は素人《カタギ》の女には好かれない。寄ってくるのはなぜか玄人《プロ》ばかりで、素《す》っカタギの女というとコンビニの店員や、銀行の窓口くらいとしか口をきいたことがない。

ガキの頃からクラスの女子には「鮫肌くんは乱暴者だから、よくないと思います」と学級会で吊《つ》るし上《あ》げられたものだった。

(ま、べつにいいけどよ)

たっぷり四十五分間、五セット行ってから上がる。なんだか腹が減ってきた。寿司屋でも、スナックでもあまり食べていなかった。ちびりちびりと酒を舐めながら、オヤジの話に相づちを打っていた。

そういえばこの辺に、深夜営業のうまいラーメン屋があった。筋トレの後の炭水化物は最高だ。少し遠まわりになるけれど、ワンタンメンでも食っていこう。

そうしてジムを出てからひとけのない、静かな夜道を歩いてゆく。月のきれいな晩だった。ふと、『五十六億七千万年後に会いましょう』のある場面が頭に浮かんでくる。

それは第一話の序盤である。主人公のJKが予備校帰りに夜空を見上げ、月の美しさに見とれていると、行き倒れになっている男に蹴躓《けつまず》いて転ぶ。それがミロクだ。微笑ましくてみずみずしい、ボーイ・ミーツ・ガールの瞬間だった。

そのシーンを思い返しながら角を曲がると、見苦しい光景が目に飛び込んでくる。

サラリーマン風の男が背後から女に襲いかかり、身体をこすりつけている。真夜中の痴漢。後ろに人（自分のことだ）がいることに、まるで気づいていない。

（せっかくいい気分だったのに……見苦しいもん見せやがって……）

そいつの襟首をむんずと掴み、ブロック塀に投げ飛ばす。続いて二度、三度と蹴りつける。一般人《カタギ》への暴力行為は海原会的には御法度だが、痴漢野郎だから無問題だ。こんな美しい月夜の晩にサカってんじゃねえ。

存分に蹴ってやってから、せっかくなので恐喝でもしてやろうかとしたところ、助けた女に邪魔された。その顔を見て、あっと驚いた。なぜならついさっきまで同じフロアにいた、自分を盛大に無視した、あのランニングマシンの女だったのだ。

女は怯えと混乱の混じった大きな目を潤ませて、道端にへたり込んだままユキジを見上げている。化粧をしてなくとも見られる顔だった。

ジムではいつも距離を置いて眺めていたので、こんな可憐《かれん》なツラをしているとは思わなかった。小さい顔に小さい口。八の字形の眉毛がかわいい。色気ゼロのパーカーにジーンズという恰好《かっこう》にも、なぜだかどきっとした。キャバ嬢たちの露出度高めの、稼ぐ気まんまんのミニドレスよりもぐっとくる。

女のズボンのチャックが全開になっていて、ギンガムチェックの下着がちらりと見えてしまい、焦る。

そのとき、自分もまた女に、秘すべきものを見られていることに気がついた。シャツの布地がざっくり裂けて、極彩色の肌があらわになっていた。

女は呑まれたような表情で刺青を凝視している。びびらせたろうか。そりゃそうだ。痴漢の次はヤクザときて怖くないはずがない。

できれば家まで送ってやりたかったのだが、そんなことしたら、もっと怖がらせてしまうだろう。なので、その場で別れた。その方がいいと思って、自分から先に立ち去った。

「気をつけろよ」

立ち上がろうとする女の手をとった際、ユキジはわずかに緊張した。そんなそぶりはちらとも見せず、できるだけ颯爽《さっそう》と、その場をあとにした。

それが四日前のできごとだ。

今、ユキジの目の前にはランニングマシンの女こと、小山田ウシオ（本名：潮）が座っている。スムージーという、山芋をすり下ろしたみたいな喉ごしの飲みものを飲みながら、衝撃的な話を聞かされたところだった。

思えば自分の人生には、忘れられない衝撃を受けたことが二つある。

一つ目は、武津組に入ったことで激怒した曽祖母から平手打ちを食らって張り倒されたこと。二つ目は、部屋住み時代に皿洗いをしていて、オヤジのお気に入りの古伊万里《こいまり》のマグカップを割ってしまった瞬間。

どちらも思い出すだけで、未《いま》だに心臓が縮み上がる。たった今受けた衝撃は、それらに勝るとも劣らないものだった。

まさか……まさかこの挙動不審気味に自分の顔色を窺《うかが》っている女が、あの、あの……小山田ウシオ先生だったとは。

（冗談きついぜ……俺ぁてっきり……）

てっきり……に続く言葉を思うと、恥ずかしさに身悶《みもだ》えしたくなる。

ほんの三十分ほど前、三日ぶりにジムを訪れた。本家の当番明けで疲れていたが、ずっと電話の近くで待機していて怠った身体をほぐしたかった。

そして自動ドアをくぐるなり、こちらを待ちかまえていたらしいこの女から、声をかけられた。「大事な話があるんです」と。

(そりゃ普通、勘ちがいするってもんだろ……)

心のうちで嘆息する。

あわやのところを助けてやった異性から「話がある」と、もじもじしながら言われたら、自分に限らずどんな男だって、そう思ってしまうはずだ。まして相手がヤクザと承知のうえで、それでも勇気を出して話しかけてきて、茶に誘って。けなげじゃねえか。胸がトゥクンとくるじゃねえか。

などと早合点《はやがてん》した自分のアホさが腹立たしい。

「で、先生よお」

「はっ、はい」

緊張した顔を向ける潮に、問う。

「取材ってのは具体的に何するんだ」

「あ、あのですね」

潮はカバンからノートを取り出し、中身を読みながらたどたどしげに話す。ユキジのシノギや属している組織についてや、刺青はいつ、どんな経緯で彫ったのかなどを聞かせてほしい、と。

それくらいならまあいいかと、ふんふんと聞いていると、向こうは的外れなことを言ってきた。

「ちなみに、暴力団に入るには条件とかってあるんでしょうか？　その、入社試験のようなものは。たとえば敵対組織の幹部のタマをとってこい、とか」

おそらく〝タマ〟とは〝命〟を、〝とってこい〟とは〝殺してこい〟を意味して、そう言っているのだろう。

「いや……抗争はもう、どこもだいたい禁止にしてるからよ」

「あ、そうなんですか」

潮はやや拍子抜けした顔をするが、気を取り直して続ける。

「あ、あとですね。チャイニーズ・マフィアと日本のヤクザは仲が悪いってほんとうでしょうか？　姐御ってやっぱり着物を着ていて、組員さんたち相手に啖呵《たんか》を切ったりするんですか？　おまんらケジメつけんかい！　って」

「……」

頭をかかえたくなる。ダメだこいつ。ダメなVシネの観過ぎだ。ヤクザの現実《リアル》を全然知らねえ。こんなんでミロク主演のヤクザドラマが書けるのか。ファンながら心配になってくる。

「あのな、俺はヤクザといってもフロント企業の方を任されてんだよ。だから毎日会社にいって仕事してんだ。今のヤクザはたいていそうだぜ。チャイニーズ・マフィアとか、姐御とかには会ったことも……」

「フロント企業って闇カジノとかですか！」

ユキジが語るのを遮って、意気揚々と潮は言う。なぜか、どうだ、というふうに。バカ野郎。闇カジノを堂々と正業にできるわけねえだろう。なんとかして派手めの方向に話を持っていこうとしやがって。うちのオヤジだって現場に出て生コン捏《こ》ねてんだぞ。

（それにしても小山田ウシオ……案外ものを知らねえんだな）

意外だった。脚本家という職業には、頭がよくないとなれないものだと思っていた。ましてあんなにおもしろいドラマを書くことができる小山田ウシオは、きっとＩＱ二百くらいで博識で、とんでもないインテリなのだろうと想像していた。

それがこんな、とんちんかんな質問ばかりしてくる地頭の悪そうな女だったとは。

無意識に自分は呆《あき》れた顔になっていたかもしれない。潮は、ふう、とため息をついて、

「あまり時間がないんです」とつぶやく。

「放送日ももう決まってますし、キャストやスタッフさんのスケジュールも押さえてもらっているので……あとは私が脚本を出すだけなんです」

急にしょんぼりとした様子で肩を落とす。

「なのにまだ、テーマもプロットも、キャラクターも決まっていなくて……ちょっと焦ってきています。でも、考えれば考えるほど、ぜんぜん浮かんでこなくって……」

部屋に閉じこもって、ひとりで悶々《もんもん》と考えていると、頭がどうにかなってしまいそうだと言う。苦しくてたまらなくなる……と。

「それで、夜中にここへ走りにきてたのか」

続きを受けてユキジが言うと、潮はうなずく。鼻の頭をうっすらと赤くさせ、アーモンド形の目がやや潤んでいる。先日と同じく今日もすっぴんだ。明るい照明の下で見ると、両目の下に薄いくまがあった。

仕方がねえ、と覚悟をきめる。これも何かの縁なのだろう。この業界の者としては、ヤクザをドラマにするというのなら、どうせだったらちゃんと描いてほしい。それに小山田ウシオのファンとしては、これはもう単純に新作を待っていた。

百聞は一見にしかず。Vシネを百本観るより、本物にふれた方がずっと参考になるだろう。

「先生よ」潮に声をかける。

「明日……じゃなくてもう今日だな。今日時間あるか。そうだな、午後の二時はどうだ」

「あ、は、はい。大丈夫ですけど」

「とりあえず、うちの会社に来てみるか？　たいしたところじゃねえけどよ」

「は……はい！　ありがとうございます！　嬉しいです」

ユキジが名刺を渡すと、潮は大切そうにそれを胸もとに押し当てる。その様子になんとなく、甘じょっぱいような気分になった。

# 第二章　コワモテな見かけによらず純情でして

## 一

うまくいった。うまくいった。

〝タートルネックさん〟改め、鮫肌ユキジから入手した名刺を眺めながら潮は胸中でつぶやく。これがヤクザの名刺というものなのか。白黒印刷の、デザインもいたってシンプルで、これといって高そうでも代紋マークもついていない。

ユキジの肩書きは〈株式会社武津興業　代表取締役社長〉とあった。住所に電話、ファックス番号も堂々と明記されている。ほんとうに普通の会社の名刺みたいだ。しかして武津興業の正体は、ヤクザのフロント企業である。稼いだお金は暴力団の資金源となっている。

本日これから、そこへ取材に赴くのだ。アポは十四時。手土産にとお菓子屋さんへ立ち寄って、ワッフルの詰め合わせを買ってきた。

〝こんな女子どもが食うもんなんか、持ってくるんじゃねえ！〟なんて言われるかもしれないと思いつつも、なんとなくあの人はそういう態度はとらない気がした。

（それにしても、こんなにうまく話が進むなんて……何ごともお願いしてみるものだわ）

武津興業へ向かう道々、昨夜のユキジとのやりとりを潮は思い返す。まさか彼が自分のドラマを観ているなんて思ってもいなかった。

最初は、潮が脚本家であることに調子をあわせているのではないかと思った。珍しいことではない。業界内の呑み会やパーティーの席で「ドラマ観てますよ！」と言われたことは何度もあった。尤《もっと》もその多くはリップサービスだったのだが。

ユキジもてっきりその口かと思ったけれど、会話をしていくうちに、ちがうと分かった。この人はほんとうに私のドラマを観てくれている。そうでなかったら、あんなにすらすらとタイトルが口から出てくるはずがない。

（まあ、さすがに『ぜんぶ観ている』というのは盛りすぎだろうけどね……）

それでも嬉しかった。ここ数年ネットでは悪い言葉を書かれてばかりで、実際のファンというものに会う機会もなかった。加えて一年間現場から遠ざかっているのもあって、自分は世間から忘れ去られた存在になっていると感じていた。

だけど、こんな身近にファンがいた。それが切に嬉しかった。

そして先日の一件にも合点がいった。マシンジムフロアのテレビを潮が消したとき、ユキジからじろりとにらまれてしまったことだ。あれは『五十六億七千万年後に会いましょう』ノーカット劇場版を観たかったからだったのだ。

分かってみたらなんてことはない。むしろ微笑ましくさえある。

（それにしても、ヤクザの人もラブコメドラマなんて……観るんだ）

意外だった。顔に似合わず、といっては失礼だが、あんなに男っぽい風貌で、身体ももりもり鍛えている男性がラブコメディが好きだなんて。ギャップがあるというか、拍子抜けするというか。少なくとも、潮のイメージしていたヤクザ像からはほど遠い。

とはいえ、そのおかげで取材に協力してもらえるのだから、ユキジがラブコメ好きであることに感謝したい。

などと考えているうちに、武津興業の入っているビルに到着する。街のにぎやかな界隈《かいわい》にある、なかなか立派な建物だ。ここの最上階の七階である。他の階にはクリニックやエステサロンなどが入っている。外から見たところは、ごく普通のテナントビルだ。

約束の時刻ちょうどに入り口前の受付電話をとると、「はい、武津興業です」と若い男の声が返ってくる。

「あ、あの、小山田と申しますが、鮫肌さん、いえ、鮫肌社長と二時にお約束をしておりまして……」

緊張しつつ言うと、「お待ちください」

ピー、とドアのロックが解除される音がする。取っ手を引くと驚くほど重い。

「……失礼します」

広い室内には男性たちが何人かいた。全員背広姿で、見たところは会社員という感じだけど、なんとなく独特の空気感がある。

(うわあ……この人たち、みんなヤクザなの……よね)

オフィスもまた普通の会社のようだった。島ごとにパーテーションで区切られていて、コピー機も、各自の机に電話もＰＣもある。おずおずと入っていく潮に、男たちの目が集まる。

「こちらにどうぞ」

そこへ、電話と同じ声の若い男がやってくる。潮よりも年下だろう。愛嬌のある顔立ちに、今どきの青年らしいツーブロックの髪型。気のせいか、かすかに酒の残り香がするような。

オフィスを抜けて奥の部屋へと案内される。青年はドアをノックして「社長、お見えになりました」と声をかけてから開ける。

「よお、先生」

ユキジがいた。幅広のデスクの上に、なぜなのか皿に載ったスポンジケーキがいくつもある。

ダークネイビーのスラックスに水色のシャツ、ネクタイは紺色のドット柄だ。タートルネックではないと雰囲気がちがう。たしかに青年実業家に見えなくもない。

「ほんとに社長さんだったんですね」潮が言うと、

「嘘ついてどうするよ」

とユキジは返す。ワッフルの箱を差し出すと、「悪ぃな先生」と受けとって傍らにいる青年に渡す。

「じゃ、さっそく中を見てまわるか」

ユキジは潮ならびに部下の青年を連れて社長室を出ると、先ほどのオフィスへ向かう。

ユキジが現れると、場の空気がさっと変わった。社員たちの表情が引き締まり、誰もがユキジに注視する。

「おまえら、聞け！」

いきなり彼は、野太く張りのある声を出す。

「こちらはな、えらーい脚本家の先生なんだ。今度書かれるドラマの取材でうちにいらした。くれぐれも失礼な真似すんじゃねえぞ」

そんな言葉で潮を一同に紹介する。お腹《なか》にずしんと響くような力のある声量で、俳優にも負けないくらいよく通るトーンだった。「はい！」と四方から、これまた大きな返事がくる。

「あ、あの、えらい脚本家の先生って……」

潮は困惑するが、「ほんとのことだろ」と言われてしまう。

ユキジについて歩きまわり、主任クラスの人を紹介されたり、会議室などものぞかせてもらう。そうして最後に案内されたのは、廊下の突き当たりにある部屋だった。

「ここはちょっと、おもしれえかもな」

ドアを開けると、驚いたことに床が畳敷きになっていた。十畳ほどの広さだろうか。三人の男性が胡坐《あぐら》をかいてテレビを観ながら、丼をかき込んでいる。全員ジャージ姿で、ユキジを見るなりテレビを消して正座に座り直す。

「社長、お疲れさまです！」

「悪ぃな、食ってるところ」

うちの部屋住み連中だとユキジは言う。「部屋住み？」小首をかしげる潮に、

「ま、研修生ってとこだな」

ユキジに続いて靴を脱いで、室内に足を踏み入れる。隅の方にはたたまれた布団が積まれてある。テレビの他にタンス代わりの収納ケース、新聞紙や雑誌を詰めた段ボール箱、ハンドグリップや青竹踏みも転がっている。

オフィスビルなのに、まるでここだけアパートの一室みたいだ。キッチンに洗濯機、シャワールームまである。

部屋住みの彼らはここで自分たちの食事をはじめ、社員の昼食に夕食、夜食を作るのだという。調理台の水切りには、洗った丼がきれいに重ねられている。冷蔵庫も大きい。ちなみに本日のお昼は親子丼だったそうだ。

みんなで同じものを食べてるなんて、生活感があるというか、アットホームというか。

（なんだか相撲部屋みたい……それか体育会系の部活動のような）

なんて感想を抱く。

「邪魔したな。ゆっくり食えよ」

部屋住み部屋を出るユキジに、彼らは正座したまま一礼する。廊下へ出てから潮は尋ねる。

「あの方たち、あの部屋で暮らしているんでしょうか？」

そうだそうだ。衣食住の面倒を丸抱えしてもらう代わりに、みんなの食事の支度や掃除洗濯、雑用もろもろをこなすのだという。

「部屋住みは、待機してる時間がつれえんだよ」

ユキジは説明する。親分や先輩から用を言いつけられるまで、じーっと犬のように部屋で待っていなければならない、と。

いつお呼びがかかるかもしれないから、勝手に外を出歩くこともできない。そもそも遊ぼうにも金がない。もちろんバイトもできないので部屋住みは基本、無収入だ。たまに親分から小遣いをもらえるくらいだという。

「そんなんじゃ、彼女に奢《おご》ってやることもできねえよな」

笑って語るユキジに、

「それは鮫肌さんの彼女さんも大変でしたね」

潮も笑って言うと、彼は黙って眉をひそめる。あれれ、と思う。今なにか変なことを言ってしまっただろうか。もしかしてヤクザの人に〝彼女〟の話はタブーなのだろうか……。

「あ、あのっ、鮫肌さんは何年くらい部屋住みをされてたんですか?」

慌てて話題を変えてみる。

「そうだな、俺はかれこれ三年ばかし……」

「三年も!」

やや大仰に驚いてみせると、

「どこもだいたいそんなもんだぜ。まあ家事のスキルは上がるよな」

ユキジの眉間《みけん》からしわが消えて、ほっとする。

(ひょっとして鮫肌さん、部屋住み時代に彼女と破局したとか……あったのかな)

そんな想像を頭のなかでふくらませつつ、武津興業を見学してゆく。

社長室へ戻ると、お茶とワッフルが用意されてあった。応接ソファにユキジと向かいあって座る。

「ま、こんなもんだ」

「なんだか……普通のオフィスなんですね」

「だからそう言ったろ」

ユキジはわんぐりと口を開けてワッフルにかぶりつき、

「ん、うめえな」

むぐむぐとつぶやく。「中に何が入ってるんだ。ジャムか?」

「杏子《あんず》ジャムです」

　潮は答える。近所にある小さなお菓子屋さんのもので、自分もたまに買って食べている、と。流行りのベルギーワッフルではなく、昔ながらのワッフルだ。

「甘すぎなくて好きなんです。杏子がちょっぴり酸っぱいのが、ちょうどいいなあと思って」

「先生は甘いの、けっこう食うのか？」

　問われて「え、ええ、まあ」とうなずく。実は書くのに煮詰まるたびに、コンビニへ駆け込んでロールケーキを一本食いしていたとは……言えない。

　するとユキジはすっくと立ち上がる。ラップをかけられ、デスクの上に並べられているスポンジケーキの皿を応接セットのテーブルに移し、じろりと潮を見やる。

「先生よ」

「は、はい」

　何ごとかと姿勢を正す。声にもまなざしにも迫力があるので、ふとした拍子に緊張するのだ。これらを食べて感想を教えてくれないか、とユキジは言う。

「台湾カステラっつうんだけど、俺にはどこがどうちがうのか分からなくてよ」

「……はあ」

　都内で売ってるところを探し求め、あらかた買ってこさせたのだという。

台湾カステラ。聞いたことはある。なんでもタピオカブームの次に、やってくるとかこないとか。だけど、どうして食べ比べなんてしているのだろう。そこで潮は、はっとする。

「もしかして……シノギにしようと思ってるんですかっ⁉」

「さすが小山田ウシオ、勘がいいじゃねえか」

大まじめな顔で言われる。粉ものは原価が安いうえに、さほど技術がなくとも作りやすいので、いい商売になるのだという。

「なるほど」

そういうことならば、と協力をする。お昼はちゃんと食べてきたけれど、甘いものとなると別腹だ。

基本のプレーンタイプをはじめ、生クリームを挟んだもの、砕いたチョコレートや干しブドウを生地に混ぜ込んだもの、抹茶風味に、ヘルシー志向でおからを入れたものなどなど。何種類ものカステラを食べてみて意見を口にする。

「う～ん。私はいろいろとアレンジしたものよりも、シンプルなプレーンタイプが好きですね。ストレートに玉子と砂糖の味を楽しみたいです」とか。

「でも、生地にドライフルーツを練り込むのはおもしろいかな。どうせならクコの実とか、それこそ杏子とか、台湾カステラだけにアジアンテイストの果実なんてあうかもしれませんね」とか。

感じたままの好き勝手な感想だが、ユキジはふんふんと熱心に聞いている。

「サンキュー先生、参考になったぜ」

「あ、いいえ。こちらこそ」

すべてのカステラを完食し、二杯目のお茶を飲む潮に、何ごとか思いついたようにユキジは言う。

「お礼にいいもん見せてやるよ」

お礼？　潮がきょとんとしていると、彼は社長室のドアを開け、外に向かってドスのきいた声で呼びかける。

「イトウ、マスダ、フナサカ！　おまえらちょっとこい！」

すぐさま三人の屈強な男性がやってくる。他の社員たちよりも迫力があり、ありていに言うと……やや怖い。

「なんでしょう、社長」と言う彼らに、ユキジはこともなげに命じる。

「おまえら脱げ。上だけでいい」

「えっ！」

男たちではなく、潮が驚きの声を上げる。

（さ、鮫肌さ……何を言いだすの）

動揺する潮をよそに男たちは平静だった。社長の指示に従ってネクタイを外し、背広の上衣も、その下のシャツもランニングも脱ぎ落とす。あらわになった上半身を見て、潮は絶句する。

（うわあ、これって……）

刺青だった。彼らは三者三様の刺青を背中に彫っていた。

「こちらの先生に見せて差し上げろ」

ユキジの言葉に、並んで背中を見せてくれる。圧巻だった。ひとりは龍、ひとりは鳳凰《ほうおう》、ひとりは般若《はんにゃ》の大きな面。いずれ劣らぬ立派さで、さながら日本画のようだ。

「す、すごいですね。色もきれいで……この般若なんて生きてるみたい」

潮の感想に「いえそんな」「それほどでも」と男たちは背を向けながら、まんざらでもなさそうな反応を見せる。

「どの部分がいちばん痛かったですか?」「手彫りでしたか? それとも機械で?」「どうしてこのデザインにしたんですか?」

そんな質問もさせてもらい、思いがけないリサーチがとれた。刺青の三人組が退室してから、ほう、と大きなため息をつく。

「どうした、先生」

「いえ、なんだか……びっくりしちゃいまして」

「ちったあ参考になったか」

「それはもう！」と、大きくうなずく。

「どうもありがとうございます。すっごく、すっごく勉強になりました。よーし、やる気が出てきた。がんばろう！」

えいえい、おー、という具合に握りこぶしを宙に向かって突き上げると、ユキジはぷっと笑う。

「な、なんですか」

「いや。なんか先生、俺のイメージしていた脚本家先生とはちがうなあ、と思ってよ」

どういう意味なのだろう。彼の表情からして悪い意味ではないようだけれど。そこへ、こんこんとドアがノックされ、部下の青年が顔を出す。

「社長、三時にお約束の吉村《よしむら》さんがお見えです」

「ああ、もうそんな時間か」

いつの間にか一時間もここにいた。このタイミングで自分もおいとましようとすると、

「他にも知りたいことがあったら、遠慮なく訊けよ」

と声をかけられる。かくして小山田ウシオのヤクザ取材がはじまった。

数日後、今度はシノギの現場へ同行する。武津興業が出資している店の見まわりに連れていってもらうことになった。

当日はフィットネスクラブの前で待ち合わせ、ユキジの部下（スズキというそうだ）の運転する車で街を巡っていく。

驚いたことに、ユキジはさまざまな店を手がけていた。繁華街のただなかにあるスナックや麻雀店はともかくとして、駅の近くのカフェレストラン、若い女性客でにぎわっているスイーツショップに生花店まである。

実際に切り盛りしているのは雇われ店長なのだが、週に一度は様子を見にいく。移動中の車内でユキジはそう語る。

「なにしろちょっと油断するとごまかしたり、売り上げを抜くやつなんかもいるからな」

「その場合はどうするんですか？」

潮の質問に、「ん、まあ、いろいろとな」とユキジは曖昧に答える。すると運転席からスズキが「そりゃ先生、もちろん鉄拳制裁ですよ」と、上司に代わってやや得意そうに言う。

がすっ、と運転シートの背面を、後部座席に座っているユキジが思いきり蹴りつける。

「黙って運転してろ」

「は、はい」

そのやりとりに潮は唖然《あぜん》となる。

（鮫肌さんってやっぱり……荒っぽいところがあるわ……）

潮のことを「先生」と呼び、今日の見まわりでも各店を任せている店長たちに、ユキジは丁寧な態度をとっていた。

だけどスズキに対しては、時折りぞんざいな振る舞いが出る。今みたいに後ろから蹴ったり、乱暴な口調になったり。だけど、スズキもスズキでそうされて喜んでいるようでもある。

（そういえば……武津興業の人たちもこんな感じだったなあ）

先日の取材を思い出す。社員や部屋住みの男たちが、社長であるユキジに向けるまなざしには、なんというか独特のものがあった。憧れと畏怖が入り混じったような、声をかけてほしい、かまってほしいというような。

あの雰囲気は、世間一般の会社にはちょっとないものだと思う。ユキジは「普通の会社と変わらない」と強調していたけれど、そもそも男性しかいないという点からして、やはり特殊だ。

最後に向かったのは「フィッシュボーン」というキャバクラだった。ちょうど昼キャバタイムが終わった後の休憩時間で、店内では女性たちが出前の食事をとっていた。

「社長さん、どしたの。女の子なんか連れてきて。あ、ひょっとしてあんた面接？」

タンメンを食べている女性が、口をもぐもぐさせて近づいてくる。鮮やかな赤のミニドレス姿で、すんなりと伸びた脚はワックス処理も完璧だ。ゴージャスな夜会巻きがメリハリのきいたメイクに似合っている。年の頃は二十代後半というところだろうか。

彼女は潮を検分するように眺めて、にっこりと、安心させるように笑う。

「大丈夫よ。ここは優良店だからね。おいたする客は、ちゃーんと社長さんたちが締め出してくれるし、顔出しNGならサイトに写真も載せないし。それに住む場所がないなら、お部屋も用意しちゃうわよ。ね、社長さん」

潮の横にいるユキジにも微笑みかける。

「ね、じゃねえよ」

つれなく返すユキジにも、ものおじしない。

「寮の電球、交換してくれてありがとね。あと、ゴミ捨て場もきれいにしてくれてたでしょ。うれしー。社長さんってば、き・く・ば・り・や・さん」

ストーンネイルを施した人差し指で、ユキジの頬をちょんちょん、とつつく。それから潮に向き直り、

「じゃ、店長室にいこっか。だいじょぶ、だいじょぶ、エロいことなんてさせないから。アタシがついていってったげる」

ぐい、と腕をとられて奥の部屋へ連れていかれそうになる。

「あ、あ、あの……っ」

あたふたする潮のもう片方の腕を、ユキジががしっと掴む。「おい」と低い声を発し、

「先生に失礼な真似すんじゃねえ。アユリ」

アユリと呼ばれた女性は、まばたきして潮を見る。「先生?」

「こちらはな、キャバ嬢の面接にきたんじゃねえ。そもそもキャバ嬢向きじゃねえ。ドラマのシナリオの取材にいらした脚本家の先生なんだよ」

潮に代わってユキジがそう説明をする。微妙に失礼な文言が混じっているような気もしたが、とりあえず気にすまい。アユリに向かって「そうなんです」とうなずく。

「はじめまして。脚本を書いています小山田ウシオと申します。お食事中のところをお邪魔いたします」

フィッシュボーンのスタッフ・キャストの前で、ぺこりとお辞儀をする。

「小山田ウシオって……」

アユリは魚の鱗《うろこ》のように輝く爪で潮を指さし、しばし考えたのち、あっけらかんと言う。

「ごめーん、知らないわ。アタシ、ドラマとか詳しくなくって」

「ばっ……おめえなあ」とユキジ。

「ほら、あれだよ。『五十六億七千万年後に会いましょう』とか、『僕と彼女の射程距離』とか『ラブ・コンフィデンシャル』とかを書いた人だよ」

アユリは指をあごに当てて再び考えるが、「ごめん。やっぱり知らない」

「じゃああれはどうだ。一年半くらい前にテレビでやってた『逢魔がときに会いましょう』っつー不倫ドラマ！」

「あ、それは観てた」アユリがぱん、と手を叩く。

「でも、あんまおもしろくなかったなあ。二回目くらいで観るのやめちゃった。あ、ごめんね先生」

しまった、というふうに手で口を押さえる。

「ば……バカ正直に言うんじゃねえ！　おまえそれでもキャバ嬢か！　こういうときは嘘でもいいから褒めれ！」

「いえっ、いいんです、いいんです。鮫肌さん、どうかもうそのへんで……」

潮はユキジのスーツの袖口を、控えめに引っ張る。

彼がフォローしようとしてくれているのはようく分かるのだけど、かえっていたたまれなくなってくる。それにつけても自分はやはりオワコンなのだなあ……と思い知らされる。小山田ウシオと名乗っても、アユリだけじゃなく他のキャバ嬢たちからも、まるで反応がない。

「ね、ウシオ先生、気を取り直してビールでもいかが？　それともハイボールがいいかしら」

「ハイボールじゃねえよ」

軽くしおれる潮を前にして、二人はなおも続けている。

「だいたいおまえは接客業のくせしてガサツなんだよ。思ったことを、なんでもかんでも口にすんじゃねえよ。バカだと思われるぞ」

「あらあ、一応アタシ短大出なんですけど。社長さんみたく高校中退の、少年院卒じゃあございませんのよ」

「く……っ」

歯嚙《はが》みするユキジの肩に、アユリはぽんと手を置く。

「ま、学歴なんて気にしなさんな、社長さん。やっぱ男はやさしさと甲斐性《かいしょう》よ。ね？

ウシオ先生」

「あっ、は、はあ」

ユキジとアユリの掛け合いについていけず潮は呆然《ぼうぜん》としているが、周囲の者はいつものことかというふうに注意も払わない。「ごちそうさまでした」「アユリさん、お先しまーす」と、食事を終えた女性たちは帰り支度をはじめる。

「いっけない。アタシも社長さんの相手をしてる場合じゃなかったわ。早く食べてチビたちのお迎えにいかなくっちゃ」

アユリはタンメンを豪快にすすってたいらげると、ポーチから名刺を抜いて潮に差し出す。

「ウシオ先生、よかったら接待とかでここ使ってくださーい。この名刺を見せたら指名料オフになりますんで」

「ちゃっかり営業してんじゃねえ」

ユキジは、しっしっと片手を振ってアユリを控え室の方へ追い立てる。そこへ店長から「社長、ちょっとよろしいですか」と声をかけられ、店長室へ向かう。広々としたフロアに潮とスズキが残される。

キャバクラというから、どんな派手派手しいところかと思っていたけれど、意外なくらいシックな空間だった。壁の色は濃いダークグルー。天井にはシャンデリア。座り心地のいいソファ。やわらかな青色の照明がムーディーな雰囲気を醸している。なんだか深海にいるような感じがしてくる。

先ほど渡されたアユリの写真つき名刺を眺める。斜め四十五度の角度でセクシーな微笑みを浮かべていて、ユキジの名刺よりもいい紙を使っている。

「あのおふたり、仲がいいんですね」潮はつぶやく。

「びっくりしちゃいました。あんなにぽんぽん言いあってて」

「そうですねえ、けっこう古くからの仲みたいです」のんびりとスズキは言う。

ここの開店当初からアユリは在籍しており、今の店長よりも勤務歴は長いらしいのだ、と。つまりそれだけユキジとの仲も長いということだろうか。

「アユリさん、カッコいいんですよね。姉御肌で美人で太客も多いし、ああ見えて店の子たちの面倒見もいいんですよ」

そういえばさっきも、他の女性たちは礼儀正しくアユリに挨拶をしていた。

「社長にあんだけズケズケもの言える女の人、アユリさんくらいですよ」

スズキは感心したふうに首を振る。「なんだかんだで社長も一目置いてるもんなあ」と。

「先生、ここだけの話ね、俺アユリさんは社長のこと、好きなんだと思うんです」

屈託ない笑みを潮に向けてスズキは言う。

「ね、先生もそう思いません？　社長すっげえカッコいいし、アユリさんもカッコいいから、カッコいい者同士でくっついちゃえばいいのになあ」

「たしかに、お似合いでしたね」

潮もまた調子をあわせる。

「私も横で見ていて、ケンカップルみたいだなあって思いました」

「でしょでしょ」

スズキはうなずく。まるで自分が褒められているみたいに嬉しそうに。

不意に心がざわりと波打った。あれ、と思った。なんだろう。なんだか急に落ち着かない。もやもやするというか、むかむかするというか。甘いものを食べ過ぎた後の胸やけにも似た感じがした。

と、そこへユキジが戻ってくる。

「悪ぃな先生、待たせて。うるせえのも帰ったし、ちゃちゃっと店の中を見てまわるか」

潮の手にしているアユリの名刺に目を落として、

「そんなの捨てちゃっていいぜ」

なぜだか怒ったように言う。

取材をはじめるようになって、少しずつヤクザの実情というものが見えてくる。

暴力団の人間は今の世の中、まったく生きづらいということも、だんだんと分かってくる。たとえば彼らは銀行に口座をつくれない。ローンで買いものもできない。保険に入れないし、アパートやマンションの部屋を借りることもできない。暴排条例に引っかかるのだそうだ。

「ここのジムの会員資格もはく奪だな。俺がヤクザだってばれたら」

フィッシュボーンへ同行した日から一日置いた金曜日の夜。本日はフィットネスクラブのカフェテリアで話を聞かせてもらっている。ユキジはスムージーが気に入ったのか、グリーンスムージーを飲んでいる。潮は走った後の糖分補給ということでダイエットコーラだ。トレーニング後にここで落ち合って、すでに小一時間ほど経っていた。

今日の話題は「なぜ私はヤクザになったのか」。

ユキジがいかにして武津組に入り、独立して武津興業を立ち上げ現在に到《いた》ったかを、ダイジェストで聞かせてもらったところだった。

「それにしても、高校中退からの少年院からの塗装職人見習いからのヤクザ……ですか。ずいぶんドラマチックな道のりですね」

ずずず、と音を立ててユキジはスムージーを吸う。

「ドラマチックというより、なりゆきっつうか、気づいたらこうなってた感じだな。ま、ケツ割らねえで続いてるってことは、ちったあ適性があったのかもな」

「親御さんは心配しませんでしたか？」何の気なしに尋ねると、

「心配するような親じゃねえよ」

ユキジは乾いた笑みを浮かべる。赤ん坊の頃に両親は離婚して、自分は父方の曽祖母に育てられたのだという。

「頼れるような身内はそのばあちゃんしかいなくてよ。普通、ばあちゃんって孫に甘いもんじゃねえか。それがうちのババアは全然でさ。おっかなくて厳しくて、鬼ババアだったな」

ババア、ババアと連呼するけれど、そう語るユキジの口調はやさしい。

曽祖母は駄菓子屋を営んでいたそうだ。小さな借家の一階を店舗にして、二階で暮らしていた。朝から夕方まで年中休むことなく店を開けて、それでも子ども相手の商売なので一日の売り上げは三千円弱。

「ガキが好きでないとできねえ商売だよな、ありゃあ」

中には万引きをする子もいて、少年時代のユキジはそういう常習犯たちに、しょっちゅう殴りかかりにいったそうだ。自分よりずっと大きな、年上の子が相手でも。

結局、それで喧嘩ぐせがついた。問題が起きたら相手を殴って謝らせて解決すればよい、という考え方をするようになった。

それが今の自分の下地になったのかもしれない……とユキジは語る。深く濃い黒目になつかしそうな色味が浮かんでいる。

「ばあちゃんから、よく言われたな。『おまえまでヤクザもんになっちゃったのは、ばあちゃんの育て方が悪かったんだ』……って」

「おまえまで？」と潮。

おまえまで、ということはユキジの他にも〝ヤクザもん〟になった身内が、鮫肌家にはいるのだろうか。そんな疑問が頭に浮かんだ。

「ん？　ああ」

ユキジは、ややばつが悪そうに数秒間、沈黙する。それからゆっくりと唇を開き、

「俺の親父《おやじ》もヤクザなんだよ」

視線をテーブルに落とす。父親は自分と同じ組ではなく、よその広域団体に属しているという。

「典型的なダメ男でよ。ちっとも家に金を入れねえもんだから、ヨメに愛想尽かされて逃げられて。まだ赤ん坊だった俺を、ひいばあちゃんに押しつけたんだ」

聞くとユキジの父親もまた、その曽祖母に育てられたのだそうだ。

「親父の両親、つまりひいばあちゃんの息子夫婦は、親父がガキの頃に事故で死んじまったんだ。それで、ひいばあちゃんに引き取られてな」

曽祖母は結局、三度も子育てをしたようなものだったとユキジは語る。二十代で自分の子を、四十代で自分の孫を、さらに六十代も半ばになってからひ孫まで押しつけられて、さぞかし大変だったろう……と。

しかもそいつらが、そろいもそろってヤクザ者になったのだから、曽祖母が嘆くのも当然だとユキジは笑う。どことなく自嘲めいた笑いだった。

「お、お父さんはお元気ですか？」

つとめて朗らかに潮が尋ねると、

「なんだかんだで生きてんだよな。あいつ」

その吐き捨てるような口ぶりから察するに、どうやらあまりいい親子関係ではなさそうだ。

（う……つっ込んだことを聞いちゃった……）

気まずくなる。いつの間にかユキジのプライベートな部分にまで、ずかずかと踏み込んでしまったみたいだ。それにしてもさすがというかなんというか。こう言ってはなんだけど、ヤクザになるだけはある家庭環境だと思った。

「ところでよ」

ユキジはテーブルの上で腕を組み、話題を変えてくる。

「先生はなんで脚本家になったんだ」

「え……わ、私、ですか?」

質問をする側から突如、される側になる。

「いや、さっきから俺の話ばかりなんで。先生の話も聞いてみてえな、と思ってよ」

そういえばこの人は「小山田ウシオ」のファンだった。デビュー作から観ていてくれてる、今となっては数少ない(と認めるのもせつないけれど)自分のファンの方なのだ。だからこうして時間を割いて、取材に協力してくれている。

そう思ってユキジを見つめると、照れたような、むすっとしたような顔をされてしまう。

「嫌ならいいけどよ」

「い、いいえ、べつにそういうわけじゃあ……」

しばし考えて、ぽつりぽつりと話しはじめる。

「そうですね。私の方もかなりなりゆきというか、気がついたら脚本家になっていた感じなんです」

きっかけは大学の授業だった。

一般教養で受けた『シナリオ概論』の課題で出した作品を講師の先生に褒められて、それを基にして書き直したものをコンクールに送ってみた。それがまさかの大賞受賞。そうしてテレビ業界に飛び込んだ。

大学に通いながらシナリオライターとしても活動しはじめ、多忙のあまり留年もしてしまい、結局五年かけて大学を卒業した。

「子どもの頃からこの道を目指していたとか、憧れの脚本家がいたとか、まったくそういうのじゃないんです。ほんとうに、ただなんとなく……でなっちゃいまして」

語りながら苦笑してしまう。改めて自分は軽いなあと思う。書くものも生き方も、ふわふわしていて重みがない。ろくに人生経験も恋愛経験もなく、シナリオの基礎訓練も積んでないままに、なんとなくで書きはじめ、運よくデビューしてしまったのが、今思えばよくなかったのかもしれない。

勉強していなければ、ストックは尽きる。基礎を積んでいない者は、応用がきかない。

今の自分はまさにそれだ。

『五十六億七千万年後に会いましょう』を書いた九年前、二十歳の頃と比べて、何も変わっていない気がする。いや、年をとった分フレッシュさは減ったか。ひたすら部屋にこもって書いてばかりいて、外の世界にふれてこなかった。人と会わず、現実を知らず、恋愛ドラマの書き手でありながら恋愛もせず、自分の世界のなかだけで生きてきた。

潮の話を聞きながらユキジが言う。

「この前、あいつが無神経なこと言って、すまなかったな」

あいつ？　と首をかしげて、アユリのことかと思い当たる。脚本家・小山田ウシオをアユリが知らなかったこと。最近作を「あまりおもしろくなかった」と評したこと。それについてユキジは詫《わ》びる。

「そんな、べつに」

潮はがんばって笑みを浮かべる。下がり眉なので、笑っても困っているような顔になってしまう。

「ほんとのことですから。あのドラマは実際、数字も悪かったですし。全十二話のところを、八話で打ち切られちゃったんです」

『逢魔がときに会いましょう』は初回視聴率が四・九パーセント。以降、回を重ねることにじり貧になっていき、ネットでもむちゃくちゃに叩かれた。脚本家にとってこれ以上の屈辱はない打ち切り宣告をされ、なんとか全八話に収めたところ、さらに叩かれた。たくさんのネット民からバカにされ、批判され、叱られた。

当時、ただでさえ下がりつつあった小山田ウシオの業界内評価を、決定的に引き下げた作品となった。

「あのよ……余計なことかもしんないけどよ」

潮の表情を窺いつつユキジは言う。

「実をいうと俺もあれは、なんか小山田ウシオっぽくねえな、と思ったんだ」

小山田ウシオっぽくない。その指摘にぎくりとする。

(鋭い……この人、鋭いわ……)

たしかにあの作品は、どこか無理をして書いていた。〝小山田ウシオはラブコメしか書けない〟——そんなレッテルを剝がしてやりたい、自分のイメージを刷新したいという一心で、どぎつい不倫ドラマの提案に飛びついた。濡《ぬ》れ場《ば》もたっぷりと盛り込んだ、地上波ぎりぎりの内容だった。

それが思っていたほど数字が伸びず、プロデューサー側からのもっと刺激的にしてほしいという指示に従って書くうちに、どんどん支離滅裂な話になっていった。潮自身も書きながら、これはほんとうに自分が書きたかった脚本《ホン》なのか……？　と繰り返し自問した。

悔いの残る仕事となった。そういうのは、やっぱり観る人にも伝わるものなのだ。

「私には不倫ドラマは、まだちょっと早かったのかもしれません」

おどけた口調でそう言うと、

「いや、そうじゃなくて」

ユキジはまじめな顔で言う。

「先生は不倫ものなんかより、明るくて楽しくて、ちょっとばかし笑えて、子どもも年寄りも茶の間で安心して観られるようなドラマの方が向いてると思うんだ」

「……」

沈黙する。ユキジの指摘の的確さと、仕事がらみの相手ではない、第三者ならではの率直な意見に胸が打たれる。顔に浮かべていた曖昧な笑みを消して、潮もまじめな表情になる。

「ありがとうございます。そう言ってもらえて嬉しいです。でも――」

向かいあうユキジに、というよりも自分自身に向けて言う。

「私は恋愛ドラマの書き手として、もうほとんど終わっているんです。現実味のない、ふわふわしたラブコメディしか書けなくて……その他愛のなさが受けていたんですけど……どうやらもう飽きられちゃったみたいです」

口に出して言うことで、明確に自分の立ち位置を自覚する。売れっ子だったのは昔のことだ。いつまでも『五十六億七千万年後に会いましょう』を引きずっていてはいけない。あれを超えるものを生み出さなければ、自分は先に進めない。

沈思する潮の耳に「でも俺は」と低い声が入る。

「俺は先生の、ふわふわしたラブコメディっつうやつに、救われたけどな」

「え」

今なんと言われたのだろう。ちゃんと聞いていなかった。顔を上げてユキジを見ると、

「なんでもねえよ」

またむすっとした表情をされてしまう。

二

プロットを提出した翌日、プロデューサーの石持氏から連絡がきた。内容の擦りあわせをしたいという。『俺の上の人も同席してなんだけど、いいかな?』というメールに『私はいつでも大丈夫です』と返信する。

『ひょっとしたら細かいことを色々言われるかもしれないけど、心配しないで。俺がガッ

ンと言い返してやるから！』

そんなやりとりをして、打ち合わせの日取りを決める。

当日は、ユキジにも好評だったワッフルを持参してテレビ局へ向かった。会議室に案内してくれたアシスタントスタッフから「少々お待ちください」と言われ、待っている間にプリントアウトしてきたプロットを読み直す。

主人公は青年ヤクザである。少年時代に父を亡くし、やさぐれていたところを暴力団の組長に拾われてヤクザの世界に入る。オヤジと慕う組長のもとで頭角を現し、後継者候補にまで出世するものの、抗争に巻き込まれて逮捕、服役。数年後に出所すると組はガタガタになっていて、さらにヤクザに対する世間の風当たりも強まっていた。オヤジから組を託された主人公は、この時代を生き抜くためのヤクザ道を模索する……。

ざっとこんな内容だ。

鮒戸翔演じる主人公の人生を軸に、これまで任侠映画やVシネなどであまり描かれてこなかったヤクザ業界の実情も盛り込みたい。エンタメと社会性が両方ある内容になっているのではないだろうか。

ドアがノックされ「どうもどうも。お待たせしました」と、石持氏ともうひとり、男性が入ってくる。

「はじめまして。制作統括の鯉口《こいくち》と申します」

にこやかな笑顔で挨拶をされる。石持氏より十歳ほど年長の五十代前半の男性で、ぱりっとしたテイラードジャケットに、上のボタンを二つ開けた白いシャツ、フレームのない眼鏡をかけている。爪先の尖《とが》った革靴が照明を反射して光っていた。

「プロットを拝見しました」

鯉口氏は笑みをたたえたまま、切り出す。

「いやあ、さすがは翔くんをブレイクさせた小山田先生です。彼の見せ方をよく分かっていらっしゃる。この主人公いいですね。父親の愛に飢えた不良少年から、ヤクザ街道をイケイケどんどんしていく前半！　サイコーです。もうね、翔くんが演じてる姿がすでにして目に浮かびましたよ」

「あ、ありがとうございます」

反応は上々のようで、ほっとする。よかった。どうやらこのまま進めてもよさそうだ。

「ただ、ですね」

鯉口氏は続ける。ただ。経験上その言葉が入ると、次の流れもおおよそ予測はついた。

「ただ、主人公が刑務所を出所してからの後半がちょっと……う～んというか、あれ？　どうしちゃったのかな、といいますかね。前半の勢いがなくなっちゃって。ねえ」

隣に座る石持氏に、同意を求めるようにうなずきかける。石持氏は神妙な表情だ。

「あ、あの……前半と後半のカラーが変わっているのには、ちゃんと意図がありまして」

潮は説明する。主人公がイケイケどんどんの前半パートと、ままならない現実に苦闘する後半パート。たしかに後半になると勢いが失速しているように見えるかもしれない。しかしそれは敢《あ》えてなのだ、と。

「いわば二部構成なんです」

身振り手振りを交えてプレゼンする。前半部は、従来のヤクザもののセオリーに則《のっと》った立身出世の物語として展開し、一転して後半部は、実際の彼らが置かれている現実を反映させたい。暴対法や暴排条例によってじわじわと追い詰められ、行き場を失《な》くしつつある現代ヤクザの悲哀を描きたい、と。

「きっと翔くんなら、前半と後半で変わってゆく主人公を演じ分けられると思うんです」

「分かります。ですよね、ヤクザの皆さんも今は大変ですもんね」

鯉口氏はジャケットの胸ポケットから煙草を取り出すと、テーブルの端にあるガラス製の灰皿を引き寄せる。この局の会議室は未だに喫煙可なのだった。デュポンのライターで細長い煙草に火をつけると、「小山田先生」

一拍置いて氏は告げる。

「申し訳ありませんが、現状のプロットでは通せません」

ぐぅ……っと、自分の喉の奥が鳴る音が聞こえた。鯉口氏は煙草をすぱすぱ吸いながら、言葉を重ねる。

「ぶっちゃけたところを申しますと、視聴者はヤクザの現実なんかに興味はないんです。大衆が求めているのはいつだって抗争とか仁義とか、男同士のブロマンスとかの王道ヤクザなんです。石持の方から最初に説明させていただいたと思うんですが」

鯉口氏は灰皿で煙草を押し消すと、二本目に火をつける。

「あ、あの、でも石持さんの方からは、そういう男性目線のじゃないヤクザもので、と……」

潮はごにょごにょと言うものの、鯉口氏はかまわずに話し続ける。

「あ、でもね、前半はいいんですよ。前半はバッチグー。問題は後半なんだな。後半をばっさり変えて、もっとライトにしてきましょうよ。小山田先生、そういうの得意じゃないですか。たとえば恩人の組長に娘がいることにして、その子との恋愛を入れるなんてどうですか？」

「え」

「テッパンの身分差恋愛ですよ！　しかも女性上位。ほら、女子ってそういうの好きでしょう」

「ええ……と、でも、そうするとなると……設定とかもだいぶ変わってしまうんですが……」

「変えましょう。いっそのこと刑務所いきの部分も削りませんか？」

「ええっ」

「だって囚人って坊主頭ですよね。それは翔くんの事務所的に難しいんじゃないのかなあ」

どうしよう……このままだと、どんどん話が変えられていってしまう。石持氏にちらちらと視線で助けを求めるけれど、彼は、うんうんと鯉口氏の意見に相づちを打っている。

鯉口氏は喋るだけ喋ってしまうと、手首のオメガウォッチをちらりと見て「すみません、じゃあ僕はそろそろ」と立ち上がる。

「そういう感じでひとつよろしくお願いします。リプロット期待していますね、先生」

やってきたときと同じく、にこやかな笑顔を残して会議室から去っていく。灰皿にはほんの数口吸っただけの吸い殻が、こんもりと山になっていた。

「なんか……どうもすみませんね」

二人きりになって、石持氏がようやく口を開いた。

「俺はね、いいプロットだと思ったんだけど、やっぱり上がうんと言ってくれない限りはさ」

「分かっています」

潮は下がり眉の笑みを、へらりと浮かべる。

それはそうだ。鯉口氏は石持氏の上司なのだ。逆らえないのは仕方がない。それに局側から注文をつけられるのはよくあることだ。でも、それでも何かひと言、フォロー的な助け船を出してほしかったな……と思わなくもなかったが。

そんな気持ちはおくびにも出さず、潮は元気よく椅子を引いて明るい声を出す。

「じゃあ私、さっそくプロットを練り直しますね。今日はお忙しいところを、どうもありがとうございました！」

テレビ局の建物を出てしばらくしてから、まだ手土産の紙袋を持っていることに気がついた。


打ち合わせのはじまった時刻が遅かったので、最寄り駅に着く頃には夜十一時をまわっていた。普段だったらアクアティックに立ち寄って、軽く走ろうかというところだけど、さすがにその気になれなかった。

石持氏に言ったように、早く帰ってプロットを直さなければ。鯉口氏から出された提案（という名の注文）である〝組長の一人娘と主人公の身分差恋愛〟をはじめ、諸々《もろもろ》のプラスαを組み込んでもっと明るく、もっと軽い内容に。

小山田ウシオテイスト満載の、任俠ラブコメディへ軌道修正するのだ。

（うん、やっぱり私に求められているのは、それなのよね）

夜道を歩くうち、足がふらふらと、吸い寄せられるようにコンビニに向かった。缶ビールの六本パックを買って、帰路の途中にある公園へ立ち寄る。

猫の額ほどしかない小さな公園だ。遊具といえばブランコとすべり台、それに馬とパンダの形をしたバネつきの乗りものくらいだ。

ブランコに腰をかけると、ぷしゅ、とビールの蓋を開ける。ごくごくごく……と一気に喉に流し込み、ぷはあーと大きなため息をつく。

「言われちゃったなあ」

声に出して、つぶやく。

「新人の頃みたいに、けっこう遠慮なく言われちゃったなあ」

鯉口氏は終始笑みを絶やさなかったけれど、もしもリプロットもお気に召さなかったら、脚本家をチェンジするかもしれない。

今日の感触からしてなんとなく、そんな予感がはたらいた。いくら主演の鮒戸翔の推薦とはいえ、制作側のトップである統括の方が立場は上だ。さっきの打ち合わせで、石持氏が何も言えずに黙っていたのも責められまい。

「分かりました。やります。設定も展開も変えて、うんと明るくてうんと軽い任侠ラブコメディにしてみせます！」

夜空に向かって元気いっぱいに宣言する。今夜は月が出ていない。白ごまみたいな星がまばらに散っていて、ビールをぐびぐび呑《や》りながら眺めているうちに、鼻の奥がつんとしてきた。視界がぼんやりにじんでくる。泣き上戸ではないはずなのに。

向こうの言い分を聞き入れて、書き直すことに頭では納得したものの、やはり心のどこかで自分は悔しがっているようだった。それに、傷ついてもいる。鯉口氏からどことなく軽く扱われたことに、自尊心が削られた。石持氏がなんのフォローもしてくれなかったのも、悲しかった。

なによりも、あのプロットを通せなかった自分自身に腹が立つ。自分の非力さに、情けなさに泣けてくる。

「う、う、うう……っ」

両目から涙がぼろぼろこぼれてくる。ビールはたちまち空になり、二本目を手にとる。

ぎこ、ぎこ……とブランコを軽くゆらしてビールを呑み、泣きじゃくり、渡しそびれたワッフルの詰め合わせの包装紙をびりりと破く。

嗚咽しながらワッフルにかぶりつく。甘い、苦い、しょっぱい。ワッフルとビールと涙の味が混ざりあう。

（こんな夜更けに公園でブランコに座って、ビールを呑んでワッフルをぱくついて、べそべそ泣いてる三十間近の女……痛い、痛いわ……傍《はた》から見たらちょっと怖いかも）

などと客観的に自らを見つめつつも、それでも涙は止まらなかった。

そういえば、この公園のすぐ近くであの人に助けられたのだ。たしか満月の晩だった。後ろから痴漢に抱きつかれて、恐怖のあまり身体がすくんでしまったところへ、あの人が現れた。まるでドラマのようだった。ヒロインが窮地に陥ったら、必ず助けにきてくれるテレビドラマのヒーローみたいだった。

ヒーローにしては必要以上に荒っぽく、痴漢を恐喝しようとしたところが、少々アレではあったけど……。

ぎこ、ぎことブランコを軋《きし》ませて、そんなことを思っていると、

「先生じゃねえか」

野太い低い声がした。声のした方に目をやると、ユキジが道路に立っていた。白いシャ

ツに黒のスラックス。エナメルのスポーツバッグを手にしている。

「……こんばんは。ジム帰りですか」

そう挨拶すると「呑んでんのか？」と言われてしまう。足もとにビールの空き缶が何本も転がっていて、膝の上には半分ほどもたいらげた菓子箱が載っている。

「ええ。呑んでいます。しかもつまみはワッフル。意外とビールにあうんですよ」

空元気を出して答える。

「こんなところで酒呑んでると危ねえぞ。また変なやつがきたら、やべえだろう」

「分かってます。あと一本呑んだら帰ります。鮫肌さんもいかがですか？」

手つかずのビールをとって差し出すと、「や、俺はいい」と断られる。

「じゃあ私が呑みます」

ぷしゅ、と勢いよく開けて、ぐびっと呑む。

「ああ、おいしい」

にっこりと笑うけれど、嘘だった。潮はビール好きである。しかし、こんな気分で呑む酒がおいしいはずがない。そんな潮にユキジはじっと、濃い黒目を当ててくる。

「先生、なんかあったのか」

「……」

潮は地面に置いたバッグから没プロットを取り出すと、無言でユキジに示す。ペラ四枚の用紙で、左上の角をホチキスで留めてある。

「これ、読んでいいのか？」

こくんとうなずくと、彼はすぐ隣のブランコに腰を下ろして読みはじめる。身体が大きいので、無理やりブランコの板にお尻を押し込むようにして。ぺら……と紙をめくる音が横から聞こえる。数分ほど経ってから、

「……おもしれえ」

ユキジはつぶやく。

「先生、おもしれえ。おもしれえよ。特にここ、出所した主人公が口座をつくろうとして銀行にいったら『新規口座は開設できません』って断られるとこ。すげえリアルじゃねえか！」

プロットの三枚目、後半部分を指して言う。そこはユキジへの取材を基にふくらませたところだった。他にも彼から教えてもらったいろいろなこと――ヤクザ引退の五年ルールや破門、絶縁にまつわる悲喜こもごものエピソードを取り入れている。

でも、それらのほとんどは鯉口氏に「ちょっとリアルすぎるかなあ……」と却下されてしまったのだが。

「すげえな、先生。俺の喋ったのがこんなふうにドラマの話になってくのか。すげえなあ、脚本家って。ほんとすげえよ」

ユキジは感じ入ったように「すげえ、すげえ」と連発する。興奮している男の子みたいな表情だ。

「前半もいいけどよ、後半はもっといいよな。先生、この主人公は最後どうなるんだ？あ、やっぱいいわ。今聞くともったいねえから」

片手で自分の耳を押さえる彼に、ぼそりと告げる。

「没なんです。それ」

「ぼつ？」

「書き直してこい、って言われちゃいまして」

てへ、というふうに眉を下げて笑う。

制作統括の偉い人から、もっと明るいノリのコメディタッチの内容にするように、と釘を刺されてきたことを話す。だからこのプロットは没なのだと。後半のシリアス路線はばっさり切り捨てて、前半のイケイケどんどんの流れのまま進めていくことになった……と。

「ええとですね、どうやら組長の娘と恋愛をさせることになりそうです」

「なんだよそりゃ。そんなのここに全然書かれてねえじゃねえか！」

ユキジは憤慨する。

「仕方ないですよね」潮はへらりと笑う。

「せっかく鮫肌さんからいろいろお話を伺ったのに……ほとんど生かせない内容になっちゃうかもです。私の力不足です。不甲斐《ふがい》ないです」

「んなことねえよ。そのお偉いさんの方が分かってねえんだよ。だって先生、あんなに熱心に取材しにきてたじゃねえか。俺、感心したんだぜ。よくヤクザの会社に女ひとりで話を聞きにくる度胸あんなあ、って」

ユキジの声にいたわりの色があった。「いえいえ、それほどでも」と潮は笑いかけようとして、途中で笑みがぐしゃっと崩れてしまう。

涙が再び、さっきよりも勢いよくあふれてくる。

「わ……わた、わたし、ちっとも……ちっともすごくないの……さ、鮫肌さんが思ってるほど……すごくなんか、ないの……もう、オワコンなの……終わっ……てるの」

泣きながらそう言ううちに感情が昂《たかぶ》ってくる。涙どころか洟まで出てくる。ブランコの両側の鎖を両手で握りしめ、子どもみたいに顔をぐしゃぐしゃにしてべそをかく。傍らのユキジが見るからにうろたえている。

「そ、そんなことねえよ。先生、終わってなんかいねえよ。まだまだこれからだよ、な」

「うっ、うう……うぅ～」

顔をぶんぶんと振って泣く。ユキジから励まされれば励まされるほど、みじめな気分になってくる。

自分は〝先生〟なんかじゃない。そんな大層な人間じゃない。ダメ出しをされたくらいで凹《へこ》んで、酒に逃げて、自分のことを褒めてくれるユキジの前で泣いてるのも、たぶん甘えているのだろう。そんな自分が恥ずかしかった。それでも涙は止まらなかった。

「も、もう……なにをどう書いたらいいのか……わかんない……ひっく」

しゃっくりが出た途端、気管が詰まって激しくせき込んでしまう。

「げほっ、げほ、げほげほっ――」

身体がぐらりとゆれてブランコから落ちそうになるや、即座に太くて長い二の腕に抱きとめられていた。筋肉質の胸に顔をぎゅっと押しつけられる。

「く……くる、し……息できな……」

「わ、わりい」

腕の力が弱められて、潮はぷはあ、と大きく息を吐く。鼻と鼻がつきそうなほどの近い距離に、ユキジの顔があった。夜と同じ色をした黒目が、心配そうに自分を見ている。ひっく、としゃくり上げる口が、不意にあたたかいものでふさがれた。

(ん……なに……？)

自分の身に何が起こっているのか、すぐには分からなかった。口と口が当たっている。もしかして、これはキスというものなのだろうか。キス。口づけ。接吻《せっぷん》。ドラマでは何度も何十度も書いてきたけれど、実際にしたことは、実はまだなかった。それを今してい る。ユキジとしている。

厚くて大きくて熱い舌が、口のなかに入り込んでくる。

「ん――んん」

涙に濡《ぬ》れた目をぼんやりと見開きながら、潮は放心状態でこの行為を受けとめる。男の堅い太ももに乗り上がるようにして抱擁されて、生まれて初めて感じる男の体温に、ぼーっとなる。驚きと混乱と酔いが一緒くたになって込み上げて、しばし思考が停止する。

舌と舌が絡まってぬるぬるする。だけど気持ち悪くはない。なだめようとするように、ユキジの舌が自分の舌を撫《な》でている。その動きにやさしさを感じる。くちゅ、くちゅ……という音が口内からしてきて、その響きにも心地いいものがあった。

どれほどそうしていたのだろう。一瞬のようにも、永遠のようにも感じられるひとときだった。気づいたら涙は止まっていて、ユキジと見つめあっていた。互いの目に互いの像があった。

プルルルルッ。沈黙が電子音で破られ、ユキジは潮から、がばっと飛び退《すさ》る。

「お疲れさまです、オヤジ！」

ユキジの携帯電話だった。親分からの連絡だろうか。こちらに背を向けて地面に正座して、「はい、はい。今からすぐ向かいます。いえそんな！」と応答している。

電話を切って振り向くと、精悍な顔が真っ赤だった。潮をじろりとにらみつけ、

「先生、もう帰って寝ろよ！」

怒ったようにそう言うと、散乱しているビールの空き缶を拾ってまとめてくれる。

「こんなとこでいつまでも酒呑んでんじゃねえよ。今日はもう寝ろ。さっさと寝ちまえ！」

「は、はい」

潮はしゃんと背中を伸ばす。

「じゃあ、俺いくからな。オヤジからの呼び出しだ。先生、ほんとに今日はもう呑むなよ。すぐ帰れよ」

最後にもう一度念押しすると、のっしのっしとユキジは大股で歩み去っていく。

その後ろ姿を眺めながら、無意識のうちに指で唇をなぞる。まだ少し濡れている。そしてほんの少し、じんじんする。

呼び出し先のスナックへ向かうと、オヤジもまた潮に負けず劣らず、盛大に酔っぱらっていた。

三

「おお、ユキジ。悪ぃなあ、こんな夜遅くに電話しちまって」

店内の奥のソファ席で悟朗はひとり、呑んでいた。手招きをしてユキジを隣に座らせると、「ママ〜、ウーロン茶ちょうだい」

カウンターの端で煙草をくゆらせているママに声をかける。

ここは先日、会費を上納しにいった後、寿司屋の帰りに寄った店だ。悟朗はキープしてあるボトルで焼酎のお湯割りをやっている。パグ犬のようにつぶらな目がとろんとして、丸い鼻が赤らんでいる。もうかなり呑んでいるらしい。

オヤジから深夜に呼び出されるのは久しぶりだ。急用かと思い、ちょうどこちらからも報告したいことがあったのだが、どうやらただ呑んでいるだけのようだった。細いストライプの入ったカッターシャツに、黒の上下というぱりっとした服装だ。タニマチとの会食帰りか何かだろうか。

「電話でのおまえの声、ずいぶん慌てていたけど、もしや取り込み中だったか？」

悟朗はにやりと目を細め、ユキジに笑いかけてくる。

「いえ」

短く答えてウーロン茶のグラスに口をつける。取り込み中どころか、さっきは携帯が鳴ってくれて助かった。もしあのままストップがかけられていなかったら、自分はどこまでいっていたか想像もつかない。

（落ち込んで泣いてる女につけ込むなんて……最低じゃねえか）

しかも潮は酔っていて、前後不覚に近い状態だった。それを考えると、ますます自分のしたことが恥ずかしくなってくる。これではまるで、いつぞやの痴漢野郎と同じではないか……と。

いったいぜんたいなんだって、あんな展開になってしまったのだろう。

頭のなかで今日の出来事を整理する。会社を出てからジムに寄り、筋トレをした後で、例のうまいラーメン屋へいこうと思ったのだ。それで夜道を歩いていたら、公園の方から女の泣き声が聞こえてきた。ぎょっとして近くへいってみると、なんと潮だった。ブランコを漕《こ》ぎながら缶ビールをがぶ呑みしていた。その姿を見るなり、そのまま放っておけなくなった。

どうやら潮は脚本作業が難航しているようだった。書くことの大変さは自分には分からないが、

(先生……つらそうだったな)

明らかに無理して笑っていたのが、かえって痛ましかった。ジムのランニングマシンで走っているときも、潮はいつも苦しそうだった。なんだってあんなつらそうな顔で走っているんだろう……と見かけるたびに思っていた。

そうして、会話している最中に突然わっと泣きだして、おろおろと慰めるうちに、いつの間にかああなっていた。

口紅の味がしないキスはなんとも新鮮だった。女の舌は小さく、薄く、重ねあわせた瞬間、びくんと跳ねるのを感じた。それにたまらなくぞくぞくして、かなり長い時間そうしていた。一分か、いやもっとだ。

潮の口のなかは甘くて、わずかにビールの苦みがあった。それに酒くさかった。苦手なはずの匂いなのに、ちっとも気にならなかった。むしろいい匂いにさえ感じた。甘くて、少しだけしょっぱいような匂いだった。

(やべえ……思い出すんじゃねえ、俺)

顔が熱くなってくる。そして、スポーツバッグをあの場に忘れてきたことを思い出し、

はっとする。中には汚れたウェアとタオルとパンツが入っているのだ。やべえ。先生開けるな、見んな、と心のなかで叫ぶ。

「どうしたよ、ユキジ。さっきから顔が赤くなったり、青くなったり」

「いえ、なんでもありません」

きりっとした表情をつくり、オヤジのグラスに新しいお湯割りをつくる。

今日は会食でしたか、と尋ねると、月に一度の娘との面会交流日だったという。悟朗は数年前に離婚していて、一人娘の親権は別れた元妻が持っている。たしか娘は十一歳。来年は中学受験だそうだ。

「娘と会える日が、一ヶ月の中で俺の一番嬉しい日なんだ。だからこんな恰好してるわけよ、散髪にもいったしな」

こざっぱりと刈り込んだ髪に悟朗は手を当てる。悟朗は先日、正式に海原会の若頭補佐を拝命し、執行部入りを果たした。武津組系列の者たちで祝賀会も行われた。

「そのことはお嬢さんにもお伝えされましたか?」ユキジが訊くと、

「言うわけねえじゃねえか。バカ野郎」

オヤジは笑ってユキジの頭を軽く小突く。

「杏奈《あんな》は父親がヤクザだってことも知らねえんだからな。知らなくていいんだ、そんなの」

この稼業をしていることを、家族に内緒にしているヤクザはけっこう多い。

さすがに亭主が外で何をして稼いでいるのか、まったく知らない女房はいないと思うが、子どもには案外ばれないようだ。

考えてみたら世間一般の父親が会社へいって働くように、ヤクザの父親だって事務所へいって働いている。それに悟朗は墨を入れていなければ、指も落としていない。正業である会社も持っている。

なので娘の杏奈には「パパはリフォーム会社の社長さん」で通しているそうだ。

今日は小学校が創立記念日で休みだったので、丸一日デートをしてきたという。杏奈のリクエストでレジャーランドへいって、絶叫マシンに乗ってきたとのことだ。

「足はふらふらんなるわ、胃はでんぐり返りそうになるわ、死ぬかと思ったぜ」

お湯割りを呑みながら悟朗は嬉しそうに語る。

悟朗の元妻、つまり姐さんにユキジは会ったことはない。娘の杏奈にもだ。オヤジは家族を事務所に連れてくることはなかったし、組の人間を自宅に呼びつけることもなかった。

他の組では組長が若い衆を、女房子どもの運転手代わりにしたり、自分の家の使用人として使ってるなんて話もよく聞くが、その点、悟朗は徹底して職場と家庭を切り離していた。

どうして離婚したのかは知らないが、姐さんが娘を連れて出ていったとだけは聞いている。以来、オヤジは再婚もせず、愛人も持たず（女遊びはちょいちょいしてはいるだろうが）、男やもめの状態だった。

悟朗は娘とのデートの詳細を、ユキジに語って聞かせる。絶叫マシンの後はフードコートでハンバーガーを食べて、午後はアトラクションエリアに併設してあるズーランドに移動した。キリンにライオン、アルパカを見てきたのだと。

「ほれ、おまえの背中にいるやつもいたぜ」

悟朗は携帯電話の動画フォルダを開き、撮ってきた映像をユキジに見せる。白い体毛に黒の縞《しま》模様、青いビー玉みたいな目玉をぎらつかせているホワイトタイガーだ。ガラスの向こう側で、猛獣特有の動き方で獣舎の中を行ったり来たりしている。

「パパ、こっちー」という声が入って、カメラの被写体がぐるりと変わる。

ふわふわした髪の女の子が手を振っている。デニムのジャケットに、キュロットパンツ。十一にしては手足が長い。潮と大差ない背丈である。あどけない笑顔が、どことなくオヤジと似ている。

「杏奈はバレエを習ってんだよ。だから動作がなんか、優雅なんだよな」

どことなく自慢げにオヤジは言う。このところ会うたびに顔つきが変化しているという。

「ちょっと前まではほんの子どもだったのに、どんどん大人びてきやがって」

「そうですか」

「でも中身はまだガキだな。ハンバーガーにかぶりついて、ソースを鼻の頭にくっつけてよ」

悟朗は娘の動画をいとおしそうに眺める。ふと、さっきの公園での潮の話を思い出す。ドラマの中に新たに、組長の娘との恋愛要素を入れることになりそうだ、とか言っていたっけ。そこでちょっとオヤジに伺ってみる。

「オヤジ、もしですね、もしお嬢さんが将来、万が一、ヤクザの男とデキちまったらどうされますか。お付き合いを許可されますか」

悟朗はパグ犬の笑みを浮かべたまま「いいや」と答える。「そいつをさらうな」

〝さらう〟とは拉致するという意味で、ヤクザがよく使う手である。

「さらって、娘とはもう二度と会えねえようにするしかねえな。なんだおめえ、さては杏奈に惚《ほ》れたか？」

「い、いえそんな。めっそうも」

「なんだてめえ、杏奈を見てなんとも思わねえのか。こんなにかわいいのによ！」

ヘッドロックをかけられる。酔ってるくせに的確に頸動脈《けいどうみゃく》にきめてくる。とはいえ本気の絞めではなく、甘噛《あまが》みのようなじゃれあいだ。

「杏奈にはよ、俺みたいなやつじゃなくて……まともな男と出会ってほしいよなあ」

ユキジに技をかけたまま、悟朗は言う。

「ヤクザもんと一緒になったって苦労するのは目に見えてるからよ。それに今の時代、ヤクザやってるやつなんて、ほとんどがクズかろくでなしだよ。俺が言えた義理じゃねえけどな」

「……そうですね」

思わず同意してしまい、「ああ? 今なんつった?」と腕に力を込められる。

「い、いいえ、オヤジのことではなく自分の親を思い出しまして……」

「ああ、親父さんとは会ってんのか」

ようやくヘッドロックが解かれる。

「ごくたまに、程度ですが。向こうの懐次第といいますか」

首すじをさすりつつユキジが言うと、オヤジは「そうか」とうなずく。

この世界は広いようでいて狭い。どの組織の誰と誰が兄弟関係にあるか、反目しているか、仲たがいしたかといった情報はそれとなく耳に入ってくる。武津興業の社長の父親はよその広域団体の末端組員であるということも、知ってる者は知っている。むろん悟朗も。

ちなみに、オヤジと親父は偶然にも年齢が同じだった。どちらも五十三歳だ。尤も同い年とはいえ、かたや本部の執行部入りを果たした直参組長と、かたやいい年こいて四次か五次団体のロートル組員だ。その差は比ぶべくもない。

オヤジのもとで働くようになってから、自分の親父は負け犬なのだということを、ユキジはつくづく分かった。

ヤクザとしてだけでなく、父親としても負けている。オヤジはこうして離れて暮らす娘を心配して、かわいがっている。きっと養育費もきちんと払っているだろう。子どもを財布代わりにして金をせびりにくる、あのクソ野郎とは大ちがいだ。

「面会日は楽しいんだけど、別れるのがつらくてなあ」

夕方までレジャーランドで親子水入らずで過ごした後、元ヨメと娘が現在暮らしているマンションまで送り届けたそうだった。

「車から降りるときに杏奈から『パパ元気でね、お仕事がんばって』なんて言われちゃってよ。言えねえよなあ、パパのお仕事はヤクザだなんて……受験のさわりになるから復縁なんて無理だよなあ」

お湯割りをすすりながら、悟朗はシャツの袖口で目をこする。おしぼりでちーんと洟を

かんで、

「ユキジぃ。いいか、おめえは結婚なんかするんじゃねえぞ。ガキなんかつくるもんじゃねえぞ。あとがつらくなるからよぉ」

つぶらな瞳を充血させて涙をにじませる。先生だけでなく、オヤジまで今日は泣く酒になっている。

「ほんでよぉ、ユキジ。これが杏奈がアルパカに餌やってる動画でよぉ」

酒くさい息を吐きながら、携帯をぐいぐい押しつけてくる悟朗に、

「あの、実は近頃うちの店に……」

そう言いかけるものの、今日のところはやめておくかと引っ込める。急ぎの報告ではないし、今のオヤジにこういう話をしても、明日の朝には憶えていないだろう。後日に改めよう。

最近、〝悪久十叭栖《おくとぱす》〟という名の半グレ集団が、フィッシュボーンに客としてやってくるようになっていた。

店の中で暴れたとか、他の客やスタッフに因縁をつけたとか、そんな問題ごとは今のところ起こしていない。しかしテーブルについたアユリによると「マナーは最悪」だったそうだ。

「やたらとキーキー騒ぐわ、女の子たちのお尻や脚をべたべたさわるわで、まるで猿の群れね」とのことだ。

先日、潮を連れてフィッシュボーンへ巡回にいったとき、店長から店内カメラの映像に目を通してほしいと言われた。映っていたのは見るからにオラオラ系の男たちだった。

だらしなく着崩したストリート風ファッションに、じゃらじゃらした鎖やネックレス。顔やら腕やらにタトゥーを入れている者もいた。ヤクザとは異なるタイプの不良ども。連中は店の女たちに堂々と〝悪久十叭栖〟と名乗っていたそうだ。

悪久十叭栖というと「準暴力団認定」を受けたグループだ。関東だけでも数多《あまた》いる半グレの中でも悪質な方に入る。

半グレとは、ヤクザでもなければカタギでもない、黒と白の間のグレーゾーンの存在だ。暴力団ではないので暴対法や暴排条例は適用されない。それをいいことに、暴力団さながらの悪さをして稼いでいる。オレオレ詐欺や危険ドラッグ、タタキ（強盗）にガジリ（恐喝）とやりたい放題だ。

半グレの中には暴力団をケツ持ちにしているところもある。シノギや人間関係にまつわるトラブルで、自分たちの手に負えない事態となったら、〝プロ〟であるヤクザにお出まし願おうというわけだ。そこが気に入らねえ。

法的には一般人でありながら、やってることはヤクザ並み。おいしいところだけつまむようなその精神性が、ユキジは大いに気に入らない。尤もやつら《半グレ》からすれば、ヤクザの世界のしきたりや親分・子分の上下関係をダサいもの、時代錯誤なものと見ているのかもしれない。

もし悪久十叺栖の連中が、どこかの組織を後ろ盾につけていたら、何かあっても下手に手出しはできない。バックについている組を刺激しないよう、できるだけ穏便に対応しなければならない。そこがいろいろ面倒なのだった。

（まったく、ヤクザが喧嘩の一つもできねえなんて、そりゃあ先生の書いた話が没になるはずだよな……）

そこで、思いは再び潮の方へ戻っていく。潮はあの後、ちゃんとすぐに帰っただろうか。やはりマンションまで送った方がよかったか。しかしそんなことをしたら、下心があると思われかねない。ただでさえキスをしてしまったのだ。

（先生……俺のこと怒ったかな）

悟朗の娘語りに相づちを打ちつつ、ぬるくなったウーロン茶を口に含む。まだ舌に残っている潮の舌の感触を、なんとかして消そうとする。

数日後の夕方、携帯電話へ潮からのショートメッセージが届く。公園に忘れていったスポーツバッグを返したいとのことだった。

そのときユキジは社長室でスポンサーと会っていた。来月より台湾カステラの店をオープンすることになり、その詳細を詰めていた。打ち合わせが終わった後、メシでもどうですかと誘われるものの、とっさに夜から本家の当番なのだと答えてしまう。

後ろに控えているスズキが「あれ、次の当番日はたしか……」と言いかけるのを、じろりとにらんで黙らせる。

今日はアクアティックへいくつもりはなかった。いや、あの晩以来、足を向けていなかった。べつに潮と遭遇するのを避けていたわけではない。このところ身体がだるく、筋トレをする気分になれないだけのことだった。疲れがたまっているのかもしれない。先日も結局オールでオヤジにお付き合いをした。

だがそんなことは返信に書かずともよい。『いいぜ』とだけ打って送り、例によってジムの五階のカフェテリアで、夜に会うことになる。

会社を出たあたりから妙に全身が熱かった。火照るというか熱っぽいというか、変な具合に緊張していた。その緊張は潮の姿を目にした途端、さらに強まった。

「あの……この前はどうも」

「お、おう」

潮は眼鏡をかけていた。最近の若い女がよくかけている丸眼鏡だ。レンズが大きいので、小さい顔がよけいに小さく見える。

いつもパーカーにジーンズという印象があったが、今日はすとんとしたワンピース姿だ。後ろにフードがついている。濃い紅茶色の髪をゆるく一つにまとめていて、ほつれ毛がほっそりとした首すじにかかっている。

「先生、目ぇ悪かったのか」

そう尋ねると、実は極度の近眼だという。外出するときにはコンタクトレンズを着けるのだが、家にいるときは基本、眼鏡だそうだ。

「ついさっきまでプロット作業をしてたんです。ちらっと時計を見たら、もう約束の時刻だったので、慌ててこのままで来ちゃいました」

眉を下げて笑う。とりあえず手近な席につき、飲みものを各自でとる。なんとなくスムージーを選んでいる自分に気がつく。今日はブルーベリーにしよう。

潮はアイスコーヒーに、小腹が空いているのかソイバーを一本。昼メシ抜きでずっと仕事をしていたそうで、ひと言ユキジに断ってからバーをかじる。その口もとを見るとはなしに見つめてしまい、目線をずらす。小動物がものを食べるように食べると思った。

バーを食べ終わると、潮は「忘れないうちに、まずこれを」と膝の上に載せているスポーツバッグをユキジに差し出す。

「悪かったな。わざわざ」

「いえ……私の方こそ」

念のために中を確認しようとジッパーを引いて、絶句する。汗くさい衣類をぐしゃぐしゃに突っ込んでいたはずだったのが、きれいに洗濯されて、ちまちまとたたまれている。

潮がおずおず言う。

「あ、すみません。余計なお世話かもだったんですが……どうせ自分の分も洗うので、その、ついでにと……」

「いやべつに。洗う手間はぶけたわ、サンキューな」

なんでもないふうに言うものの、内心では動揺した。スポーツウェアやタオルだけならまだしも、脱いだ下着まで入っていたのだ。

(先生にパンツを洗濯させちまった……しかも先生のと一緒に……おまけにこれ、柄パンじゃねえか)

首の後ろが、かーっと熱くなってくる。スムージーをずずっと吸い、努めてクールな表情をつくる。

「で、どうなんだ。その後」

「なんとか書き直しています」

潮は答える。前半はそのままとして、後半は主人公と組長の一人娘とのラブコメディ展開に舵《かじ》を切り替えた、と。

「もともとそういうのは得意でしたし、こうなったら出された条件を呑んだうえで、全力を尽くそうと思います」

「そうか」

明るい返事にほっとする。この前はひどく打ちのめされていたようだったが、どうやら立ち直ったらしい。それにしても、あんなに大泣きしておきながら受けた仕事を投げ出さず、くさらずに受けとめようとしているあたり、さすがはプロだ。見かけによらず案外と太い。

「そういや俺のオヤジにも、娘さんがいるんだけどよ……」

先日の悟朗の話を披露すると、潮は目を輝かせて聞き入る。「参考になります」「勉強になります」と。月に一度の娘との逢瀬《おうせ》にめかし込んでいくオヤジのことを「チャーミングな組長さんですね」と評する。

よかった。あんなことがあった後で、てっきり嫌われたかとも思っていたが、どうやらそうでもないようだ。だが、それはそれで拍子抜けもした。自分とキスをしたことなど、潮にとっては大したことではないのかもしれない。

だとしたら、いろいろと気に病み、反省していたこちらがバカのようではないか。

そう考えると変に胸がもやつく。頭もぼんやりしてきて、首まわりがさっきよりもかっかしてくる。

「あのう……大丈夫、ですか」

いつしか潮が心配そうにこちらを見ている。

「なんだか顔色が赤くなってきてるんですけど、ひょっとして具合でも悪いんですか」

「なんでもねえ」

コップの水を飲むと、急に背中がぞくっとした。それでいて熱い。全身がぶるぶる震えだし、汗がぶわっと出てくる。こんな感じは久しぶりだ。ガキの頃、麻疹《はしか》にかかったときみたいだ。

水のお代わりをとってこようと立ち上がり、その拍子にあろうことか、ぐらりとふらついてしまう。

「あぶないっ」

潮がとっさに支えてくれる。ユキジの腋《わき》の下《した》に頭をくぐらせ、よいしょと肩を貸してくる。想像以上の小柄さに、どぎまぎする。

「今日はもう帰った方がいいですよ。タクシーを呼んだ方がいいかもです。さ、つかまってください」

「なんでもねえって……」

「うわあ、鮫肌さん手が熱い。顔も赤ちゃんみたいに真っ赤になってる」

それは先生がひっついてくるから……と心のなかで言い返すと、急激に意識が朦朧《もうろう》としてきた。これは間違いなく熱がある。風邪か、それとも知恵熱か。なんだかその両方な気がしてくる。

四

この数日間というもの、次にユキジと会ったときにどう振る舞うべきなのか、潮は悩んでいた。

いくら酔っていたとはいえ、とんでもない醜態をさらしてしまった。泣きじゃくって弱音を吐いて、半ば無理やりに没プロットを読ませて、そして、そして……思い出すのも憚《はばか》られる展開になってしまった。

おそらくあれは、自分をなだめるために彼はそうしたのだと思う。そうとしか思えないし、それ以外の理由が考えつかない。

（ほら、映画とかでもよくあるじゃない。号泣したり興奮している相手を落ち着かせるためにキスする場面っていうのが……）

「戦場のメリークリスマス」で、激昂《げきこう》する日本人将校をなだめようと彼の両頰にキスをするイギリス人捕虜（壮絶に美しいデヴィッド・ボウイ）。アニメ「エヴァンゲリオン」旧劇場版で、動揺する主人公の少年シンジにキスをして、彼を闘いに送り出す年上の女性ミサト。

キスは物語における感情動線のフックとして、かなり使える行為である。潮も自作で何回かそういうシーンを書いたことがある。

だけど書きながらも、キスしたくらいで昂《たか》ぶりを鎮めさせるなんて、ほんとうにできるものだろうかと半信半疑ではあった。しかし実際にされてみて……効果は抜群だった。ユキジからキスをされ、驚きのあまり涙が止まってしまったから。どうして自分は泣いているのかすら忘れて、しばし茫然《ぼうぜん》となった。

意外だった。あまりそんなイメージはなかったが、ユキジは女性のなだめ方というか、扱いというのを知っているのかもしれない。

（まあ……キャバクラのオーナーさんだものね）

翌朝は二日酔いに苦しんだものの、ふしぎと気分はさっぱりしていた。泣くだけ泣いて、吐き出すだけ吐き出して、ふっきれた感じがした。

ようし、鯉口氏をぎゃふんと言わせてやるような、文句のつけようもないプロットを送りつけてやろう。そんな前向きな気分になっていた。

改稿作業に取り組んでいる間、ふっと何かの折りにユキジのことを思い出した。あの公園で彼にもらった励ましを、慰めの言葉を何度も頭のなかで再生した。そのときの彼の表情と、唇と舌の生々しい感触も。

正直なところをいうと、今の自分にはもうラブコメディは書けないのではないかと思っていた。

恋愛には、すてきな部分もあれば苦しい部分もある。相手に対する不信や幻滅が生まれることもあるだろうし、愛しあってる者同士でもときには喧嘩をするはずだ。そういったことを自分は経験したことがなかった。

だからどんなにシリアスな展開を書いても、深刻になりすぎることはなかった。思うにそれがラブコメディというジャンルとあっていたような気がする。

かつての自分は、恋に恋しながらまだ恋を知らずに『五十六億七千万年後に会いましょう』や『僕と彼女の射程距離』や『ラブ・コンフィデンシャル』を書いていた。空想の翼を思う存分に広げて。そうして、書くだけ書いて墜落した。

明るくてちょっぴり笑える、ふわふわした他愛のないラブストーリー。

そういうものを生み出すギフトは、自分にはもう残っていないと感じていた。だけど、いつの間にか知らないうちに、こんな気持ちになっていた。

ユキジに楽しいと思ってもらえる脚本を書きたい。彼をおもしろがらせて、夢中にさせる物語をつくりたい。

失いかけていたラブコメへの想いが、少しずつ、ふつふつと再燃してくる感じがした。同時に、ユキジに会いたくなっていた。

あのキスを交わした晩以来、潮はアクアティックに足を運んでいなかった。プロット作業に没頭していたというのと、彼に会いたい気持ちと、会うのが恥ずかしい気持ちがせめぎあっていた。

それでも、ユキジが忘れていったスポーツバッグを返すという名目で、こうして勇気を出して連絡をしたわけだった。

「鮫肌さん、着きましたよ。ここでいいんですよね？」

大柄な身体に腕をまわしてタクシーを降りると、ぐったりしているユキジに話しかける。

「……おう」

かろうじて返事がくるけれど、歩くのすらおぼつかないようだ。衣服越しにも体熱が伝わってくる。浅黒い肌に赤みがさして、汗の粒が首すじに浮かんでいる。ジムの前でタクシーに乗り込んだときから、どんどん具合が悪くなっている。

到着したのは立派な外観のマンションだった。ユキジに声をかけてエントランスのロックを解除させ、共にエレベーターに乗り込む。五階だという彼の部屋まで、送り届けることにする。

男の身体は重かった。大きいから余計にそう感じられるのかもしれない。重くて厚くて熱かった。

玄関の灯りをつけて、そこで退出しようかとも思ったけれど、しばし迷い、お邪魔することにする。まだ知り合って間もない男性の部屋に上がり込むというリスクと、病人を置いて帰る不義理を天秤《てんびん》にかけて、後者の方に秤《はかり》がかしいだ。

室内はどことなく若い男の匂いがした。廊下を進んでリビングルームに入り、大きなソファにユキジを横たえさせる。

「今、お水もってきます。冷蔵庫を開けていいですか」

「すまね……先生……」

ユキジは弱々しい声でつぶやく。キッチンの冷蔵庫には、スポーツ飲料のペットボトルが何本か入っていた。他にはプロテインの粉末パックと玉子に牛乳、納豆などだ。

ペットボトルを持っていくと、ユキジは喉が渇いていたのか、ごくごくと一気に飲み干す。なにげなく手のひらを広い額に当ててみると、病人特有の充血した目でじろりと見られる。

「あ、すみません」とっさに謝る。

「やっぱり熱がありますね。お薬とかありますか？」

「俺の部屋に薬箱が……棚の下の端の方に……」

「すぐとってきますね」と言って、廊下の奥だという寝室へ向かう。

ドアを開けて壁のスイッチを手探りで押すと、ぱっと明るくなる。ものがあまりない簡素な部屋だった。

朝起きてそのままという気配が残る、メイキングされていない大きなベッド。サイドテーブルにクローゼット。壁に横長の棚があった。本の他に、置きどころに困ったものをとりあえず並べましたという感じの棚だ。

向かって左側には国語辞典に辞書など、実用書を中心とした書籍が収まっている。右側には、熊の木彫りにタヌキの置き物、ガラスケースに入った金太郎のお人形なんてものまである。

お目当ての薬箱は一番下の段にあった。年季の入った木製の箱で、取っ手の部分は真鍮《しんちゅう》だ。そこのスペースにはＤＶＤが何本か入っている。うち一本の背表紙をちらりと見て、潮は息を呑む。

劇場版『五十六億七千万年後に会いましょう』の三枚組プレミアム・エディションだった。

（これ、税込み六千六百円もするのに……）

劇場版だけでなく、テレビドラマ版のボックスもある。他にも『僕と彼女の射程距離』に『ラブ・コンフィデンシャル』。結局ＤＶＤにすらならなかった『逢魔がときに会いましょう』は、市販のディスクに全話録画されている。単発ドラマも、デビューして間もない頃に参加した深夜ドラマのＶＨＳテープまである。小山田ウシオの全作品がコンプリートされていた。

（『ぜんぶ観ている』って言ったの……ほんとだったんだ）

ユキジと初めてカフェテリアで会話したときのことを思い出す。あのとき彼は潮に向かって、小山田ウシオの書いたものはぜんぶ観てると言ってのけた。「悪ぃか！」と若干キレ気味に。

さすがにすべて押さえているというのはリップサービスだと思っていたけど……まさか事実だったなんて。

（やだ……泣けてきそう）

胸がじんわりしてくる。カイロを当てたみたいに、あたたかくなってくる。薬箱をかかえてリビングルームへ戻ると、ぎんぎらぎんの刺青が目に飛び込んで、感動が吹き飛んだ。

「な、何してるんですか！」

「いや……汗かいたから着替えようと」

ユキジは上衣とシャツを脱ぎ捨てて、上半身裸になっていた。床に胡坐をかいて座り込み、スポーツバッグから出した清潔なタオルで肌を拭いている。広い背中がこちらに向けられている。

（これ……虎？）

ユキジの背一面に、炎をまとった虎が彫り込まれていた。ごつごつと盛り上がった筋肉の上で黒と黄色の体毛がしなやかに波打ち、まるで今にも飛びかかってきそうだった。背景は桜。赤と黒と黄色とピンク色が、鮮やかなグラデーションをなしている。

「迫力が……ありますね」感想を洩らすと、

「いかにもヤー公だろう」
　振り返らずにそう言うユキジの声に、どことなく苦い笑いが混じっている。
「もう一生、銭湯にもプールにもいけねえな」
肘にまで模様があるので、夏場も長袖で通しているという。あ、と思い当たる。だから
ジムでは首まで隠れるタートルネックを着ているのか……と。
「仕方ねえよな。てめえの都合で入れたんだから」
瞳をぎらぎら輝かせた虎を眺めているうちに、なんだかどきどきしてきた。武津興業を
訪問した際に、ユキジの部下の男たちの刺青を見せてもらったけど、あのときはこんな感
じはしなかった。珍しいものを見せてもらったとしか思わなかった。
それが、どうして今は胸がどきどきしているのだろう——。
そんなことを考えている自分にはっとして、
「は、早く何か着てください！　それとお薬、呑んでください！」
せっつく口調になってしまう。ユキジは洗濯済みのTシャツに腕を通すと、薬箱を開け
て解熱剤を二錠呑む。各種の薬に包帯、消毒液、ばんそうこうなどが意外なくらいきれい
に整理されて入っている。
「この薬箱、味がありますね」

するとと曽祖母の形見だという返事がくる。

「ガキの頃から喧嘩でケガして帰ってきては、ばあちゃんに説教されながら、この薬箱で手当てされたな」と。

薬が効いてきたのか、ユキジの顔色が落ち着いてきた。それになんだか眠そうだ。目つきがとろんとしている。

「じゃあ私……そろそろ帰りますね」

長居するのもなんなので、失礼することにする。「ああ、先生どうも」と立ち上がろうとするユキジを制し、空になったペットボトルを台所のゴミ箱へ捨てにいく。戻ってくると、彼はソファに横になって寝息を立てていた。

「あの、もしもし、自分の部屋で寝た方がいいですよ」

声をかけるが、ぴくりとも反応しない。どうしよう。

仕方がないので寝室へいって毛布を持ってきて、身体にかけてやる。寒くならないように、あごの下から足の先までしっかりとくるむ。よほど強い薬なのか、それともよっぽど疲れていたのか。電源が落ちたかのように、ユキジはこてんと寝入ってしまった。

まぶたを固く閉じている男の寝顔を見下ろす。起きているときはぴんと張り詰めた表情をしているのに、今はこんなにも無防備だ。一重まぶたと思っていたけど、よく見てみると奥二重だった。鼻の頭と頬が日焼けしている。

なんとなくそうしてみたくなり、そろりと頭を撫でる。ユキジの髪はたわしみたいに硬くて、つんつんしている。ふふ、とおかしくなった。そして、そんなことをしている自分に、かーっと顔が赤くなった。

(ちょ……いくら意識がないからって、人の頭に勝手にさわっちゃダメでしょ!)

自らを叱りつける。と、ユキジが眠りながら、きゅるるるる~と腹を鳴らす。(ん?)と耳をすませると、再び、今度はもっと大きく鳴らす。どうやらお腹が空いているようだ。

少し考えて、もう一回キッチンへ向かう。炊飯器にはご飯が一合ほど残っていた。冷蔵庫の野菜室にはネギに小松菜、トマトがある。起きたらすぐに食べられるように、胃にやさしいおじやでも作っておこうか。

(でも、そんなことして、かえって気持ち悪いと思われないかな……)

そこでこんな理由をつけた。これは決して〝彼女〟的な行為でも、下心があるわけでもない、と。取材に協力してもらっているお礼というか、病人に対するいたわりというか……とにかくそういうものだ。

「そうよ。いたわりよ、いたわり。人として当然のことよ」

ぶつぶつとつぶやきつつ、ネギに小松菜、トマトも乱切りして片手鍋に入れて、野菜たっぷりの玉子おじやをこしらえる。ひとり暮らし歴が長いので、味はともかくとしてぱぱっとできた。味つけは塩とお醬油《しょうゆ》。まな板と包丁を洗って、今度こそおいとましようとリビングへ自分のバッグを取りにいく。

ユキジは依然として深く眠っていた。ぴくりとも動かない。毛布に顔をうずめて大きな身体を丸めている。その姿はさながら弱った獣が巣穴にこもり、体力を回復しようとしているかのようだった。

「どうぞ……お大事に」

そっと声をかけて部屋を出ようとすると、壁にかけられている棚に小さな仏壇があるのに気がつく。写真立てと線香立てとお水入れ、それと小さな器にご飯が盛られている。

ハガキ大の大きさの写真立てには、きりりとした表情の老女の写真が飾られている。女性にしては珍しいくらいに濃い、くっきりとした眉の形がユキジにそっくりだ。ちょっぴり怖そうだけど、力強いまなざしはやさしい。ユキジの話にたびたび出てきた、ひいおばあちゃんなのだろう。

その遺影に手をあわせる。お邪魔しました、と仏さまに心のなかで挨拶をする。

それから二日後のこと。駅の近くで、ユキジの部下のスズキとばったり出くわした。新たに提出したプロットに先方から無事ＯＫが出て、気分転換に駅ビルまでショッピングにきていたところだった。

「鮫肌さんはお元気になりましたか？」

うっかりそう尋ねてしまい、「あれ、先生なんで社長が会社休んでんの、知ってんですか？」と尋ね返されてしまう。

「あ、あの……ちょっと取材のメールをやりとりしてて、体調を崩されたとうかがいまして」

あたふたと言い繕うと、「それがまだ寝込んでるんですよ」と教えられる。単なる風邪とのことだけど、そこへ疲労が重なったとかなんとかだそう。

「ま、社長のこってすから、明日あたりには元気になると思います」

スズキと別れてから駅ビルへ入る。ベーカリー、グルメ食材店、雑貨や小物のお店を見てまわる。コスメショップの隣にあるスムージー店の前で、脚がぴたりと止まった。「疲労回復栄養たっぷり」とボードに書かれているアボカドとバナナのスムージーに、潮の目がいく。

そういえば、彼はよくスムージーを飲んでいた。もしも食欲がないとしても、これなら喉を通るかもしれない……。

そんなことを考えて、しばし悩んで、ためらってからトールサイズのスムージーを持ち帰りで二つ注文する。一つはアボカドとバナナ、もう一つはストロベリーだ。

べつに、けっして他意はない。安否を確認したいだけ。それに改訂プロットにGOが出たことも、取材協力者である彼には伝えた方がいいだろうし。

「そう。それだけ。ほんとにそれだけのことだから」

テイクアウトのバッグを手に、自分に言い訳でもするような口調で、そう言う。

時刻は午後二時だった。ユキジのマンションに到着すると、ちょうど宅配業者が出入りしていたので一緒にオートロックの扉をくぐらせてもらう。たしか五階の角部屋だ。

エレベーターに乗って部屋の前までいくと、バッグからコンパクトを取り出して身だしなみをチェックする。

今日はきちんとメイクをしている。髪にブラシも当ててきたし、野花柄のシャツワンピースにパンプスという恰好だ。頭のてっぺんからアホ毛が数本立ち上がっているのを、手のひらで押さえる。

（……よし）

なぜか緊張してきた。ユキジとはもう何回も会っていて、先日はこの部屋に上がり込みもしたというのに、平日の昼間に訪れようとしていることに、かつてなく緊張している自分がいる。

（ええと、たまたまこの辺を通りがかったものだから、お見舞いにきてみた、ということにして……）

口上を頭のなかで暗誦して、えい！　とインターフォンを押す。ピンポーンと音がして、

「はーい」

明るい声と共にドアが開き、裸にデニムのエプロンを着けた女性が現れる。

（ええっ、女の人！　それも裸《ら》！）

驚きのあまり、口も目もまん丸のＯの形になってしまう。

「あれ、ええと……そうそう、小山田先生じゃないですかぁ！」

女性はにっこりと笑う。ノーメイクなので一瞬、誰なのか分からなかったが、その華やかな笑い方で思い出した。フィッシュボーンで挨拶をしたキャバクラ嬢のアユリだった。

「あ、アユリさん……こんにちは……ご、ご無沙汰してます」

動揺しつつも挨拶をすると、潮の持っているショッピングバッグに、アユリは目をとめる。

「それ、ひょっとして社長さんのお見舞いにいらしてくれたんですか？　わざわざありがとうございます。社長さんね、たった今お昼ごはんを食べさせて、寝かせたところなんで

すよ」

アユリは勝手知ったるふうに、収納ラックからスリッパを出して潮に勧める。そこで、タンクトップにホットパンツ姿であることに気づき、かろうじてほっとする。よかった。裸エプロンじゃなかった……と。

豊かにウェーブした髪をポニーテールにしたアユリは、甲斐甲斐《かいがい》しい若奥さんという風情だ。

「さ、どうぞ先生、上がってください」笑顔を向けてくる彼女に、

「あ、いっけない！」

大げさなくらいに、しまった、という表情をしてみせる。

「そういえば私、大事な用があったんです！　じゃあこれで失礼します。お大事に！」

ドアを開けてばたんと閉めて、すぐ横にあった非常階段をカンカンカンと一気に駆け下りて一階へ戻る。エレベーターに乗ってきたのを、すっかり忘れていた。早くここから退散したいという思いしか、頭になかった。

早足で道をてくてく歩く。手にしている紙バッグから、スムージーがぽたり、ぽたりとこぼれて道路に点々と染みをつくっている。

「あ〜あ」

またやってしまった。先日もテレビ局へ持っていったワッフルを、先方に渡さずじまいだった。自分のうっかり具合につくづく呆れる。動揺すると頭のどこかが、すこんと抜けてしまうのだ。

どこへ向かうでもなく歩き続けながら、ストロベリースムージーをずずずと飲む。甘酸っぱくてさっぱりしている。これは自分用に買ったのだった。飲み終えると、アボカドとバナナも口にする。これまたクリーミーな味わいだ。

だけど、舌にゴムでもかぶせてあるみたいに、いまいちぼやけて感じられるのはなぜだろう。

二つのトールサイズを飲み干して、ずっしりと重くなったお腹をかかえて歩きつつ、先ほどの光景の意味することに思いを巡らせる。

そうか、そういうことだったのか……とようやく、改めて理解する。考えてみたら、たしかにそうだ。

鮫肌ユキジはヤクザとはいえ、乱暴者ではない（スズキには少々ちがうが）。人に対して失礼な態度をとったり、威圧的な振る舞いをしたりしない。

少なくとも潮の目には、なまじな一般人《カタギ》の男性よりもきちんとしているように見えた。

自分と二人きりでいるときにも適切な距離を保って、変なことを口にしたり、仕掛けてきたりはしなかった。

（まあ、公園でのあれは……例外的な不慮の事故ということとして……）

たぶんに自分はユキジのことを、男性として信頼していた。出会いが出会いだったから、というのもあるのかもしれない。夜道で痴漢に襲われて、あわやというところを助けられたから。

それだけじゃない。彼は小山田ウシオのファンでもあった。自信を失いかけていた自分を、懇切丁寧に慰め、励ましてくれた。

だから、いつの間にかユキジに気安い感情を抱いてしまっていた気がする。

これまでの自分の行動を振り返ると、今さらながらに恥ずかしくなってくる。

泣きじゃくって愚痴を吐いて、彼の服を断りなく洗濯して、挙句に部屋へ上がり込んで彼女よろしく手料理まで作ってしまった。そして本物の彼女の登場に勝手に驚き、勝手にショックを受けている。ドラマでいうなら典型的なコメディリリーフ。噛《か》ませ犬キャラ。ざまあ女だ。痛い。痛すぎる。そして――。

（やっぱりアユリさんと……付き合っていたんだなあ）

ショックではあるが、意外ではなかった。

フィッシュボーンでの、あの二人のやりとりは実に息があっていた。互いにボケとツッコミを行き来して、さながら夫婦漫才のようだった。スズキも言っていたではないか。

「社長とアユリさん、くっついちゃえばいいのに」と。

そう。つまりはそういうことだったのだ。ユキジが自分に妙なそぶりをちらとも見せてこなかったのは、ちゃんと大事な相手がいるからだったのだ。

（ヤクザとキャバ嬢のカップルね……お似合いじゃない）

頭のなかで皮肉を飛ばし、即座に「バカバカっ」と声に出して自分を叱りつける。通行人がぎょっとして潮を見る。

（み、みっともない。みっともないわよっ！　これじゃあほんとに噛ませ犬の遠吠《とおぼ》えよ！）

かくなるうえは、このもやつきを原動力にするしかなかった。ふと、こんなアイディアが思い浮かぶ。組長のお嬢さまのライバルキャラとして、ナンバー1キャバ嬢を登場させるのはどうだろう。

（あ……いいかもしれない。そうだ、だったら男性側のライバルもいた方がいいわねっ）

くるりと方向転換し、自宅目指してダッシュする。お腹たぷたぷの状態で走ったので、横っ腹が痛んだものの、かまわずにPCを起動してプロットにとりかかる。

かくして、後半部分はこのような展開となった。

主人公は、自分を拾い上げてくれた組長に忠誠を誓う青年ヤクザ。オヤジが目の中に入れても痛くないほど溺愛する一人娘（ちなみに妻とは死別）をひそかに恋し、しかしその想いには固く蓋をする。

そんな主人公と同じ児童養護施設で育った、幼なじみの美人キャバ嬢。姉御肌で売れっ子で、主人公と顔をあわせると口喧嘩《くちげんか》をしてばかり。だけど実は昔から彼のことが好きだった……。

書いているうちに、明らかにこちらとの方がお似合いに思えてきた。

（このキャバ嬢、いい人なのよね……自分の気持ちを押し隠して主人公に恋のアドバイスをしてあげたりして……ちょっと主人公、気づきなさいよ！）

作者ながら主人公の鈍感さに、もやもやしてくる。同様に、このキャバ嬢と比べてヒロイン役の組長令嬢が、かすんで見えてきた。

（ちょっとちょっと、あんたもがんばんなさいよ！　いや、がんばるのは私なのだけど！）

などとキャラクターを叱咤《しった》しつつ、ユキジ、いや主人公以上に魅力的な男性キャラも考えてみる。対立組織に属する、主人公と兄弟盃を交わしたアニキ分だ。
（このアニキがキャバ嬢を好きになって、四角関係になって、そこに抗争も絡めたら……）

というふうにリプロットをつくってみた。先方のお望みどおり、恋と抗争、男同士のブロマンスを大盛り込みに盛り込んだ、我ながらベタにもほどがある内容になった。

送信すると、石持氏から『バッチグーです。こんな感じで進めてください！』と返信がきた。さらにその翌日、思わぬ人物から電話がきた。

「ウシオちゃーん！　読んだよお。すっごく、すっごくおもしろかった。またウシオちゃんと一緒にお仕事できるなんて、ボク嬉しいよお！」

中性的にハスキーな甘い声。先月公開された主演映画「フェイク・ラブ」を中ヒットさせた鮒戸翔だった。

「あ……どうもありがとうございます。お元気ですか。鮒戸さんのご活躍、いつも拝見しています」

「やーだー。鮒戸さんだなんて他人行儀だなあ、ウシオちゃん！　昔みたいに翔くんって呼んでよお」

「……しょ、翔くん」

「そうそう。ところでね、いしもっちゃんから聞いたんだけど、ウシオちゃん、知り合いのヤクザ屋さんに取材してるってホント?」

携帯電話が手からすべり落ちそうになる。

(石持さん……誰にも言わないでくださいね、って念押ししたのに……)

脚本を書くにあたって、フロント企業を経営している知人から参考までに話を聞いている、と石持氏には話してあった。事実確認が必要な場合のために。だけどまさか主演の翔に教えるとは。

「え、ええ。まあ」曖昧に答えると、

「あのね、ウシオちゃん。実はお願いがあるんだけど、いいかなあ」

翔は親密そうに声をひそめ、ウィスパーヴォイスでささやいてくる。

「ウシオちゃんのお友だちのそのヤクザの人に、ボクも会わせてくれないかなあ」

むぐっと返答に詰まる潮に、翔は続ける。

「ほら、ボク、ヤクザ役なんて初めてでしょう? 本物に会ったこともないし。だから演技のリサーチとして、ね。どうかなあ」

「ちょっと……訊いてみますね」

かろうじてそう言うと、

「ぜひぜひー。よろしくお願いします！　楽しみにしてるね！」

数年ぶりの会話とは思えないほど近い距離感でまくし立てると、翔は電話を切った。

そうだった。彼はこういう性格だった。長いこと会っていなくても、話をしたらすぐ、つい最近まで会っていたような気にさせられる。人に対して隔てがないというか、誰に対してもひとなつこいのだ。だからたいていの人に好かれる。

さてどうしたものか。ユキジとはもう十日以上も会っていない。メールもしなければ、ジムへいく時間帯もずらしていた。なんとなく避けたい気持ちが生まれていた。だけど脚本を詰めていくなかで、相談したい点がまだ出てくるかもしれないし、ドラマが完成した暁には当然お知らせせしなければ。

なんにせよ、これっきりというわけにはいかない。主演俳優の役作りの参考として……という理由をつけて連絡をするのも、手かもしれない。

翔はユキジの好きな『五十六億〜』の主人公役だったから、お願いしてもたぶん断られないだろう。それに翔がいてくれる方が、まだ気楽にユキジに会えそうな気がする。

（よおし、きめた。連絡しよう。れ……れんらく、しよう）

ユキジの携帯宛てにショートメッセージを打つ。送信ボタンを押す指先が、かすかに震える。

# 五

「いつも悪ぃな。ユキジよぉ」

ぺとぺとしたテーブルを挟んで真向かいに座っている男が、札びらを受けとって、にやけた笑みを浮かべている。指を舐めて札を数えると、無造作にたたんでズボンのポケットに押し込む。

「ユキジと諭吉は一字ちがい、ってな」

男は鼻歌まじりにそう言うと、コーヒーをずずーっとすすり込む。

「ちゃんと食えてんのかよ」

ユキジが問うと、「おめえ、俺を誰だと思ってんだよ?」

男は煙草の吸い過ぎで黄ばんだ歯を見せる。吐く息も、安っぽいジャケットに染みついている体臭もヤニくさい。

誰って、バカ親父だろう。ユキジは心のうちで答える。金に詰まるたびに息子にせびりにくる、いい年こいてうだつのあがらねえ三下ヤクザだろう、と。

父親は胸ポケットから煙草を出すと、一本咥《くわ》えて火をつける。コーヒーカップのソーサーを灰皿の代わりにする。

「ここ禁煙だぜ」

「かまやしねえよ。他に客なんか、いねえじゃねえか」

たしかにこの年季の入った喫茶店には、客は自分たちしかいなかった。レジの近くにいるウエイトレスの視線が気になる。父親は煙草を吸いながら、かたかたと貧乏ゆすりをする。

その顔は——認めたくないのだが——自分とそっくりだ。濃い眉も、強い目つきも浅黒い肌も、まるで二十年後の自分が目の前にいるかのようだった。

ただ一つ、ちがっている点は、自分の方がはるかに体格がいいということだけ。それ以外は誰の目にも親子に映っているだろう。

「お客さま。申し訳ありませんが、お煙草はご遠慮ください」

エプロンをつけた店長がやってきて、控えめに注意をすると、「ああ?」と父親はすごんでみせる。

「こっちは客だぞ。てめえ、タバコくれえでガタガタ言うんじゃねえ」

「よせって」

ユキジは店長に「これ一本だけで消しますんで」と言う。「すみません」

「なに謝ってんだよ。……ったく。今日日どいつもこいつもカタギにぺこぺこしやがって」

父親は毒づきながら床にぺっと唾を吐く。自分と同じ顔の人間がそういうことをするのを見るのは、なかなかにきついものがある。

「ところで来月の二十日なんだけどよ、何の日か憶えてるか？」

気を取り直してユキジは話題を変える。

「来月の二十日ぁ？　なんだっけな。ああ、うちの組の〝義理《上納金》〟の回収日だ」

「ちげえよ。ババアの命日だよ」

「ああ、すっかり忘れてたわ」

だろうな、と思う。ろくに実家に顔も見せず、自分を育ててくれた祖母に、自分の子どもの養育までぶん任せていた男だ。曽祖母の命日はおろか、享年もきっと憶えちゃいまい。

六年前の十一月、ユキジの曽祖母、つまり父親にとっての祖母が亡くなった。入院していた病院の大部屋から個室へ移したほんのすぐ後に、息を引き取った。九十二歳の大往生だった。

「毎年墓参りだけですませてるけどよ、今年は七回忌なんで、ちゃんと法事をした方がいいと思うんだ」

「任せるわ」

　父親は鼻から灰色の煙をくゆらせる。

「ほれ、俺も何かと物入りでよ。若ぇやつらの面倒もみねえといけねえし、そっちはおまえに任せるっつうことで。じゃあ、そろそろいくわ」

　ぎりぎりまで吸って短くなった煙草をソーサーで押し消すと、父親はテーブルの上の勘定票をいつものように無視して出ていく。「ありがとうございましたあ」ウエイトレスが気のない声で見送る。

　はあ、とため息をつく。あの父親と顔をあわせると、どっと疲れる。

　タチの悪いヒモと、それでも別れることができない女のように、金をむしられると分かっていても呼び出されたら応じてしまう。

　会うたびに、父親はくすんで見えてくる。連絡がくるのは三ヶ月に一度ほどだ。一年で数回しか会うこともないのだが、ねだられる金はだんだん増してきている。おそらく息子の商売《シノギ》が順調なのを、人づてにでも聞いているのだろう。

　向こうも心得たもので、こちらが負担に感じない、ぎりぎりのラインの額を無心してくる。強請《ゆす》りたかりをし慣れた人間のやり口だった。

　ぬるくなったコーヒーに口をつける。ずずーっと音を立て、先ほどの父親と同じ飲み方をしているのに気がつき、さらに気分が落ちる。

と、内ポケットの携帯が鳴る。ショートメッセージだ。差出人の表示は〝ウシオ先生〟。

心臓がどくんと跳ねる。

(先生……久しぶりじゃねえか)

かれこれ二週間近く音信がなかった。最後に潮と会ったのは、ジムのカフェテリア。不覚にも自分が熱を出してしまった日だ。

あのとき潮はやさしかった。自宅まで付き添ってくれ、ソファに寝かしつけてくれて、おまけにメシまで作ってくれていた。

(鍋いっぱいにおじやを……おいおい、なんだかドラマみてえじゃねえか……)

目覚めてから、こそばゆい気分になった。熱で頭がぼーっとして、身体の節々が痛んだけれど、悪くない気分だった。おじやは少々味が濃かったが全然問題ではなかった。

尤も、その二日後にアユリが押しかけ看病にやってきて、先生のとは反対にやたらと薄味のおかゆを食わされたのだが。

快復してからジムへいっても、潮の姿は見かけなかった。忙しいのだろうか。その後、取材をしたいという連絡もこなくなり、どことなくもの足りなさを感じていたのだ。

それがいきなり、主演俳優を連れて会いにいってもいいかときた。

（主演俳優って……ミロク役のあいつか）

潮と久々に会える。ついでにミロクにも。父親と対面後の落ち込んでいた気分が、一気に上向きになってくる。

『いいぜ』と返信すると、すぐまた返信がくる。なんだか嬉しい。電波を通して潮と今、つながっている。ケツがむずむずしてくる。

かくして来週の月曜、武津興業のオフィスにて潮とミロクを迎えることになる。


ミロクこと鮒戸翔が現れるや、男くさいオフィスにさざ波のようなざわめきが走った。

「みなさん、お忙しいところを失礼します！」

翔はややかすれ気味の甘い声で元気よく、礼儀正しく一礼する。それからゆっくり頭を上げて、ユキジをはじめ社員一同に、にっこりと笑いかけてくる。そこでまた背後がざわついた。

（ミロク……ドラマ以上にミロクだぜ）

翔はさすが俳優だけあり、とんでもない美形だった。長いまつ毛に切れ長の目。頰はすべすべしていてヒゲの剃《そ》り跡もなく、自分と同じ性別とは思えない。かといって女っぽいわけでもなく、まさしく弥勒菩薩の化身のような中性的な容貌だ。

ユキジは努めて平然とした表情をつくり、「どうぞ、こちらへ」

社内の雰囲気が見たいということなので、社長室ではなくオフィスの一角にある応接セットへ案内する。スズキが茶を持ってきて、なぜか下がらずにそのまま背後に控えている。

自己紹介するユキジを翔はまじまじと見つめて、「ああ」と嘆息する。

「どうしよう。想像していたよりずっと……ずっとカッコいい～。本物のオーラっていうの？　フェロモン？　ああ、なんかボクどきどきしてきちゃったぁ」

恥じらうように頬を両手で押さえる。

「翔くん、ちょっと落ち着こう、ね。深呼吸、深呼吸」潮の言葉に、

「そうだね。ごめんね、ウシオちゃん」と翔はうなずく。呼吸を整えて改めてユキジに向かい、

「ウシオちゃんからユキジさんのことは、ようくうかがっています。ボクらのドラマも観ていてくださったそうで。嬉しいです。どうもありがとうございます！」

「あ、いえ」

潮が自分のことを翔によく話しているだなんて。嬉しいような面映《おもは》ゆいような、甘じょっぱい気分が込み上がってくる。翔の隣に座っている潮を見ると、視線を外され、うつむかれてしまう。あれ、と思う。先生、照れてるんだろうか。

しばらくぶりに会う潮は、なんだか前よりもかわいく見える。ゆったりした黒のパンツに白いブラウスをあわせて、普段よりもかっちりした服装だ。それがまた可憐だった。がんばってきちんとした恰好をしている女子という感じだ。

「先生……」

と話しかけようとすると、

「ユキジさん、さっそくなんですけど、いいですか」

翔から質問を向けられる。ヤクザの好むファッションや車、義理ごとの所作などを案外（というのもなんではあるが）まじめに翔は訊いてくる。それらの一つ一つに、潮の目を意識しながら丁寧に答えていく。刺青のことも尋ねられる。

「ユキジさんも刺青を入れてるんですよね。ウシオちゃんから聞きました」

「ええ。まあ」

「あのう、ちょこっと見せてもらっていいですかぁ？」

それくらいなら、とワイシャツの袖をまくって腕の模様を見せてやると、翔は「うわあ～」と弾んだ声を上げる。

「ユキジさんのって虎柄なんですよね。だよね？　ウシオちゃん」

「う、うん」

翔の問いかけに、潮はやや気まずそうにうなずく。

「そっかあ。ボクもユキジさんの背中、見てみたいなあ。がっちりした体格だから、きっと刺青映えしてますよね」

ユキジの腕の墨を指先でなぞりながら、翔は意味深に聞こえなくもないことを言う。

「ウシオちゃん、ボクも役作りで筋肉つけた方がいいかな」

「う～ん、それは石持さんとかと相談しないと……かな」

「そうだね。いしもっちゃんに訊いてみる。あと監督にも」

「翔くん、すごいやる気ね」

「だってウシオちゃんのホンだもん。やる気百倍だよ」

二人は和気あいあいと語る。ユキジの知らない人物や、ドラマの内容について盛り上がる。

翔くんにウシオちゃん。互いに下の名前で呼びあって親しげだ。潮は眉を下げて、困ったような嬉しそうな表情をしている。

なんだか胸がもやついてくる。無理して酒を呑んだ翌朝みたいに、胃がむかむかしてくる。

社員たちはみな素知らぬふうをしているが、こっちに興味津々なのはありありだ。後ろで突っ立っているスズキなど、さっきからいつ、どのタイミングで翔に色紙をねだろうかと、もじもじしている。

再び潮に目をやると、またもそらされてしまう。いったいなんなんだ。今日、ここにきてから一度もちゃんと自分の方を見ようとしない。隣のミロクとばかり喋っている。

「先生、ドラマっていつ放送されるんですか？」

割り込んで入ってくるスズキには、「来年の四月なんです」と笑って対応しやがるくせに。

取材は一時間ほどで終わった。翔はスズキの色紙に快くサインをすると、

「ユキジさん、このあとお時間、あったりします？」

つつ……と近くに寄ってくる。

「よかったら場所を変えて、もうちょっとお話をうかがいたいなあ……なんて。今日のお礼に、ボクにごちそうさせてください！」

ヤクザを呑みに誘うなんて、ずいぶん無防備な芸能人だ。

「先生はどうする？」

ユキジの言葉に、潮はぴくりと肩をゆらす。

「もちろんウシオちゃんも一緒にいこうよ！　ね」

「え、あ……う、うん」

翔は潮の腕をとって自分の腕に絡める。その自然な馴《な》れ馴《な》れしさに、また胃のなかがむかついた。

向かった先は、翔がよくいくという会員制のラウンジバーだった。

薄暗い店内には、間隔を空けてソファやテーブルが配置されている。BGMは音を下げたジャズ。まだ早めの時刻だが、すでに数組の客がいる。翔が入ってきたのを見ても、ことさらに注視したりせず、静かに酒を呑んでいる。雰囲気からして高級感が漂っていた。

奥の三人がけのコーナーソファに通される。ユキジを挟んで翔と潮が両隣に座り、革張りのテーブルに飲みものが置かれる。この二人はグラスビール、ユキジはノンアルコールのビールだ。

「ユキジさん、呑まないんですか?」翔に訊かれて、下戸なのだと正直に言うと、「えぇー。すっごく呑みそうなのに! 意外!」と嬉しそうに驚かれる。

「あ、じゃあその分、お料理どうぞです。ここね、ピザがおいしいんですよ。手作りなの」

翔は甲斐甲斐しくメニューを広げてユキジに見せる。人気俳優というわりには腰が低いし、愛想もいい。そういえば、ジムに貼られてる反社ポスターに出ていたプロレスラーもそうだった。宴席で男芸者のようにまめまめしく、ヤクザ側に酌をしてまわっていた。

バジル&マスカルポーネ、それと翔おすすめのしらすと桜えびのピザを頼み、三人で取り分ける。

「シナリオの方はうまくいってんのか、先生?」

黙っている潮に、それとなく水を向けると、

「もう傑作ですよ大傑作！　小山田ウシオ大復活、ね?」

翔が代わって答える。

「いえそんな。まだたたき台というか、ゼロ稿みたいな感じなので……」

潮は手を振って謙遜《けんそん》する。依然として横にいるユキジを見ようとせずに、今はテーブルの上のビールの気泡を見つめている。

「ところでユキジさんとウシオちゃんって、何つながりなんですかぁ?」

翔が屈託なく訊いてくる。

「お友だち?　それとも仕事関係?　あ、ひょっとして彼氏彼女の関係だったりして！

そうか、だからウシオちゃん、ユキジさんの刺青の柄を知ってたんだ」

「ち、ちがうちがうっ。そんなんじゃないから！」

潮はさっきより激しく手をぱたぱたと横に振り、懸命にちがうと主張する。先生、そこまで力強く否定しなくとも……と、軽く傷ついている自分に気がつく。

「私たち、同じスポーツジムに通っているんです。それで顔見知りになって……ですよね、鮫肌さん」

「お、おう」

同意を求められて、うなずく。内心では、それだけじゃないぞ、一回キスしたし、家まで送ってもらっておじやだって作ってもらったぞ……と、誰に言うでもなしにつぶやく。

「ふ～ん、そうなんだあ。ジムつながりかあ」

翔は中性的に美しい笑みを浮かべて、ユキジと潮を交互に見やる。翔の上着の内ポケットが鳴り、携帯を取り出すと「あ、事務所からメールがきてる。ちょっとすみません」と中座する。

潮と二人、残される。翔という緩衝材がいなくなり、きまりの悪い間が流れる。互いに無言でビールを呑んで、ピザを口に運ぶ。

「……今日はどうもありがとうございました」

潮の方から沈黙を破ってきた。ようやく話しかけてきてくれて、ほっとする。

「あんな話で役に立ったかどうか分かんねえが……でもまあ、脚本の方、順調に進んでるみたいだな」

「まだまだこれからです。でも翔くんが内容を気に入ってくれたみたいで、ほっとしました」

翔くんという気安い呼び方に、またも胸がもやっとした。対して自分は〝鮫肌さん〟だ。普通、女子は単なる知り合いの男を下の名前で呼ぶものだろうか。ユキジの知る限りにおいて、キャバ嬢の営業以外で男を名前で呼ぶなんて、デキてる関係でしか起こりえない。

「鮒戸翔……とは長い付き合いなのか」

ユキジの問いに「そう……ですね」と、控えめに潮はうなずく。デビュー作で初めて組んで以来の仲なのだと。同い年であり、互いに新人時代に出会ったというのもあって、他に仕事を共にしたどの役者よりも、翔に対する思い入れは深いかもしれない、と。

「翔くんと出会って、かれこれ十年目ですね。もうそんなになるんだ。長いなあ」

潮は指を折って数える。その横顔はピザの桜えびみたいなピンク色だ。ビールの酔いがまわってきたのか、表情がやわらかくなってきた。

そうそう、と何かを思い出したみたいに潮は微笑む。

「そういえばこのお店、昔、私も翔くんに連れてきてもらったんです。やっぱりピザを頼んで、最後の一切れを翔くん、あーん、って私に食べさせてくれて」

そして、あのドラマのミロクの台詞《せりふ》を言われたのだそうだ。「愛とは、皿に残ったピザの最後の一切れを譲ることだよね」と。

「感動しちゃいました。私の書いた台詞を翔くん、憶えていてくれたんだ、って……」

俺だって憶えてるんだぜ、という言葉が喉もとまで出かかってきたが、ビールをぐっと呑んで食道に押し戻す。むかむかする。ノンアルとはいえビールはビールだ。麦芽の苦みと香りが胸をむかつかせる。

店の入り口の方の一角が、さっきからやけに騒がしい。大きな笑い声がこちらにまで聞こえてくる。

「それ……ノロケかよ、先生」

ぼそりと、言葉が口をつたう。

「え？」

潮は目をぱちくりさせる。そのすっとぼけた反応に、無性に苛立《いらだ》ちを感じてしまう。

「ミロクとのノロケ話を、わざわざ俺に聞かせてんのかよ」

「え……み、みろく？　あの、私べつにそんな……」

眉を八の字にして潮の顔に困惑の色が浮かぶ。やっと口を開いたと思ったら、ミロクのことばかり話しやがって。

「ミロクと先生の仲がいいってことは、よく分かったよ」

ふてくされたような自分の口調が、我ながらカッコ悪かった。そのとき、ひと際でかいバカ笑いが店内に響きわたり、ユキジの神経をざらりと撫でた。

すっと立ち上がると、声のした方へと歩いていく。こんな店には似つかわしくない柄の悪い連中が、とぐろを巻いている。短パンにサンダル履きの者もいれば、迷彩ジャケットや、もこもこの毛皮を着ている者。一見して不良と分かる男たちが五人、ドン・ペリニヨンのボトルを開けている。

近づいてきたユキジを見て、男らはにやにや笑う。

「なんか用?」

迷彩ジャケットが言う。首すじからトライバルタトゥーがのぞいている。そいつを無視して、短パンにサンダル履きの男に視線を当てる。この席で一番上座に座り、一番ラフな恰好をしているこいつがボスだと当たりをつける。

「もうちょっと静かにしてくれねえかな。他の客もいるんだぜ」

「ああ?」

ヒョウ柄のフェイクファーの男が、すごんだ声を出す。不良マンガから抜け出てきたような、見ている方が恥ずかしくなるくらいキメにキメたギャングスタスタイルだ。

「俺らも客なんだけど」短パン男が口を開く。

「兄さん度胸あるじゃん。ひょっとして本職の方っすか。今どきの本職は、こんな高い店にはこれないと思ってましたわ」

〝本職〟とはヤクザを指す隠語である。半グレやチーマーがセミプロの暴力集団であるのに対し、ヤクザはプロの暴力集団、つまり本職という意味だ。

「バカ騒ぎがしたいんなら、チェーンの居酒屋にでもいったらどうだ」

「あんだと」

短パンの表情が険悪になる。いつになく好戦的な気分だった。やるんだったら受けて立つぜという心境になっていた。店中の視線がここへ集中し、一瞬即発の雰囲気が生まれる。

そこへ甲高い声が割って入ってくる。

「うっわあ。すっごい迫力、カッコいい〜！　もうびりびりきちゃったあ」

翔が笑顔で両者の間に飛び込んでくる。「あ、鮒戸翔じゃん」「本物だ」と男たちがざわつき、緊迫感がゆるんだところを、翔は短パンに向かって両手をあわせる。

「あのお、このお店、ボクがとってもお世話になってるところなんです。だからここはどうか……ね、お願いします」

ぺこりと頭を下げる翔に、短パンは気をよくしたのか「映画、この前観たよ」と言う。

「ええ～、嬉しいなあ。ありがとうございます！」

「や、俺はべつに興味なかったんだけど、彼女が観たいっつうから」

「彼女さんにもよろしくお伝えください。観てくれてありがとうっ！　って」

「ああ。あんたに会ったたって言っとく」

短パンはユキジをじろりと一瞥《いちべつ》すると、男たちに「いくぞ」と声をかける。連中はぞろぞろと出ていく。張り詰めていた空気がやわらいで、再び静寂とジャズの音楽が戻ってくる。

「も～、ユキジさんってば何やってんですかあ！　あ、でもカッコよかったのはホントです～」

翔は握りこぶしで軽くユキジの胸を叩く。おどけたふうに、だが美しい顔に緊張が残っている。「すみません」とユキジは素直に謝る。翔の機転に救われた。

もしあのままあいつらと喧嘩沙汰になっていたら、店だけでなく翔にも、もちろん潮にも迷惑をかけていただろう。頭に血がのぼっていて失念していた。

自分たちの席へ戻り、軽く呑《の》み直《なお》してからお開きとなる。潮はもうユキジの目を直視してこなかった。もっぱら翔に視線をあわせて、下がり眉の曖昧な笑みを浮かべていた。

翌日から、なにかと忙しくなった。台湾カステラの店のオープンに加えて、大口の債権回収がいくつか重なった。オヤジのところへ今月の上納金を納めにいき、その際に「関東和睦会」が近々結成されるとの情報がもたらされた。例の、独立系暴力団体による互助同盟の件だ。

関東大鵟鶲会、曙一家、そして海原会の三団体のトップが先日極秘に会談し、合意したという。次の定例会で正式に発表し、一斉に他団体へも知らせるとのこと。

それにより大鵟鶲会ならびに曙一家とは、組織ぐるみで兄弟分の関係となる。

「けっこうなことだけど、いろいろ面倒くさくもなるよな」

悟朗は言う。同盟といえば聞こえはいいが、今後この二団体とは、おちおち喧嘩もできなくなるわけだ。まして抗争は言うまでもない。黙っていても金が入ってくる上層部はともかくとして、シノギ探しに苦労している現場の者からすれば、かえってやりにくいことも出てくるのではないだろうか。

「ま、時代だな」

一方、プライベートの方でも曽祖母の法事の準備があった。なにしろ父親があれなものだから、施主は自分が務めることになる。

菩提寺《ぼだいじ》の住職に相談して、まずは日取りを決める。故人の知り合いへの連絡、法事後の会食、お布施代と返礼品の用意等々。することはたくさんあった。もったいなくも悟朗から「俺も呼んでくれよ」と言われる。

「なんせ大事な預かり息子を、こっちの世界に引っ張り込んじまったんだもんな。おまえのばあさんには申し訳ねえことしたよ」

そんなこんなでしばらくの間、アクアティックから遠ざかっていた。久々に足を向けたのは、十月も下旬のことだった。

タートルネックのウェアに着替えて、三階のマシンジムフロアへ上がる。週の半ばの深夜とあって、他に人はいなかった。

と思ったら、一人だけいた。小柄な女がランニングマシンの端っこで走っている。その姿を目にするや、フロアに足を踏み入れるかどうか数秒、逡巡《しゅんじゅん》する。

いやいや、久しぶりの筋トレタイムだ。べつに遠慮することたあねえ、と思い直し、悠然とした足取りでフロアを進んでいく。

と、女がマシンを停止してこちらを見る。その視線に気づかないふりをしてベンチプレスのスペースへいき、入念にストレッチをする。セーフティーバーをセットして重りをつける。いつものように六十キロからはじめよう。

「ふ、ふ」

バーベルを上げ下げするたび、呼気が洩れる。肩甲骨が開き、筋肉が収縮する。たちまち汗ばんでくる。黙々と数セットをこなすうち、ふと、近くに人の気配を感じた。バーベルを注意深く下ろして、むっくり起き上がる。

「なんだよ」

潮が立っていた。汗に濡れたトレーニングウェアが肌に貼りついて、ほっそりとした身体の線を浮かせている。唇を固く引き結び、じっとこちらを見ている。

「バーベルの近くにいると危ねえぞ」

トレーニングを再開しようとすると、「あのっ」と意を決したような硬い声をぶつけられる。

「この前言ってた〝ノロケ〟って、どういうことですか」

「……ああ?」

語尾を上げて問うと、さらにこう言われる。

「鮫肌さん、私に言ったじゃないですか。『ミロクとのノロケ話をわざわざ聞かせてんのか』って。あれ、どういう意味だったんですか」

「どういう意味も何も」

つっ、とつい舌打ちをする。人がせっかく気持ちよく筋トレをしてるってのに、なんだってそんな話をしにくるんだよ、と。潮はだいぶ走ったのか、顔が火照っていた。頭から湯気を出している。下がり眉を吊り上げて、険しい表情を――それでもあまり迫力はないのだが――している。

「言ったとおりだよ。俺の目の前でミロクといちゃいちゃしてたじゃねえか」

「していません！」

潮は反論する。顔がいっそう真っ赤になって、まるでトマトだ。

「私はただ、翔くんとのことを話していただけですよ。なのに鮫肌さんがいきなり怒って……」

「怒ってねえよ」

「怒ってました。はっきり言って怖かったです」

その指摘にイラっとくる。自然、返す声にも苛立ちが混ざる。

「だから怒ってねえよ。だいたいなんで俺が先生とミロクのノロケを聞いて、怒んなきゃいけねえんだよ」

「そうですよね。だってアユリさんという方がちゃんといますもんね。私も、なんで怒られないといけないんだろう？　って思いましたもん」

「あん？」

なぜここでアユリが登場するのだろう。自分の頭が悪いからなのか、話の流れがよく分からなくなってきた。ユキジの混乱をよそに、潮は言葉を重ねる。

「アユリさん、やさしい方ですよね。彼氏の具合を心配して、わざわざ看病にきてくださるなんて。どうぞお大事になさってください」

「おい、さっきからなに言ってんだよ、先生」

ベンチから立ち上がろうとすると、警戒するように後じさりされる。その反応に傷つき、同時にむかつく。

「なんでいきなりアユリが出てくるんだよ。あいつ関係ねえだろ」

「隠さなくてもいいですよ。私、知ってますので。それに、そんな言い方はアユリさんに冷たいと思います」

「だから、なんでアユリが出てくんだって！」

潮のつんつんとした態度に刺激され、こちらもまた声を荒らげてしまう。すると責めるような口調で、思いもよらないことを言われる。

「なんでって……だって鮫肌さん、アユリさんと付き合っているんでしょう。恋人同士なんでしょう」

「ああ?」

いよいよ潮の言ってることが、意味不明だった。

「付き合ってねえよ。自分の店の人間に手ぇつけるなんて面倒くせえこと、するかよ」

「だから、とぼけなくっていいって言ってるじゃないですか。ちなみに安心してください。このことは誰にも口外していませんので」

「だから、付き合ってねえって――」

そう言いかけてそこでふと、頭に疑問符が浮かぶ。潮は今、先日自分が体調を崩したときにアユリが押しかけ看病をしにきたのを知ってるふうなことを口にした。なぜそれを知っているのか。もしや……。

「先生、ひょっとして俺んちにきて、あいつと会ったりしたのか？」

「き、きてません！　会ってません！」

潮は即座に否定する。もはや顔だけでなく耳まで赤くなっている。

「いや、だってそうだろ。じゃなきゃ、なんでアユリがうちにいたのを知ってんだよ。なんだよ、だったら早く言ってくれよ」

「と、と……とにかくいいです。もう」

自分からふっかけておきながら、潮は一方的に会話を打ち切って、フロアの出入口へ向かおうとする。

「待てよ」

その後ろ姿に、やや力を入れた声をかけて、呼びとめる。

「俺はちっともよくねえよ。先生、言うだけ言って逃げんじゃねえよ」

こちらに背を向けたまま、潮の肩が、ぴくっとゆれる。

「要するに何が言いたいんだよ。ぜんぜん分かんねえよ。なんで俺が責められねえといけねえんだよ」

つい、きつめの口調になってしまう。だがこれくらいは言わせてもらってもいいだろう。

「先生ちょっとガキくせえぞ。ちったあ俺の話も――」

言いかけている途中で、潮がくるりと振り返る。その顔を見て、ぎょっとする。目に涙をにじませている。唇をわなわな震わせて、精いっぱいの険しい形相でユキジをにらみつけている。

「どっ、どうせ……」

そう言う声もまた震えていた。

「どうせ私はガキですよ！　オワコンですよ！　分かってますよ！」

そう叫ぶなり、フロアから飛び出ていってしまった。

「……なんなんだよ」

戸惑い混じりに、ぼそりとつぶやく。俺が泣かせたのか。俺が悪かったのか。オワコンって何だ。分からん。

結局、潮は何を言いたかったのか。どうしてあんなにぷりぷりしていたのか。女は分からん。いや、先生がよく分からん。

六

ユキジに泣かされた。

泣かされて、尻尾を巻いて逃げだしてしまった。こんな自分がぶざまだった。

(さっきの声……怖かった)

マシンジムフロアで、「待てよ」と背後から声をかけられて、思わず身震いしてしまった。ユキジの声には、これまで潮が聞いたことのない憤りの感情がこもっていた。ぶつけられた言葉がまた胸に響いた。

言うだけ言って逃げんじゃねえ。ガキくせえ。オワコン。

「あ、オワコンは言われてなかったわ……」

夜道をとぼとぼと歩きながら、つぶやくと、

「ふぁ……っくしゅん！」

盛大なくしゃみをしてしまう。シャワーも浴びないでジムを出てきたので、汗が冷えて急に寒くなってきた。ウェアの上に着ているパーカーのジッパーを、首もとまで引き上げる。早く帰ってお風呂に入らないと風邪をひいてしまう。

（私……何やってるんだろう……）

どうしてユキジに突っかかっていったんだろう。喧嘩腰《けんかごし》な態度をとってしまったんだろう。そんなことをするつもりはなかったのに。ただ、最近ジムで彼の姿が見えなくて、今日、久しぶりに現れたと思ったら、なんだか無視をされてるみたいで。それで、こちらから挨拶をしにいったのだ。それなのに。

（なんだって……あんなこと言っちゃったのかなあ）

自分でも分からない。詰問口調でユキジに、先日の発言の真意を問いただそうとしてしまった。翔と自分の関係について、ユキジにしては珍しく、嫌味っぽいことを言ってきた。それがずっと心のなかに引っかかっていたから。

あのとき、どうしてユキジは〝ノロケ〟云々《うんぬん》なんて言いだしたのだろう。いきなり不機嫌になって、他のお客さんと揉めごとを起こしかけて。ユキジが何を考えているのか分からない。アユリとの仲を言い繕おうとする精神性もどうかと思う。そんな人だとは思わなかった。幻滅した。

「もういい。あんな人、もういい」

汗と涙が混じって、ひりひりする目を手でこする。途端もう一回、大きなくしゃみが出る。

結局、風邪をひいてしまい、翌日からしばしの間、寝込んでいた。

ひとり暮らしで病気になるさびしさを、つくづくと感じた。お腹が空いてもごはんを作ってくれる人はいない。だるい身体でのっそり起き上がり、おかゆなりおじやなりをこしらえて、もそもそ食べて、また寝て。そんな数日間を過ごした。

微熱でぼーっとした頭のなかに浮かんでくるのは、なぜかユキジだった。ユキジはいいなあ……と思った。

看病しにきてくれる相手がいて。自分のことを心配してくれる誰かがいて。

（いいなあ……ユキジさん、いいなあ……）

そんなことを考えてベッドの中でうつらうつらしていた。

そうしてようやく快復した。さいわい脚本の方はある程度進んでいるので、締め切りに影響を及ぼすほどのロスではなかった。

寝室のカーテンを開けると、すがすがしい秋晴れだ。無性に外の空気が吸いたくなる。ずっと部屋で寝ていたので、外出したくてたまらない。

窓を開けて空気を入れ替え、掃除機をかける。それからシャワーを浴びて身支度を整える。お気に入りのトレーナーワンピース姿でマンションを出ると、景色はすっかり秋になっていた。街路樹の葉の色が変わりはじめ、外気はからりと乾いている。まだ肌寒さを感じない気持ちのいい気候だった。

住宅街を通り抜けて、普段はいかないない方角へ足を向けてみる。

線路の跡地を数年前から再整備していた一帯が、ちょっとした商業エリアにさま変わりしていた。小さな店がいくつも立ち並んで、中央には広場がある。休憩できるベンチやテーブルが設置されて、芝生でできた小山では小さな子たちが遊んでいる。

興味を惹かれ、ちょっと見てまわることにする。ベーカリーやデリカテッセン、おにぎり屋さんなどフード系の店も多い。昼下がりだというのに、どの店もにぎわっていて活気がある。

潮がのんびり歩いていると、前方から甘い匂いがふわっと漂ってきた。鼻がくんくん動く。とってもいい匂いだ。

「ただいま焼きたてでーす」という声がして、しゃれた外観のお店が目に入る。店頭に立てかけられた看板には「TAIWAN BIG CAKE」と書かれてあった。台湾カステラの店らしい。

(台湾カステラ……? どこかで聞いたおぼえがあるような、ないような……)

立ち止まる潮に、呼び込みをしている店員の女の子が、にこっと笑いかけてくる。

「いかがですか。タピオカティーもおつけした〝W台湾セット〟が人気なんです」

「あ、じゃあ……ください」

いい匂いと笑顔につられて、それに小腹も空いていたので、注文してみる。天気がいいので広場のテーブルで食べることにする。アルミホイルに包まれたカステラは、ほかほかしていて、食パン一斤は優にある大きさだ。飲みものは砂糖をたっぷり入れたタピオカミルクティー。

「いただきまーす」

プラスチックのフォークでひと口大にカステラを切り、あーんと口に入れようとして、思いとどまる。すぐ目の前に小さな女の子がいた。市松人形を思わせるおかっぱ頭で、ピンク色のスタイを首につけている。

その子は口からよだれを垂らして潮を、いや、潮の手にするフォークの先のカステラを、じっと見つめている。

（う……食べづらい……）

そこへ「あー、まるか、ここにいた」と、その子よりもう少し大きい男の子がやってくる。

「だめだよ、まるか。ひとりでいったら」

「ん」

女の子の手をとると、後方に向かって呼びかける。

「ママー、まるか見つけたー」

モヘアのニットコートにスキニージーンズ、サングラスをかけた女性が小走りでやってきて、

「もー、変態にさらわれたかと思ったじゃーん」

まるかと呼ばれた女の子をぎゅっと抱きしめて、スタイで口もとを拭いてやる。

「どうもすみませーん、うちの子が邪魔して……って……やだ、ウシオ先生！」

サングラスを額に上げた女性の顔を見て、あっと驚く。

「あっ……ど、どうも」

「どうもー。お元気ですかぁ」

アユリが華やかな笑みを浮かべて立っていた。

「これ、うちの子でーす」

アユリから子どもたちを紹介される。女の子はまるか、男の子はアキラ。三歳と六歳だという。

「実は上にもう一人いるんですよ。お兄ちゃんが。今年から小学校に通ってるんで、いやー、だいぶ楽になったわ」

アユリ親子も台湾カステラを買ってきて、四人で一つのテーブルを囲む。アユリはまるかを膝の上に座らせて、アキラはその隣だ。ふわふわのカステラを小さな手でちぎって口へ運ぶ妹に、アキラは「ちゃんとフォークつかいな」と甲斐甲斐しく世話をしている。

その微笑ましい様子を見て、潮は頭をフル回転させる。

(ええと……うちの子ってことは……この子たち、ひょっとしてユキジさんの……そうなの？　そうだったのっ？)

いや、決めつけるのはまだ早い。もしそうなら、さすがに部下のスズキも知ってるはずである。

(ううんっ、スズキさんにも内緒の婚姻関係かもしれないじゃないっ！　何か事情があって、とか。ああ……っ、気になるっ)

「ウシオ先生、大丈夫？　さっきからまばたきしてないけど」

「だ、だいじょうぶです」

そう答え、もっくもっくとカステラを口に詰め込む。うん、ぜんぜん味がしない。

そんな潮にアユリは屈託なく話しかけてくる。今日はオフの日なので、上の子が学校から帰ってきたら、みんなでごはんを食べにいくのだという。

「だから、カステラ食べたら夜まで我慢だからね。分かった？」

アキラとまるかは「はーい」と、声をそろえて返事をする。一斤のカステラを二人がかりでぺろりと平らげると「遊んでくる」と手をつないで小山の方へ走っていく。アユリと潮の二人きりになる。

「……お子さんがいらっしゃったんですね」

タピオカティーをひと口飲み、おずおずと潮が言うと、

「あれ、言ってませんでしたっけ」アユリは陽気に答える。

「キャバ嬢でシングルマザーで、しかも子どもたち、みんな父親がちがうんですよー。ベッタベタな設定でしょ、先生」

「あ、そ、そうなんですか」

「どうもアタシ、男を見る目がなくってね。ダメなのばっかりに惚れちゃうんです」

アユリ曰《いわ》く、長男の父親はネトウヨ、アキラの父親はニート、まるかの父親は自称デイトレの無職だそうだ。

それを聞いて、我知らず胸を撫《な》で下《お》ろす。子どもたちはユキジの子ではないのだった。

「どいつもこいつも甲斐性なしでね。慰謝料いらないから離婚してー、って。毎回こっちから飛び出しちゃって。もー、なんて学習能力のない女なんでしょ」

さばさばとした口調で語る。

「そ、そんなことないですよ。鮫肌さんはちゃんとお仕事をしてるじゃないですか」

フォローをするつもりで言うと、「社長さん？」アユリは柳眉をカーブさせる。

「ええっと……なんでここに社長さんが出てくるの？」

「え」

アユリは数秒間、潮を眺めて、それから「ああ、そっかあ」と声を上げる。

「ウシオ先生、ひょっとしてアタシと社長さんがデキてるって思ってない？」

「え、いえ、それは、その……はい」

視線を宙に泳がせて、もごもごとつぶやいた末にうなずくと、アユリにあっさり言われてしまう。

「デキてないよぉ、アタシたち。職場でそんな面倒なことしないって。それにね、男はもうこりごりなんだ。今のアタシは子どもにＬＯＶＥずっきゅんなのね」

「で……でもこの前アユリさん、鮫肌さんのうちにいましたよねっ。看病しにきてましたよねっ」

目を白黒させる潮に「うん、いたよー」とアユリは答える。そして、あっけらかんとつけ加える。

「そうだ、昨日社長さんが店にきて、アタシ叱られたんだったわ。『先生が見舞いにきたこと、なんで言わなかったんだ』って。ごめん。鳥アタマなもんで、すっかり忘れちゃってたの。ごめんねウシオ先生。ほんっとごめん……あ、先生どうしたの？　具合悪い？　お水もらってこようか？」

テーブルに突っ伏す潮の頭に、アユリの声が当たる。

どうしよう。ユキジとアユリが付き合っていなかったなんて……どうしよう。付き合ってると思っていたから、それを隠そうとする彼の態度に腹が立ち、責める言葉をぶつけたのに……。付き合っていないのなら、

（私……ただの最低じゃない……）

頬にぴた、と冷たい感触がして顔を上げると「はい、お水」

アユリが水の入ったグラスをテーブルに置く。

「はい、カステラ」と、カステラをもう一つ買ってきてくれた。

「半分こして食べない？　チビたちが戻ってこないうちに」

「……いただきます」

まだあたたかいカステラに、フォークを刺して口に運ぶ。今度は味がした。ふんわりと甘い。

アユリはいたずらっぽい笑みを浮かべて「あのね、このお店、武津興業がやってるのよ」と潮にささやく。

「そ……そうなんですか」

「うん。昨日社長さんからクーポン券をもらったの。よかったら食いにこいや、って」

そこで、ようやく思い出す。そういえば一番最初に会社へお邪魔したとき、ユキジから台湾カステラの食べ比べをさせられた。シノギにするとか何とか言ってたけれど、なるほど、こういうわけだったのか。

アユリはトートバッグからクーポン券つきのチラシを取り出し、見せてくれる。写真つきでメニューが紹介されている。オーソドックスなプレーンタイプと、生地に抹茶の粉末を練り込んだ抹茶タイプと、ドライフルーツの入ったフルーツタイプの計三種類だ。

「私の意見……ちゃっかり採用してる」

ぼそりとつぶやくと「ん、先生なんか言った？」と尋ねられ、慌てて首を横に振ってカステラを食べる。甘い。玉子と砂糖と牛乳の風味が口のなかに広がって、とても甘い。それでいて、なんだかしょっぱい。

アユリもカステラをつついて「うん、なかなかおいしいじゃ〜ん」と言う。そうして世間話でもするように、

「ところでさ……ウシオ先生は社長さんと、どうやって知りあったの？」

どきっとする質問をしてくる。前に翔からも似たようなことを訊かれた。二人は何つながりなの？　と。

実際、自分たちのつながりは何なのだろう。脚本家とそのファン。同じジムの会員同士。取材者と取材対象。それだけだ。つながりと言えるほどの関係性もない。なのに、どうして自分はユキジのことばかり考えているのだろう。ユキジを思うと気分が上がり下がりして、ただでさえ不安定な情緒がいっそうぐらぐらする。

「実は私、鮫肌さんに助けてもらったことがあって……」

口が自然とユキジとの出会いについて話していた。夜道で痴漢に襲われそうになったところを、ユキジが撃退してくれた、と。

「ほんとうに感謝してるんです。それが縁で、アユリさんもご存じのように脚本の取材に

協力もしてもらえるようになって」

「そうだったんだ」アユリは興味深げに目を細める。

「分かるわあ。社長さん、ああ見えてやさしいとこあるのよね。アタシもね、昔やばいお客さんにつきまとわれたことがあって……」

アユリは少しだけ声を落とす。

まだ末っ子のまるかが生まれる前のこと、ある客にストーカーをされたことがあったそうだ。こういう仕事をしていると、たまにそんな〝爆弾〟にも出くわすという。

その客は店に遊びにきて帰った後、外でずっと出待ちをしていて、偶然を装ってしつこく何度も誘われた。当時のフィッシュボーンにはまだ社員寮がなく、アユリは店から歩いて数分のアパートに子どもたちと暮らしていた。そこを突き止められるのは絶対にまずい。なんとかかわしていたけれど、とうとう向こうに住所を知られてしまった。それからは店ではなくアパートの前で張り込まれるようになり、部屋のドアに落書きされたり、ゴミを撒《ま》かれたりするようにもなった。

身の危険を感じてユキジに相談したら、「とりあえずうちに来い」と言われたそうだ。

「え、うちに……ですか」

「そう。アタシもちょっとドキッとしたんだけど」

アユリは楽しげな目を潮に向けて、

「ないない。そんなの、ぜーんぜんなかった」

首を振って笑う。ユキジは寝室をアユリ親子に明け渡し、滞在していた数週間、リビングルームのソファで寝ていたという。その間にフィッシュボーンの社員寮を準備して、そこに移り住む手はずを整えてくれた。自分たちだけじゃなく、入居を希望する他のキャストにも。

そうして例の〝爆弾〟客も、きっちり処理してくれていた。

「処理……ですか」

「うん。詳しくは聞かなかったし、あんま知りたくもなかったけど。ま、殺してはいないでしょ」

からりとした口調で言う。

「そ、そうですか。でも……大変でしたね」

「アタシはともかくチビたちに何かあったらと思うとね、気が気じゃなかったわ」

アユリは小山に視線を向ける。兄妹《きょうだい》が芝すべりをしていた。無料貸し出しのレジャーシートをお尻に敷いて、ころころと子犬みたいにじゃれている。

やさしいまなざしを子どもたちに注ぐ横顔は、自分と同年代くらいなのに、ずっと年上に見えた。いろいろなことを経験してきただろう、大人の女性の顔をしていた。

実をいうと、初対面の頃からアユリにはなんとなく苦手意識があった。

ユキジと気安く接していて、職業柄かあでやかな雰囲気があって、身体の線にもメリハリがある。あらゆる点で自分と対照的な彼女に、いい人なのだろうと思いつつも、どうしても気が引けるものがあった。

アユリのことをよく知らなかったから、そう思っていたのだろう。

知らないから、偏見や思い込みを抱いてしまう。自分の理解の及ぶ範囲でしか、ものごとを見なくなってしまう。その人のことをちゃんと見て、ちゃんと話したら、ちゃんと知ることができるのに。

ともかくそれでアユリはユキジの住まいを知っているわけなのだった。

「アタシもね、社長さんには恩義を感じてるの」

アユリは長い脚を組み替えて、子どもたちを眺めたまま言う。居候をしていた間、ユキジは息子たちと遊んでくれたし、ご飯を食べさせたり、お風呂にも一緒に入ってくれた。

「他のキャストの子たちも、やっぱり大なり小なりやばい目に遭うこともあってさ。そんなときみんな社長さんを頼ってるの。見た目はあんなボディビルダーのなりそこないみたいだけど、中身はやさしいのよね」

ボディビルダー云々という表現に、ぷっと噴き出してしまう。

「なんだってあんなに……筋トレが好きなんでしょうね」潮が言うと、

「筋トレ沼にハマってるよね、あれは」アユリも笑う。

それから潮をじっと見て、

「そういうわけで、アタシと社長さんは清い雇用関係なんで。安心してよ、ウシオ先生」

「え、あ、あの」

潮が何か言おうとするより先に、アユリは椅子から立ち上がる。

「じゃあ、そろそろいきますね。今日は会えてよかったわぁ」

にっこりと飾りけのない笑顔を残し、小山に向かって歩いていった。


アユリが去ったあとも、胸のなかに一つの言葉が、川の流れに引っかかった藻のようにゆらゆらしていた。アユリはユキジのことを「やさしい」と言っていた。社長さんはああ見えてやさしい、中身はやさしい、と。

「やさしい……」

つぶやいて、ぬるくなったミルクティーをずずーっと吸う。カップの底に沈殿するタピオカをもぐもぐ食べる。

そうだった。ユキジはやさしかった。顔は怖いけれど、若干荒っぽい言動にびくびくさせられることもあるけれど、彼はいつもやさしかった。自分のことを敬い、気遣ってくれた。

痴漢の一件だけじゃない。取材のお願いにも、最初は嫌がっていたものの応じてくれた。いろいろな話をしてくれて、会社も、シノギの現場にも案内してくれた。それでアユリとも知りあえた。

自分のドラマのファンだというのも、嬉しかった。

潮が脚本家の小山田ウシオだと明かしたときのユキジの顔は、なかなかの見ものだった。精悍な風貌が愕然《がくぜん》としたふうに固まって、驚きと緊張の入り混じった目を向けてきた。人からあんなふうに見つめられたのは初めてだった。

自信を失いかけてた自分に、彼はたくさん励ましをくれた。

プロットにダメ出しされて公園で泣いたときには、一所懸命に慰めてくれた。自宅の寝室には小山田ウシオ作品のＤＶＤがそろっていた。ドラマについて率直な感想を語ってくれた。

はあ、と大きなため息をつく。うすうす気がついてはいた。だけど認めるのに時間がかかった。なにしろ初めてのことなので。

（たぶん私……好きなんだ……あの人のこと）

いつから好きになっていたのだろう。分からない。自分でも知らないうちに、いつの間にかユキジが心に入り込んでいた。

これまで潮が書いてきた恋愛ドラマは、ある日突然、恋に落ちるものばかりだった。『五十六億七千万年後に会いましょう』も『ラブ・コンフィデンシャル』も『逢魔がときに会いましょう』も、主人公たちは出会った瞬間、びびっと惹かれあっていた。恋とはそういうものだと思っていた。

だけどちがった。恋は落とし穴みたいに〝落ちる〟ものじゃなかった。ゆっくりと心のなかに沁《し》み込んでくるものだった。

（うう……自覚するのが遅いって……）

再びテーブルに突っ伏して、先日の自分の振る舞いを反芻《はんすう》し、たっぷりと落ち込む。ユキジを怒らせた。ユキジに失礼な態度をとるだけとって、逃げてきてしまった。もしもここに穴があったら入りたい。しかし、そんなものはない。

「ううう〜」

顔を伏せたまま唸《うな》ってしまう。ユキジに謝ろう。いや、謝らなければ。でも、どうやって。

（ああ。もしドラマだったら、相手の携帯電話を間違えて持ってきちゃった、とかいう口実を用意して、会いにいきやすくしてあげるところなんだけど……あいにくドラマじゃないのよ！　現実よ）

そう、これはドラマではない。正々堂々、口実抜きで会いにいって真正面から謝るしかない。気合を入れるためカステラをさらにもう一個、食べることにする。今度はドライフルーツで。

その日の晩、アクアティックの三階マシンジムフロアは、前回ここへきたとき同様に閑散としていた。中へ入ろうとする際、トレーニングを終えた人とすれちがう。

時刻は午前二時だ。彼の出没する時刻は、もはやだいたい把握している。がらんとした室内をぐるりと見わたすと――いた。たったひとり、タートルネックの男がいた。クランチベンチで黙々と腹筋運動をしている。

その姿をとらえるなり、顔がかーっと熱くなった。自分でも戸惑うほどだった。胸がどくどく鳴り、手のひらが急に湿ってくる。ユキジを好きだと自覚した途端、彼を見て身体中が委縮している。膝まで震えそうになる。

（し、しっかり！　わたしっ）

自らを叱咤激励して、一歩一歩、クランチベンチへ近づいていく。ユキジはこちらに背を向けているので、潮がきたことに気づいていない。ベンチに仰向けになってパッドに脚をかけ、後頭部を両手で押さえて上半身を上げ下げしている。

「こんばんは」

腹筋の途中で、彼の動きが静止する。そのまま背中をベンチに下ろすと、視線を上げてくる。仰向けになっているユキジを見下ろす恰好になる。昼間と同じトレーナーワンピース姿の潮を、彼はじろりと見る。

「先生……そのカッコで走るのか？」

「い、いえ。今日はその……走りません」

「じゃあ、なんでここにいるんだ」

汗で上気している男の顔に、こちらを警戒している気配があった。声も少々尖っている。

「まだ何か俺に言い足りねえことでもあるのか。いいぜ。聞いてやるよ」

「いえっ、あの……鮫肌さんに……謝りっ……たくて」

「ああ？」

ユキジはパッドから脚を下ろすと、身をゆっくりと起こす。

「謝るって、何をだよ」

「その、あの……こ、この前のことを……です」

しどろもどろに言いながら彼を見る。おかしい。こんなに格好いい人だったろうか。強い目つきも太い眉も、硬そうな頰の線も、見ているだけでどきどきする。身体にぴっちりと貼りついたウェアがしなやかな筋肉を浮かしていて、なまめかしくさえあった。

「この前は……ど、どうも……大変……すみませんでした」

ぎくしゃくとした口調で、それでもなんとか言うべきことを言う。

「私、鮫肌さんに失礼でした。ごめんなさい……ほ、ほんとうにごめんなさい」

「先生、なんか顔が赤いぞ。大丈夫か」

ユキジが立ち上がって手を伸ばそうとしてくる。

「だっ、だいじょうぶですっ」

ぴょんと後ろに飛び退り、シューズがずるっ、とやわらかいものを踏む。床に敷かれたマットだった。頭から勢いよくすっ転びそうになって、間一髪でユキジに抱きとめられる。汗くさい胸筋に顔がぎゅっとうずまる。はあ……と頭の上にため息がかかる。

「先生、よく転びそうになるよな」

そう言われて、思い出す。たしか前にもこんなことがあった。泥酔して公園のブランコから転げ落ちそうになったとき、とっさにユキジに抱きかかえられた。今みたいに彼の胸

に顔をつけて、そして……。そのときの感覚が蘇りそうになり、

「ご、ごめんなさい」

身を離そうとすると、腕の力が強められる。そして言われる。

「先生……俺はアユリと付き合ってねえぞ。アユリだけじゃなく、他の誰とも付き合っていねえ。ほんとうだ。嘘じゃねえ」

数秒間、逡巡するように間を空けて、こう続ける。

「俺が好きなのは先生だ」

瞬間、息が詰まった。ちがう。呼吸をするよりもっと下の方が、胸の奥が詰まった。

ウォールミラーに自分たちの姿が映っていた。床にへたり込んだまま、ユキジの胸に仕舞い込まれるみたいにして抱擁されている。自分の顔も赤いけど、ユキジも真っ赤だった。困ったような表情で、潮の頭頂部を見つめている。

と、鏡越しに視線が交錯する。鏡の潮をじっと見て、ユキジはもう一度、告げる。

「先生、好きだぞ」

「……私も……」

消え入りそうな声を、喉から必死に振り絞って、出す。

「私も……です」

「ああ？」

心臓がどきどきを通り越し、もはやばくばく鳴っている。こんな緊張感は生まれて初めてだ。〝ヤングジェネレーション・シナリオ大賞〟授賞式のときよりも緊張している。怖い。恥ずかしい。それでも言わなくちゃ、と思った。この前みたいに逃げないで、自分の気持ちをユキジにちゃんと伝えなくちゃ……と。

唇を震わせて、まっすぐにユキジを見上げて、一語ずつ、しっかりと口にする。

「私も、鮫肌さんが、好きです」

「――」

「好きです。好きです。好きなんです」

言うなり、「うう」と顔をくしゃくしゃにして呻いてしまう。

「ど、どうした先生」

あたふたするユキジに、

「うう……恥ずかしい……すごく、すごく恥ずかしい」

「大丈夫。俺もだ」

互いに放出している熱を感じられるほど、顔が近まる。相手の瞳に自分が映り、自分の瞳に相手が映っている。その像がゆっくりと接近してきて、見えなくなるのと同時に唇が重なっていた。

二度目のキスはユキジの汗の味がした。昼間に食べたカステラにも似て、ふんわりと甘く、かすかにしょっぱかった。

## 七

『キスの味は、ハニーマスタードに似ている』

そんな台詞を、潮はかつて書いたことがあった。あの、多方面からけちょんけちょんにけなされた不倫ドラマ『逢魔がときに会いましょう』で、主人公の主婦が夫以外の男性とキスをしてしまったときのモノローグだ。瞬間視聴率だけはよかった。

『好きな相手とするキスは、甘くて、スパイシーで、ハニーマスタードの味に似ている――』と。

知りもせずによくもまあドヤ顔で、分かったみたいに書いていたものだ。

ユキジと再びのキスをしながら、そんなことを思った。名残《なご》り惜《お》しげに唇が離されて、互いに真っ赤な顔で見つめあう。猛烈に気恥ずかしい。

「じゃ、じゃあ……まあ、その、帰るか」

「そ……そうですね！」

ユキジから、送っていくから五分だけ待っててほしいと言われる。すぐにシャワーを浴びてくるから、と。そうしてきっかり五分後に、男子更衣室から出てきた。まだ髪が濡れている。

「待たせたな、先生」

「い、いえ」

体格に映えるダークブルーのスーツに、ノーネクタイの白シャツという服装だ。夜道を並んで歩きながら、どちらとも黙りこくってしまう。むずがゆいような、照れくさいような沈黙が漂う。

車道側のユキジが不意に背を屈《かが》めて、へっくしょん、とくしゃみをする。

「あ、寒くないですか？　髪が湿ってますよ」

すぐ肩先にきた彼の頭に、右手を伸ばしてさわってしまう。何も考えずに、つい。

「平気だ」

分厚い手のひらが手の甲を押さえる。どきりとする。ユキジの手は大きい。それにごつごつしている。

節くれ立った関節にがさついた皮膚。甲には血管がくっきり浮いている。長くて太い指に、指をきゅっと摑まれる。一瞬だけ戸惑い、それからこわごわと摑み返す。ぎこちなく手をつなぎあう。

お互いの指を絡める恋人つなぎではなくて、握手つなぎだ。

「せ、先生の手、小せえな。子どもの手みてえだ」

「そんな、普通ですよ。というより、そっちの手が大きいんですよ」

そんな軽口を言いあいながら顔を見あわせ、おずおずと微笑《わら》いあう。照れ笑いとも、はにかみ笑いともつかないユキジの笑い方は、とてもいいと思った。あまり笑わない男の人が、ふとした拍子に見せるという感じの笑みだった。

ユキジの手は冷たかった。すぐに汗ばむ自分とちがって、ひんやりと乾いている。

「そういや、あのドラマに……手をつなぐシーンがあったよな」

深夜の住宅街は静かだ。潮の手を引くようにして歩くユキジが、声を落として言ってくる。あのドラマとは『五十六億七千万年後に会いましょう』のことだ。ヒロインとミロクが初デートをした帰り道で、手をつなぐ場面があった。たしか何話目だったたっけ……。

「三回目の話でさ、遊園地にいってピザを食うだろう。その帰りに」

その言葉に「よく憶えてますね！」潮は目を丸くする。

「ま、まあな」彼はぶっきらぼうにうなずく。

「なんかあの回は好きで、けっこう見返してるんだ」

「私も第三話は気に入ってました。もしいつか彼氏ができたら、こんなデートがしたいなあ、一緒にピザとか食べたいなあ……なんて想像しながら書いてました」

「先生、それまでデートしたこと、なかったのか？」

「え、あ、そっ……その頃はまだハタチだったので」

しまった。口をつるりとすべらせて、言わなくていい個人情報を洩らしてしまった。ユキジがドラマをよく憶えてくれているのが嬉しくて、つい。

ユキジはまじまじと潮を見つめ、

「先生、やっぱ天才だな」

「……はい？」

「経験もしてねえのにあんなにいいデートを書けるなんて、小山田ウシオはやっぱ天才だよ」

「あ、ありがとう……ございます」

とん、と胸が打たれる。どうしてだろう。どうしてこの人はこんなに私を嬉しがらせてくれるのだろう。やさしくしてくれて、好きになってくれて、褒めてくれて。

冷たかったユキジの手が、だんだんあたたかくなってくる。握っている手にそっと力を入れると、応えるように握り返される。

そのまま歩いていくうち小さな公園の横を通り過ぎて、潮のマンションが見えてくる。

「あ……うち、ここなんです」

五階建てのこぢんまりとした建物だ。古いけれど、それなりに味わいがある。

「そうか。じゃあな」

「はい。おやすみなさい。送ってくださって、どうもありがとうございます」

エントランスの前で挨拶を交わす。だけど互いに手を離さない。まるで接着剤でくっついてしまったみたいに。なんだか離しがたかった。

昼間はあんなに落ち込んで、心が炒《い》られるような気分だったのに、今はこんなにも弾んでいる。こうしてユキジと手をつないでいられることが嬉しい。切に嬉しい。

そこへ車の走行音がして、道路幅ぎりぎりに大型車が走ってくる。ユキジはさっと動いて、潮を門柱に押しつけるようにしてかばってくれる。彼の背をひゅっとかすめて車は走り去っていく。

「つぶねえな。大丈夫か、先生」

「は、はい」

とっさの急接近に動揺する。いわゆる「壁ドン」になっている。潮が顔を上げると、鼻と鼻がぶつかった。

「あ、すまね」

「いえ……」

そうして、ごく自然に口と口が、くっついていた。

(……ん)

遠慮がちに入ってくる男の舌を受け入れる。この舌を好きになっている自分に気がつく。清潔なキスの味も、どことなくおずおずとした舌の動きも、自分の胸に当たっている厚い胸板の感触も、いつの間にか好きになっている。

そして思う。誰かを好きになることは、その人のさまざまな部分を好きになるということなのかもしれない……と。

太い腕が背中にまわされて、硬いブロック塀から守ろうとするみたいに抱きしめられる。潮もまた両手を男の背に巻きつける。

抱きあって改めてユキジのたくましさを実感する。〝タートルネックさん〟をジムで遠目に観察していた頃は、ここまでがっしりしているとは思わなかった。見るのと実際にふれるのとでは大ちがいだった。

背中まで筋肉がむくむく盛り上がっていて、まわした手と手が届かない。抱きつくというよりも、しがみついているみたいだ。

巻きつけあう舌と舌がこすれて、ざらりとした感触が走る。背すじがぞくりとして、男の肩甲骨にかけている指に力を込める。そうしないと、ちゃんと立っていられなくなりそうで。すると、自分を抱擁する腕の力も強められる。衣服越しにも肉づきが伝わってくる。

ユキジの身体は鋼のように勁《つよ》いけれど、キスはやさしい。潮の様子を見ながら、這うように、怯えさせないように舌を絡めて吸ってくる。舌で舌を吸われるのは、なんとも奇妙な感覚だった。気持ちがいいとも悪いともいえそうで、いえない。だけどたぶん、この感じが自分は嫌いじゃない。まだよく慣れていないだけ。

お腹のあたりに熱いものが当たっていた。それがなんであるのかは、おおよそ見当がついた。

「――ん――」

喉が上下して、口のなかで混ざりあう唾液を飲む。こくん……と、あたたかいものが喉もとをすべり落ちていく。そうして唇が遠ざかっていっても、呆《ほう》けたみたいにぼーっとしていた。心臓が、やぶれそうなくらいに烈《はげ》しく脈打っている。キスしたばかりなのに口のなかが、からからに渇いている。

汗で湿った手が、まだ男の腕を摑んでいる。離したくなかった。このまま別れたくなか

った。

「……かないでください」

かすれそうな声で、言う。自分の方からこんなことを口にするなんて、恥ずかしくてたまらない。それでも今の気持ちを正直に、まっすぐにぶつける。

「いかないでください。もうちょっと、もうちょっとだけ一緒に……いてください」

ユキジは眉間にしわを立てて、むっとしたような低い声で、

「先生、本気で言ってんのか」

「あ、いやでしたら……」

「いやなわけねえだろ！」

恫喝《どうかつ》口調で言われてしまう。引き締まった頬の線に赤みが差している。

「嬉しいにきまってんだろ、先生。嬉しいにきまってるよ！」

潮の手を握り返すその手もまた、湿っていた。

潮の部屋は三階だ。仕事場兼自宅の１ＬＤＫ。エレベーターはないので階段で上がっていく。

「こ、ここになります」

「おじゃまします」

ユキジは上がり込む前に、律儀にひと言入れる。脱いだ靴もそろえて端に並べている。彼がいると、室内の密度が急に大きくなる感じがした。空気も変わった。ひんやりと静かだったのが、むわっと熱くなって動きだす。

入ってすぐ目の前にある部屋が、自室だった。ドアを後ろ手で開けて、遮光カーテンを閉めた真っ暗な空間へ男を招じ入れる。寝室であり、仕事をする部屋でもある。

日当たりのいい窓際の方にワークデスクや書棚を配置し、ベッドは反対側に寄せてある。睡眠を重視しているので、マットレスは大きめのセミダブルだ。

部屋は暗くしたまま、ベッドのヘッドボードの読書ランプだけつける。オレンジ色のぼうっとした光が、ベッド周りを照らしだす。これくらい薄暗い方が恥ずかしさを中和できる。

ベッドに並んで腰を下ろすと、二人分の重みでマットレスがぎし……と軋む。ここでまた、緊張してしまう。こうして誘ったのはいいものの、これから何をどうすればいいのか、てんで分からない。もちろん知識としては知っているけども、なにぶん実地経験がないので。

「あの……今さらこんなこと言うのもアレなんですけど……ど、どうか引かないでください」

「な、なんだ先生」

ユキジの声にも、若干の緊張がある。

「実は私……こういった状況になるのが……その、これが初めて……でして」

言いながらどんどん恥ずかしくなってくる。羞恥プレイの一種みたいだ。

「なので……きっとすごく、いろいろすごくぎこちないと思うんですが……ご容赦くださ
い」

ユキジはじっと潮を見る。男っぽく端整な風貌に困惑と驚きと、加えて何か、ちょっと
形容しがたいふしぎな感情があった。自分が小山田ウシオであると告白したときに浮かべ
ていた表情と、少し似ていた。

「ま……まかしとけ。俺に」

口調がうわずっていた。両肩に両手が置かれ、薄暗い中で見つめあう。

「引いたりするもんかよ。むしろ逆だ」

頬にそっと唇が添えられる。撫でるような動きですーっと移動して、口と口がふれあう。

舌が吸われる。

ユキジの吸い方はやさしい。舌で舌を舐めながら、やんわりと吸ってくる。でもそれは

うに感じられた。

「慣れている」とか「上手《うま》い」というよりも、細心の注意を払ってそうしてくれているよ

技巧的なところのない、やさしくて丁寧なキス。

自分はこういうキスが好きかもしれないと思った。キスにはまるで詳しくないけれど、それでもそう思った。ううん、分かった。ユキジとキスをして、それが分かった。

舌で舌を愛撫《あいぶ》されて、ほぐされていく。口のなかが熱くなり、ぬるんでくる。ユキジの唾液はあたたかい水のように透明で清潔だ。彼の性質そのもののような味がする。

自然と男の堅い太ももの上に、乗り上がる恰好になっていた。潮を抱擁している手が、頭を撫でてくる。

「先生、頭もちっちぇえな」

低い声が口もとにかかる。すぐ目の前のユキジの顔には艶な風情があって、どぎまぎしてしまう。

髪を梳《す》いている手が背中をすべり下りていき、ワンピースの裾を掴む。どことなくぎこちない手つきでたくし上げられて、そのたどたどしさが、かえってよかった。慣れているより安心できた。ユキジらしいと思った。そのままゆっくり後ろに倒される。

素肌に手のひらがふれる。ざらついた皮膚の感触に、肌がぴくりと粟立《あわだ》つ。

「細《ほせ》え腰だな」

感心したふうにつぶやくと、男の手はブラジャーを押し上げる。「あ」と声を出すのと同時に口がふさがれる。

（……ん……）

ふくらみを採まれながら唇を吸われる。手のひらの感触に、細胞の一つ一つが目覚めていくようだった。指先が先端にふれて、思わずぴくんと震えてしまう。

「痛かったか」

キスを中断されて尋ねられ、小さく首を横に振る。

「ううん、ちょっと……むずむずして……」

「そうか」

ほっとしたふうな顔をして、男は動作を再開する。

耳の下に唇を当てて、首すじに沿ってキスしてゆく。くすぐったさに身じろぎすると、組み敷いている腕の力がほんのわずか、強まる。まるで捕獲された動物のような気分になって、得体のしれない高揚感がむくむくと湧き上がる。

押し倒されて興奮している自分に、新鮮な驚きを感じる。こんなに立派な体格をしている男から、求められ、愛されようとしていることに、かつてない高まりを覚えている。

キスの位置が首から下の方へ進んでくる。鎖骨へ、胸の近くへと唇が移動してきて、高まりがどんどん増してくる。

骨ばった手でふくらみを撫でさすられ、先の方がこりっとする。指の腹で押されると、痛いくらいにじんじんする。こんな疼《うず》きは初めてだ。やるせないのにどこか甘美で、自分でも戸惑うくらいに硬くなっていく。

もっといじってほしい気持ちと、もうやめてほしい気持ちが、せめぎあう。

「ああ」

もう片側の胸がかじられて、ため息がこぼれる。それほど豊満ではない大きさなので、ほとんどすべて男の口のなかに収まってしまう。

（や……はずかし、い……）

かすかに歯がめり込んで、腰の裏に痺《しび》れるような戦慄が一瞬、走る。疼きが拡散する。濡れた舌がふくらみをすべり、いいようのない感じがする。快感と言いきるのは恥ずかしい。だけど、それに近い感覚だった。

先端が咥えられ、きゅっと吸われて、

「はぁ」

少しだけちくっとして、細い針で突かれたような刺激が生じる。そんなふうに、両方の胸をじっくりといじられていく。口と手の愛撫は感触が異なる。口の方がいやらしくて、手の方が動きが細やかだ。

「ん……っく」

そうされ続けているうちに、次第に自分自身の奥の方がじくじくしてくる。高温ではない、埋《うず》み火《び》のような鈍い熱が、どこか深いところにぽうっと生じる。その熱は内側からじわじわと潮を炙《あぶ》ってくる。

下着ごとお尻を鷲摑《わしづか》みされて、

「あ」

喉がひくっとゆれた。するとユキジがむくりと起き上がり、神妙な表情で、下着一枚姿の潮を見下ろす。つと、両手で胸を覆う。しばらくそうして見つめられ、

「あのう……なにか?」

不安になって尋ねると、ぽつりと言われる。

「先生……かわいい」

途端、羞恥がぶわりと込み上がる。

「俺とおそろいみたいなパンツ穿《は》いてて……すげえ、すげえかわいい」

はっとする。そういえば、今着用しているのは黒のインナーパンツだった。色気もそっ

けもない、男性が穿くようなものだ。

ユキジはスーツの上着をばさりと脱いで、次いでシャツも、タンクトップもスラックスも脱ぎ落とす。ぼんやりとした暗闇に迫力のある裸体が浮かび上がる。彼の身体だけ発光しているかのようだ。そして下着は、潮のとよく似た黒のボクサーだ。

たしかに、まるでおそろいのパンツのようで、潮は胸を隠したまま、ふふっと笑ってしまう。それで恥ずかしさが少しだけ紛れた。

「ほんとですね」

「だろ」

ユキジも照れくさそうに笑うと、潮のそばに身を横たえて抱き寄せる。どちらももう、下着しか身につけてない。裸の肌をふれあわせて相手の体温を確認する。

ユキジの身体はあたたかい。それにしなやかで強靱《きょうじん》だ。この背中に彫られている虎にも似て、一見獰猛《どうもう》そうで怖いところもあるけれど、必要なとき以外には爪も牙も引っ込めている。

自分の胸よりも大きな胸に顔をうずめて、そんなことを思う。

清潔な肌の匂いをすんと吸う。厚い筋肉に潜んでいる心臓の音に耳をすませる。どくんどくんとリズミカルに、躍動している。

「あたたかい、です」

胸筋に唇をつけてつぶやくと、

「俺もだ」

頭の上からささやかれる。ユキジの脚と脚の間に自分の両脚が挟まれている。がしりと太くて堅くて、重い。まるで身体のなかに閉じ込められているみたいだ。

ぴったりと抱きあったままキスをする。首に腕がまわされて、腕枕をされた状態になる。舌同士が重なりあい、胸もお腹も腰もつけあう。

「ん……」

キスするごとに密着度が増してくる。相手にふれて、自分もふれられている。なぜだろう。心臓はせわしなく動いているのに、心はふしぎと落ち着いている。緊張が消えたわけではない。恥ずかしさも、ささやかな怖さもある。

だけど同時に、この人は自分を傷つけたりしないという思いがあった。私にひどいことはしない。私をいじめない、と。

ユキジに対する信頼が、知らないうちに芽生えていた。家族以外の他人で、誰かをこんなに信じるなんて初めてだった。

舌を吸いあいながら四肢を絡める。男の手脚が巻きついてきて、自分も巻きつけ返す。

厚みのある肉体の重さを全身で感じる。がっちりしているけれど線のなだらかな肩も、筋肉の隙間に走る背骨も、太ももの裏の筋も。

頭に手をまわすと、湿りけの残る髪の毛は針のようにちくちくしている。すると自分の頭も撫でられる。キスをしながら髪をかき分けられるのは、うっとりするほど快い。毛先にまで神経が通っていくような感じがする。

そうするうちに、どちらも汗ばんでくる。しっとりとした肌が吸いつきあい、互いの昂ぶりに拍車をかける。下腹と下腹の間に先ほどから、熱いものが挟まっている。下着越しにも反り上がっているのがありありと分かり、存在感を主張している。

「おなかに……熱いの……あたってる」

重なっている唇をわずかにずらして伝えると、ユキジは「ああ」とうなずき、自らを引っ張り出す。充血した性器が目に飛び込んで、思わず潮は息を吞む。その独特の形状と、想像以上の大きさに言葉を失くす。

「まいるぜ。バカみてえにおっ立ってやがる」

「……すごい」

それしか言えなかった。怖いもの見たさにも似て、目がそれに吸い寄せられる。連想したのはバナナ。それもかなり太めのものだ。堂々と立ち上がっていて先端は円みを帯びている。真ん中にほんの小さな、読点の「、」のような切れ込みがある。あまりに奇妙な造形から目が離れない。生々しくて不可解で、ちょっぴりユーモラスでさえあった。

「そんなに見んなよ、先生」

ユキジの声に、かすかな含羞がある。少し間を置き、「さわってみるか？」と言ってきた。

潮がうなずくと、右手をとられる。ユキジの手に導かれて彼の芯熱を握りしめる。びっくりするほど熱かった。それにはち切れそうに張っていて、すべすべしていた。皮膚よりもはるかになめらかな感触だ。

手のなかに包んだそれを、弾力をたしかめるように、にぎにぎ、してみる。ユキジが小さく呻く。

「あ、ごめんなさい」

「いや、すげえ気持ちいい。ぎくしゃくした握り方が、なんかかえって……いい」

「あ……どうも」

一応、褒められているのだろうか。

ユキジのものを握りしめている潮の右手に、当人の左手が重ねられる。こうするんだというふうに、ゆっくりと上下に動かされる。手の甲に彼の手を感じて、手のひらで彼の性器を感じる。なんだかものすごく……いやらしいことをしている気分になる。

芯熱の表皮を、包んでいる手で摩擦する。そろそろと、急がずに、やんわりと。

すると、たちまち大きくなる。生きものみたいだ。男性はこんなものをつけているのかと、今さらながらに驚かされる。

「俺も……さわっていいか」

語尾を上げ、問いかけるような言い方をして、男の右手が潮の下着のなかに入ってくる。

「え、あ――っ」

武骨な手のひらがお尻を撫でさする。

「ん」

その動きに応じるかのように、自分の右手も動かす。男の欲望を刺激しようとするかのごとく、指先に情感が宿る。

堅い指が背後から狭間《はざま》の方へ伸びてきて、秘部の具合をさぐってくる。ぬちゅ……と音がして、すでに潤みかけていた。そこをそろりとなぞられる。

「や……はずかしい」

「そんなことねえよ。いいよ」

低い声でささやかれる。

「やべえ。先生とさわりあってるなんて……すげえ興奮する」

潮の手のなかのものの先端の切れ込みから、あたたかい水がにじんでくる。女の潤みのようにぬるぬるしている。その水を指になすりつけて、芯熱への愛撫を続ける。ややぎこちない動き方で、それでも臆さずに。

ユキジも指を動かしてくる。後ろから前の方へと手を移動して、広い手のひら全体で秘部を包み込む。ごつごつとした五本の指で自分自身が撫ぜられる。

「あぁ」

陶然とした声が出る。なだらかな指の動作が、細やかな刺激を注いでくる。緊張している花弁が、指の腹で揉みほぐされる。あわいの縁に指先が当てられて、注意深く何度も何度も行きつ戻りつする。

キスとよく似た丁寧な指づかいだ。動きに血が通っている感じがした。そうされていくうちに自らが少しずつ、くつろいでくるのが分かった。下肢から余分なこわばりが消えて、潤みが増してくる。身体の奥の埋み火が、じりじりと熱くなってくる。

「指……入れてみるから」

ユキジはそう告げて、中指を潮のなかに沈めてくる。

「んん」

予想外に、スムーズに入った。身体は何の抵抗も示さずに彼の指を受け入れた。そのことにほとんど呆然とする。

（もっと……痛いのかと思ってた……）

そんな思いを読まれたかのように「痛くないか、先生」と訊かれる。

「だいじょう、ぶ」と答えると、下腹部が圧迫される。指がそこにあることを、まざまざと感じてしまう。

「ユキジさんの指……はいってる」

ぼんやりとつぶやくと、彼はぴくり、と頬をゆらす。照れくさそうに微笑して、

「ああ、入ってる。先生のなか、すげえ気持ちいい。あったかくてやわらかくて、すげえいいよ」

ゆるゆると、やさしく内側をさすってくる。

「は……」

内壁がひくつく。ふしぎな心地だ。快とも不快ともつかない奇妙な感覚が、自分のなかに生まれてくる。

筋張っていて長いものが這っている。無遠慮ではなく丁寧に、少しずつ進んでは様子を

見ながら。ユキジは慎重な手つきで潮の内部を探索する。まるで内臓が直《じか》にさわられているみたいだった。

「ふ――っ」

どこかを押された拍子に、ひくん、とお腹がうごめいた。尿意を我慢するときのような感じだった。腰がわななないて、きゅう……と指を締めつける。そんな動きを自然としていた。身体がひとりでに反応した。

「ここ、いいか」

その部分をユキジは再び、今度はもう少しだけ強めに押す。じ～んとした衝撃が走る。快感に近い衝撃だった。

「だめ……そこ――あぁっ」

二度、三度と続けて押され、甲高い声を上げてしまう。自分でもはっきりと喘《あえ》ぎ声だと自覚した。喉を鳴らすような甘い悲鳴だった。

指の愛撫を受けて内壁が収縮する。そこを起点にして、甘美な重苦しさが拡散してゆく。気持ちがいいとはまだ言いきれない。だけど、気持ちが悪いのともちがう。これまで味わったことのない感動が目覚めつつあった。

男の指は、もうつけ根まですっぽりと収まっている。そしてそれとは別の指が、秘部のすぐ上をまさぐりはじめる。

もうずっと前からそこがずきずきしていることに、なんとなく気づいてはいた。いつもは内に潜んでいるそれが、絶え間ない刺激に反応して、形があらわになろうとしていた。どこよりも感じやすくて鋭敏な箇所。そこを男の親指は斟酌《しんしゃく》なく見つけだす。かさついた指先でこすられるや、敏感になっていた粒は、たちまち凝ってしまう。

「う……っ」

快感が込み上がる。下腹部に生まれている曖昧な情感とはまるでちがう、混じりけなしの純粋な快感だ。潮は右手で男の熱を握りしめたまま、厚い胸板にしがみつく。何かにすがりつきたかった。そうしなければ耐えられないと思った。

唇が男の胸の突起に、つんと当たる。自分のものと同様に硬くなっている。

「ここ、いじられるの、いやか?」

案じる声が頭にかかり、小さく首を横に振る。恥ずかしさをこらえつつ、言う。

「いやじゃない……です」

「よかった」

男は安心したように、改めてそこを愛撫してくる。

指の動きが繊細な表情をみせる。ぷっくりと浮き上がった小さな粒を、あやすように、なだめるようにくすぐってくる。弄《もてあそ》ぶような動作ではなかった。やさしくて細やかだった。

「あ……だめ……」

下肢がじんわりと痺れてくる。あたたかいお湯に浸っているような感じがする。快いのに重苦しい。気持ちがいいのにやるせない。目に水の膜が張ってきて視界がぼやける。と、ぺろりと涙を舐められる。動物のような思いがけない仕草に顔を上げると、キスが落とされる。

「――ふ――」

舌が絡まる。巻きついてくる舌に応えてキスを深める。くちゅくちゅと互いを舐めて、吸って、食《は》みあう。

手のなかにある男の熱を感じる。さっきよりもずしりと重く、強度を増している。先端からはひっきりなしに潤みがこぼれてくる。

それを手のひらにつけて、きゅっと握り直す。なめらかな手ざわりに欲情を覚えながら上下に動かす。自分の秘部に当てられている男の手も動かされる。中指で内壁をまさぐって、親指で秘核を摩擦してくる。内側と外側から攻め立てられる。

（はぁ……っ……）

口のなかで吐息が混ざる。欲望も。

ユキジの動作にあわせて潮も手を動かす。撫でられたら撫でて、こすられたらこすって。彼の繊細な動きに倣《なら》って見よう見まねで愛撫する。するとさらに愛撫が返されて、極まりが近づいてくる。互いに刺激しあい、互いに与えあって、互いの身体を知っていく。

ふくらみきった小さな粒とお腹のなかのある一点を同時に、ぐっと押された瞬間、頭のなかが空白になる。通電のような感覚が全身を駆け抜けて、綯《な》いあわせている舌が、ぶるっ……と打ち震える。

数秒遅れて男もまた限界を迎える。潮の手のなかの昂ぶりがかすかにおののき、自らを存分に放出させる。あたたかい水が下腹にかけられる。

うっとりとした恍惚《こうこつ》が全身に充ちていく。髪の先から足の爪先まで。自分がなくなってしまったようだった。やわらかい静寂に身を任せ、再び自分が戻ってくるまでじっとしている。短く深い安息を分かちあう。

「いったか、先生」

けだるそうな声でささやかれて「はい」とうなずくと、ぎゅっと抱きしめられる。仰向けになった彼の上に重なるような恰好になっている。

「俺、乱暴にしてなかったか」

「あ……はい」

とてもやさしかったです。と心のなかでつけ加える。口にするのはまだちょっと……照れがあったので。ついさっきまで自分自身を撫でていた手が、頭と背中を撫でる。陶酔の残る心身に、眠けを誘うような心地よさが沁み込んでくる。

「じゃあ……俺、そろそろ帰るな」

「――え」

ユキジ曰く、あいにく今日は避妊具を持っていないのだという。

「まあ、明日も朝早《はえ》ぇし、先生も疲れたろうし。それにどうせなら、ちゃんと準備してからやりたいっつうか……今このままやっちまったら、なんか……すげえもったいねえ気がして」

ユキジは言葉を選びながら、訥々《とつとつ》とした口調で語る。〝もったいない〟という言い方が、なんとなく彼らしくもあった。

「じゃ、じゃあ……ちゃんと準備をしてから、改めて……にしましょうか」

「ああ。とびっきりのコンドーム、しこたま買っとくぜ」

「――っ」

顔を赤らめる潮を、ユキジは再び力強く抱擁する。胸と胸がくっつく。どちらの心臓もとくとくと、はにかむように鳴っていた。

翌朝、携帯電話のメールの着信音に起こされた。

シーツにも自分の肌にもユキジの匂いがついていて、その残り香に包まれて、深く眠っていた。いやらしい夢を見ていたのかもしれない。目覚めたときに身体の奥が、また濡れていたから。

（ユキジさん……やさしかったな。昨日……）

テレビドラマの回想シーンのように、昨夜のできごとの一つ一つを思い返す。右手にはすべすべとした男性器の感触が残っていた。

（あたたかかった……なあ）

形状を思い出そうとするかのように手指を曲げてみて、そんなことをしている自分に赤面する。ほんの数時間前まで一緒にいたというのに、もうユキジに会いたくなっている。ぽわぽわした気分で胸がいっぱいだ。これが恋愛初期の多幸感というものなのか。

これまで多くの作品で、こんなシチュエーションを書いてきた。愛しあった日の翌朝の主人公の心情を。

好きな人と結ばれると、世界が一変する。目に映るものすべてが新鮮で、美しくて明るくてすてきに見える。空が晴れていても曇っていても、雨が降っても、楽しい。とっても楽しい。ミュージカル映画みたいに歌って踊りたくなる。

そんなのいったいどういう感じがするのだろう。そう思いながら書いていたけど――こんな感じなのか。

(うわ……すごいわ恋愛……すごすぎます)

赤面しつつも頰がにまにましてきて、全身がうずうずする。と、そこへまたメールが届く。誰だろう。こんな朝から。もしや……ユキジだろうか。

ヘッドボードに置いてある携帯を、ばっと手にとって確認すると、ちがった。翔からだった。件名は『相談があります』。

ベッドに寝転んで本文を読みはじめるや、がばっと跳ね起きる。ほんわかとした多幸感が一気に吹き飛ばされる。

# 第三章　凶暴な素顔

## 一

税理士との打ち合わせが終わって時計を見ると、そろそろ昼食どきだった。

「よーし、昼メシはウナギとるぞ、ウナギ！」

オフィスにいる社員たちに向かってユキジは呼びかける。出前のチラシをまとめたファイルをぱらぱらめくり、うな重の上、肝吸い付きにする。

「おまえも好きなの選べよ」傍らにいるスズキに言うと、

「いいんですか！」と童顔を輝かせる。

「そんじゃ、うな重の中いただきます。あの、オレも肝吸い、付けていいですか？」

肝吸いでも骨せんべいでも、好きにしやがれと答える。

「おう、今日は俺のおごりだ。てめえら、なんでも食いてえの注文していいぞ！」

張りのある声で宣言すると、「社長、ごちそうになります！」「あざす！」四方八方から野太い声が飛んでくる。まったくかわいいやつらだぜ、と思う。

社長室へ戻ると、部屋住みが茶を運んでくる。まだ未成年の小僧っこだ。そいつのジャージの袖口が擦り切れているのが目に入り、財布から五千円札を抜いて胸ポケットに入れてやる。

「とっとけよ」

「は、はいっ……っ」

小僧は恐縮した様子でお辞儀をして、退出する。

月イチの税理士先生とのやりとりの後は、きまってユキジはぐったりしてしまうのだが、本日はすこぶる元気だった。なんなら時間を延長してもいいほどだった。昨夜はほとんど寝ていないのに、ちっとも眠くない。頭のなかはさえわたり、澄みきっている。いつもの日本茶が玉露みたく感じられる。

気がつくと、湯呑み茶碗を持つ右手の中指に、つい視線がいっている。

(先生……かわいかったな)

この指を潮のなかに入れたときの感触が、鮮やかに蘇ってくる。あたたかく、ぐっちょりと濡れていた。指先をほんの少し動かしてみたら、ぴくっと震えて締めつけてきた。そのあえかな反応を思い出すだけで、勃起しそうになってくる。

（おいおい、ウナギ食う前からこんなんなってどうするよ、俺）

どうにも顔がにやつく。それにつけても昨夜の自分の自制心を褒めてやりたい。

抱きあっている最中はゴムを持ち歩いていないことを悔やんだのだが、後になって振り返ると、昨日はあれくらいでよかったと思えてきた。

あのままゴムなしで続けていたら、きっと潮を不安にさせていただろうし、そもそも自分は外出しが上手くない。第一セックスにがっつくなんて、小山田ウシオ作品の男キャラクターだったら絶対にしないことだ。

ミロクは結局ヒロインとファックしないまま天界へ戻ったし、不倫ドラマ『逢魔がときに会いましょう』の男主人公ですら、ヒロインが旦那との離婚を決意するぎりぎりまでキス止まりだった。先生は潔癖なのだ。それに処女だ。だから昨夜はいじりあいにとどめたのだが……これがなんとも興奮した。

（先生の手……ちっちゃかったな）

潮のあの、たどたどしい手の動作が、たまらなくよかった。上目遣いにこちらを見つめる、怯えたように潤んだ瞳。やわらかな髪の匂い。細い腰。色気もくそもない短パンみたいな黒い下着にまで、むらむらした。

色っぽいか、色っぽくないかで分けるとしたら、潮はどちらかといえば後者である。かわいいけれどそそられない。凹凸も普通だ。もしフィッシュボーンの面接にきたら、先生には悪ぃが交通費を渡して不採用にするだろう。

しかし自分はひょっとしたら、ああいうのが好きなのかもしれない。

そうでなければあんなに下手な手コキに、あんなにガチガチになるはずがない。そしてそこまでガチガチになっておきながら、衝動を抑え込むことができたはずがない。

指先での愛撫に潮自身が反応して、はっきりのぼり詰めたと分かった瞬間、自分自身も達してしまった。腰が砕けそうなほど気持ちよく、ガキの頃の初めての精通にも匹敵する快感だった。

(先生、俺のこと〝ユキジさん〟って言ったよな)

それもまた嬉しかった。今までずっと〝鮫肌さん〟だったのが、行為のさなかに一度だけ名前で呼ばれた。距離が縮まったと思った。少なくとも、これで〝翔くん〟と同位置だ。

本音のところはもちろん最後までしたかったのだが、敢えて我慢することで自分の本気を示した。実際、潮はぐっときていたようだった。そのときに自分の頭に浮かんだのは、昔、児童館の読み聞かせで聞いた童話だ。たしか題名は『北風と太陽』だったか。

北風がぴゅーぴゅーと力任せに吹けば吹くほど、旅人はコートを脱ぐまいとする。しかし太陽がぽかぽかと照らしたら、旅人はあっさりコートを脱ぐという話だった。それと同じだ。

（そう……北風じゃなく太陽になるんだ、俺）

届いたうな重を、もっくもっくと食べながらそんなことを考えていると、携帯電話が鳴る。〝ウシオ先生〟という表示に、ウナギがぐっと喉に詰まる。

（すげえ、北風と太陽作戦……効果てきめんじゃねえか！）

肝吸いをずずっと飲み干し、呼吸を整えてから電話に出ると、

「あの……小山田です。昨日はその……どうも」

「お、おう。どうした先生」

潮は、ユキジさんに聞いてほしいことがあるのだという。どくん、と胸がとどろく。

「もし可能でしたら、早めに……その、直接会ってお話がしたいのですが……たとえば……今日の夜なんて、いかがですか」

ためらいがちな口調に、全身がむずむずしてくる。あいにく今夜から明後日《あさって》まで、本家の当番が入っていた。

午後の予定を調整し、一時間後にここのビルの近くにあるカフェで会うことにする。電話を切って考える。昨日の今日で話とはなんだろう。そこで、はっと思いあたる。あれか。

そういえば自分たちは肝心なことを口にしていなかった……と。

（やべえ。すげえどきどきしてきた）

とりあえずウナギを食べよう。それから念のため、コンドームを買いにいこう。


一時間後、潮は先に到着していた。

歩道にあるガラスの仕切りから、店内にいる姿が見えた。カウンターに席をとって落ち着かなげな様子をしている。ドラッグストアでゴムを吟味していたら、思いのほか時間がかかってしまった。約束の時刻ちょうどにユキジが姿を現すと、潮はほっとしたように顔を上げる。

眉尻の下がったその表情を目にして、改めてかわいいと思う。

小さな顔、小さな口、ぱっちりとした目。色気はないが、かわいい。髪の隙間からのぞいている耳まで愛らしい形をしている。

「すみません。お仕事中にお呼び立てしてしまって」

「いや、こっちこそ待たせて悪ぃ」

並んでスツールに腰を下ろし、潮と同じコーヒーを注文する。

「よく眠れたか、先生」

「あ、はい」

潮は目を伏せて肩先の髪を指でさわっている。その横顔をちらりと眺め、コーヒーをずずっとすする。苦いはずなのに、どこか甘じょっぱい。

潮は黙っている。唇をきゅっと引き結び、思いつめた表情をしている。またもや胸がどきどきしてくる。潮の緊張が、横にいる自分にも伝わってきてこそばゆい。楽しい。こうして座っているだけなのに、すげえ楽しい。

用件は分かっていた。あれだろう。あれを言うために、わざわざここまでやってきたのだろう。

世間一般の男女は、付き合う前にちゃんと「彼氏（彼女）になってください」と告白すると聞く。むろん小山田ウシオのドラマでも、それはきっちり描かれていた。すっ飛ばしてはいけない男女交際の大事な手順だ。ヤクザの世界でいうところの、義理ごとのようなもの。

うっかりしていた。本来ならば男である自分の方から、切り出さなければいけないことだった。なんなら今、言っちまおうかと思うものの、もう少し潮のこの、恥じらいに耐える横顔を観賞していたくもあった。

「あの……ユキジさ、いえ、鮫肌さん」

潮がそう呼ぶのを「ユキジでいいぜ」と言う。潮は頬をうっすら朱に染めて、

「ユキジさん、あの、こんなことをお話しするのは、すごく、すごく恥ずかしいんですが……」

声を振り絞り、けなげなくらいにいじらしいまなざしを向けられて、とっさに口から言葉が出る。

「先生、俺も同じ気持ちだぜ」

「――え」

「先生が考えてるのと同じことを、ちょうど俺も考えてたんだ」

「え……翔くんのことを、ですか？」

たっぷりと十秒ほども間を置いてから、ユキジは言う。

「しょう……くん？」

なぜ今、このタイミングで鮒戸翔の名前が出てくるのか。頭のなかを無数のはてなマークが飛び交う。

「ユキジさん、翔くんがトラブルに遭ったことを、知ってるんですか？」

ずいっと顔を近づけてくる潮に「ま、まあな」と曖昧にうなずく。

「なにしろいろんな情報が入ってくるからよ」とりあえずそう言うと、

「あ、あの……お願いします。どうか、どうか翔くんを……助けてあげてください！」

潮は泣きそうな顔をして、拝むように頭を下げてくる。

聞くと、こういうことだった。先日、潮と翔が武津興業へやってきてユキジに取材をしたときのこと。その後、翔に誘われて訪れたバーで、ユキジはチンピラ連中と一瞬即発の状況になった。それを翔がうまく仲裁したのだ。ユキジからすれば、やや耳の痛い一件だった。

どうやらそれを機に、翔はあの輩《やから》どもと店でたびたび顔をあわせて、遊ぶ仲になったという。数日前、向こうのリーダーの誕生日パーティーに招かれたそうだった。

「そのグループというのが、〝悪久十叭栖〟というそうなんですが……ユキジさん、ご存じですか？」

悪久十叭栖。それを聞いて、軽く驚く。フィッシュボーンへちょくちょくきているという、半グレ集団ではないか。あのイキっていた奴らが悪久十叭栖のメンバーだったとは。

この世界はつくづく狭い。

「そのパーティーで翔くん、記念写真を一緒に撮っちゃって……今、悪久十叭栖の人たちから脅されてるんです。マスコミにばら撒《ま》かれたくなかったら、画像を買い取れって
……」

「いくらでだ」

「五千万……です」

今のところ、この事態を知っているのは翔本人と潮だけ。翔のマネジャーにも所属事務所にも、まだ明かしていない。

昨今、反社の人間との交際が発覚した芸能人への処罰は厳しい。よくて謹慎、最悪の場合は追放だ。悪久十叭栖は「準暴力団認定」を受けた半グレだ。オレオレ詐欺や給付金詐欺で荒稼ぎしていると聞く。

もし画像が公表されたら、鮒戸翔の俳優人生は終わりだろう。連中もそれを見越して、吹っかけてきているにちがいない。しかも例のスペシャルドラマの内容はヤクザものだ。主演俳優が反社の人間と密接交際しているなんてスクープされたら、ドラマの制作自体が中止になりかねない。

それにしても鮒戸翔、取材のときにも感じたが、脇が甘いにもほどがある。てめえも芸能人の端くれならもっと自重しろ、と怒鳴りつけてやりたくなる。

「私もう……もう、どうすればいいのか。翔くん、ほんとうに困りきっていて、かわいそうで……私たち、ユキジさんしか頼れる人が……いないんです」

私たち、という言葉がユキジの胸にぶすりと刺さる。今の今まで、はち切れそうだったどきどき感が、針で突かれた風船みたいにしゅわしゅわとしぼんでいく。

潮は鼻の頭を赤くして涙目になっていた。心から翔を案じているのが、ありありと分かった。

（話って……これかよ）

そういうことか、と思う。落胆しつつも心のどこかで、それはそうだと受けとめている自分もいた。そんなにうまい話がそうそう転がっているはずがない、と。自分のようなヤクザ者が女に好かれるはずがない。まして素っカタギの女から――。

冷めかけのコーヒーを口に含む。猛烈な苦みが舌の上に広がってゆく。

そういえば、前にもこれとよく似たことがあった。ジムで潮に待ち伏せをされて、やっぱりこんなふうに話があると言われた。あのときも自分は盛大な勘ちがいをしてしまった。てっきり痴漢から助けたことで惚れられたかと思ったが、ヤクザドラマの取材をさせてくださいと頼まれたのだ。そして今回もまた、これだ。

（先生……俺とファック寸前までいっときながら、よその男のことを相談すんのな……）

やはり潮の本命はミロクか。ミロクだったのか。なにしろ十年来の仲だというし、〝翔くんとウシオちゃん〟と呼びあっている二人だ。そこへさらに追い討ちをかけるように、悪い推測がはたらく。

もしかしたら潮は、このトラブルの解決を自分に頼み込むために、昨夜ああした行動に出たのではないのだろうか……と。

わざわざジムまでやってきて好きだと告白して、おまけに部屋にまで招き入れた。この前はあんなにつんつんしていたのに。だが、それもこれもこう考えたら納得だ。

てめえの男の窮地を救うために、好きでもねえ男を好きな振りしてたらし込んで、身体まで開こうとして……。

(先生……安っぽいVシネマみてえな真似……よしてくれよ)

ははは、と笑えてきた。ヤクザと役者は一字ちがいとはいったものだ。翔にしろ潮にしろ、芸能界の人間は、なんだかんだでしたたかだ。半グレ相手の揉めごとの後始末はヤクザに押しつけようという魂胆か。そっちがその気なら——。

「いいぜ」

業務用の口調で言う。「俺に任しとけ」

心なしか、潮が安堵《あんど》したように見えたのが、きつかった。

二

悪久十叭栖との交渉の場には、翔本人は連れていかなかった。同行させて万が一、また強請りのネタになるような画像や動画を撮られたら厄介だし、単純にあいつの顔を見たくなかった。翔に対する怒りと嫉妬が——認めるのは癪《しゃく》だが——自分のなかに渦巻いていた。

先方が指定してきたのは、都内某所にある有名ナイトクラブだ。そこのＶＩＰ席に、五千万を用意してやってこいとのことだった。

場所柄から察するに、大人数で待ちかまえているわけではないだろう。なのでスズキだけ伴うことにする。こいつは基本アホだが腕っぷしは悪くない。元不良だったので、自分同様に荒ごとにも慣れている。

潮から相談を持ちかけられた三日後の夜十二時。本家での当番明けに、件《くだん》のクラブへと向かう。

夜中にも拘《かか》わらず、ダンスフロアは大にぎわいだ。耳をつんざくような音楽とネオンが交錯し、大勢の男女が身体をゆらして踊っている。店員にＶＩＰ席はどこかと尋ね、案内される途中で非常出口もチェックする。

ＶＩＰ席は階段を上がって二階の奥、フロアを見下ろせる位置にあった。ＤＪブースの真裏で、下腹に響くような重低音が足もとから伝わってくる。

そこのスペースの照明は極限まで落とされていた。それでも、いかにも輩といった風体の男たちと、美しい女たちが酒を呑み交わしている姿が、天井から吊《つ》り下《さ》がる球形ランプの光を受けて浮かび上がっている。

まず視線をさっと走らせ、男たちの人数と武器の有無を確認する。全部で六人で、思ったとおり丸腰だ。

中央の革張りソファに、先日のバーで居合わせた短パンにサンダル履きの男がいた。今日も同じ恰好だ。両隣には女をひとりずつ座らせ、呑んでいるのはシャンパンのマグナムボトル。翔の情報によると、こいつがリーダーだという。

向こうもユキジに気がつき、短パンのポケットから携帯電話を取り出して、ちらりと見る。まっすぐそいつに近づいていく。

「あれえ、翔くんは？」

そう言ってくる短パンに答える。「翔はこねえよ」

「なんだよ。せっかくこいつらに見せびらかそうと思ったのに。じゃ、兄さんが代理っすか。とりあえずなんか呑みます？」

「画像を寄こせ」

男の言葉を無視して用件を告げる。

「翔の画像のデータを今すぐ寄こせ。全部な」

「金は？」

「出すわけねえだろ」

「はあ？」

短パンが女たちを押しのけて立ち上がり、ユキジの前までやってくる。背丈は自分よりやや低い。前回会ったときは服装といい喋り方といい、年下かと思ったが、こうして見るとさほど変わりない。ぱっと見はごく普通の兄ちゃんというところだ。こいつが半グレ集団の頭とは、少々意外だった。

「兄さんさ、翔くんのケツ持ちなわけ？」

短パンは半笑いを浮かべる。取り巻きの男たちが、こちらを注視している。まったく、いいご身分だ。女はべらかして高ぇ酒呑んで遊んで。本職の真似ごとをしてるガキどもが。

「あれ？　黙っちゃってどうしたの。ひょっとしてビビってる？」

むらむらと狂暴な感情が、腹の底から立ちのぼってくる。こんな気分は久しぶりだ。爆音で鳴り響いている音楽が、苛《いら》つく気持ちに拍車をかける。なぜか無性に暴れたくなってきた。意識せず口の端が上がる。

「イキがんじゃねえよ」

短パンを挑発するように、ゆっくりと言ってやる。

「でもまあ、分かるぜ。仲間と姉ちゃんたちの前だもんな。そりゃあイモ引けねえよな、猿山のリーダーさんよ」

「あんだと」

摑みかかってくる右手をひねり上げ、むきだしの膝を思いきり蹴りつける。

「があっ」

バランスを崩した男の顔面に続けざま蹴りを入れ、鼻骨をへし折る。

「コチくん!」周囲のやつらが口々に叫んで色めきたつ。不良のくせに「くん」づけをしているところが、また気にさわる。倒れ込んだ男のポケットから携帯を取り出し、液晶画面の画像フォルダを開く。あった。

こいつとミロクが肩を組んで写っている写真が、何枚も保存されてある。その携帯を、シャンパンセットの載っているテーブルに、がん、がんと叩きつけて真っ二つに割る。

「てめ……っ」

鼻血をぼたぼた垂らして起き上がろうとする短パンの胸ぐらを摑み、ぐっと引き寄せる。

床に片膝をつき、男の目をじっと見つめて「これで全部か？」と問う。

黙っている男の首を絞める手に力を入れると、半ば呻くようにして「……そうだ」という返事がくる。

「コチくんよ」

ユキジは男を凝視したまま、低い、静かな声で恫喝する。

「まだ他にも画像や動画を隠していたり、どこかに流出でもさせたら、鼻折るだけじゃすまねえぞ。本職をあまり舐めんなよ」

背広の内ポケットから自分の名刺を一枚抜いて、男のシャツの胸ポケットに挿し込む。

「鮒戸翔には近づくな。あいつのいきつけのバーにも二度といくんじゃねえ。いいな」

短パンの視線が背後に向けられているのを察し、振り返ると、大柄な男が突進してくる。腰を低く落として受けとめると、そのまま持ち上げてソファにぶん投げる。ボトルやグラスの割れる音、女のキンキンした悲鳴が大音響に吸収される。

そこからはもう乱闘だ。殴りかかってくる者を殴り、蹴り、ぶちのめした。喧騒《けんそう》に沸くダンスフロアから離れているＶＩＰ席なのが、さいわいした。全員叩きのめしても音楽は変わらずに流れ続け、階下の客はひたすら踊っている。

「社長、誰かくる前にここを出ましょう」

肩で息をしているスズキから促される。短パンの破壊した携帯の半分を手にして立ち去りかけ、最後にもう一つ、床に転がっている連中にユキジは言い放つ。

「てめえら、今後フィッシュボーンっつうキャバにも来んじゃねえぞ。出禁だ出禁！」

時間にして数分ほどだった。スズキと共に何食わぬ顔をしてＶＩＰルームの専用口からクラブをあとにする。


駐車場に停《と》めてあった車に乗り込み、走らせる。

「社長、お怪我《けが》はありませんか」

運転席からのスズキの声に「ああ」と答える。

「いっやぁ〜、やっぱ喧嘩はいいっすね〜。オレ、昔を思い出しちゃいました」

まだ興奮が冷めやらないのか、テンション高めに喋ってくる。対して自分の心は沈んでいた。

中途半端に暴れたせいか、どうもすっきりしない。連中を叩きのめしても、まだ苛つきが残っている。割れた携帯を握りしめる手に、血がこびりついていた。生乾きの赤黒い汚れを見ているうちに、言いようのない感情が込み上がってくる。

どいつもこいつもヤクザをコケにしやがって。

半グレのクソガキも、ちゃらついた芸能人も、自分をいいように使いやがった先生も。

他の男を助けるために利用された。好きだと言っておきながら、あんなにいろいろさせておいてくれながら、くるりと手のひらを返した。それでもほいほいと潮の言うまま動いてきた自分にも、怒りを覚える。

腹が立つ。心臓がどくどくするほど、どいつにもこいつにも腹が立ってくる。

自らの携帯電話を操作して潮に電話をかける。今夜、悪久十叺栖の連中と話をつけてくる旨は、伝えてあった。一コール目ですぐに出た。

「どうも……お疲れさまです。あの……どうでしたか」

案じるような声音が、かえって神経を逆なでする。

少しの間沈黙し、口からひとりでに言葉が出てくる。ここからさほど離れていないところにあるホテルの名を告げ、今からそこへきてほしい、と言う。

「──え？」

スポンサーとの会食や商談でたびたび使っているホテルだった。

「住所はメールする」

「今から、ですか……？　でも……」

狼狽《ろうばい》の気配を見せる潮に「実はちょっとごたついてな」とゆさぶりをかけてやると、向こうはぴたりと黙り込む。

「ロビーに着いたらこの携帯に電話しろ」

「あ、ちょっと待っ——」

潮はまだ何か言いかけようとするが、一方的に通話を終える。ふう、と後部座席のシートに背をもたせると、ルームミラー越しにスズキと目があう。どことなく咎《とが》めるような表情だ。

「なんだよ」

「いえ、なんでも。いつものホテルですね」

「ああ」

スムーズなハンドルさばきでスズキは車線を変更する。

ホテルに到着するとスズキを帰らせ、チェックインして部屋をとる。フロントが礼儀正しい笑みを浮かべ、宿泊者カードに記入するユキジの血のついた右手に、さりげなく視線を落とす。

カードキーを受けとり部屋へ向かう。スーペリアのダブルルームだ。洗面所で手を洗い、鏡に映っている自分を見ると、ひどい顔をしていた。血走った目がぎらぎらと輝いて、こめかみには青筋が立っている。

こんな状態で潮と会って、いったい何をしようとしているのか。自分でも分からなかった。それでも呼び出さずにはいられなかった。顔をあわせて、この怒りをぶつけたかった。

そのとき、尻ポケットに入れてある携帯が鳴る。

「着いたか」

部屋番号を告げる声は、心境とは裏腹にふしぎなほど冷静だった。少しして、遠慮がちにドアがノックされる。ゆっくりとノブに手を伸ばす。

三

ユキジを見て、知らない人かと一瞬、思った。

なぜそんなふうに感じたのだろう。彼はこれまで潮が見たことのない顔をしていた。感情の窺えない表情だった。

「入れよ」

広い部屋だった。大きなベッドにテーブルセット。窓の外には夜景が広がっている。ここへはタクシーでやってきた。終電過ぎの時刻であるし、電話でのユキジの口調にただならないものを感じたので、急いで駆けつけた。ブラウスにデニムという部屋着の上に、トレンチコートを羽織ってきた。

今夜、彼が悪久十叭栖との話し合いに臨むことは知っていた。一日中、仕事が手につかず、はらはらしていた。先ほど電話が鳴ったときは、口から心臓が飛び出るかと思った。

室内を見ると、アームチェアの背に赤い染みのついたタオルがかけられていて、ぎょっとする。

「ケガをしたんですか？」と尋ねると、

「俺の血じゃねえよ」

ユキジはミニバーを開け、ミネラルウォーターを取り出して答える。

「先生もなんか飲むか？　ビールもあるぜ」

「いいえ……けっこうです」

なんだか落ち着かない。深夜にホテルへ呼び出されたこの状況にも、ユキジがいつもとはどこかちがって見えるのにも、妙に落ち着かなかった。

「あの……先ほどの電話で言っていた、ごたついた、っていうのは……」

部屋の中央にあるダブルベッドに、ぼん、と何かが放られる。携帯電話の一部分だった。真っ黒い液晶画面に白く細いひびが無数に入って、紋様のようになっている。

「それに鮒戸翔の画像が入ってた。確認してぶっ壊してきた」

ユキジはチェアに腰を下ろし、ペットボトルの水を飲む。潮は彼から少し距離を置き、ベッドの脇に立っている。

ユキジによると、悪久十叭栖の連中とは、もう二度と翔に接触しないよう〝話しあってきた〟そうだった。その話しあいの内容が、どのようなものだったのか詳しくは語らないけれど、無残に破壊された携帯から、だいたい予想はついた。血を拭ったタオルからも。

やっぱりこの人は、こういう世界の人だったんだ……と、今さらながらに思えてくる。

「もう心配しなくていいぜ、先生」

業務報告でもするような、坦々とした口調でユキジは言う。

「ありがとうございます」

潮は深々と頭を下げる。この数日、ずっと考えていた。翔に泣きつかれたときは自分も動揺しきってユキジにすがってしまったが、それでほんとうによかったのだろうかと、後々になって思い返した。

やっぱり翔を説得して事務所に報告させ、警察に相談するべきではなかったか。ユキジを巻き込んで下駄《げた》を預けるかたちになって、もし彼の身に万一のことが起きたらどうしよう……。

そんなふうに悶々と悩みながら、結局はユキジ頼みにしてしまった。自分も、おそらく翔も、ユキジならきっとなんとかしてくれる。助けてくれる。そんな甘えが心のどこかではたらいていたような気がする。ユキジはやさしいから。

「何から何まで頼ってしまって……ほんとうにどうも、どうもありがとうございました。翔くんにもすぐに知らせます」

コートのポケットに入れてある携帯電話を出そうとして、手首をむんずと摑まれる。

「まだ肝心の話をしてねえよ」

低い、感情のこもらない声で言われる。

「解決料として五千万、出せ」

「――え」

「え、じゃねえよ。まさか俺がタダで、こんな七面倒くせえ相談ごとを引き受けてやったと思ってんじゃねえだろうな、先生よ」

ユキジは椅子に座ったまま、潮を見上げてくる。まばたきせずにじっと、獲物を見据える肉食獣のような目で。もしも今、自分が少しでも動いたら、すぐさま飛びかかってきそうな目。潮が見たことないような目つきをしている。

冷たい汗がつつ、と背中を流れる。

「解決料……ですか」

「相場なら一本ってところだが、今回は特別に半額サービスにしてやるよ」

半額で五千万円。では相場なら一億円ということなのか。もしや自分は恐喝されているのだろうか。そのために、ここへ呼び出されたわけなのか。だけどまさか、まさかユキジがそんな真似をするはずが――。

そう。今にもにっと笑って「冗談だよ、先生」と言ってくるかもしれない。

ユキジがそう言うのを、手首を摑まれたまま、待つ。だけど彼は何も言わない。無感情なまなざしを依然として当ててくる。

「あ、あの……まず翔くんに電話をかけさせてくだ」

そう言いかける自分の声に、野太い声が重なる。

「金がないんなら身体で払え」

空気がぶるっと震動し、身が凍りつく。

「ヤクザをあごで使っておいて、ありがとうで済まそうってのか。先生。俺を舐めんのもたいがいにしろよ」

どん、と肩を押されてベッドに倒れ込む。起き上がろうとする間もなく、男がのしかかってきた。ブラウスに手をかけられて、ぶちぶちっと音を立ててボタンが引きちぎられる。

「や……やめてくださいっ」

手足を必死にばたつかせようとすると、

「うるせえ！」

顔と顔がつきそうなほどの距離から怒鳴られ、びくっと縮み上がる。

「こんな夜中にホテルまでのこのこ来ておきながら、今さらやめてもクソもねえだろが」

ごつごつした手がキャミソールの下に入ってきて、乱暴にブラジャーをたくし上げる。左胸を思いきり鷲掴みされる。

「いた……っ」

怖いと思いながらも、この事態に潮はまだどこか茫然としていた。ユキジはこんなことをする人ではない。腕ずくで女性をどうにかしようだなんて男性じゃない。痴漢から助けてくれたし、この前だってやさしかった。けっして急がずに、いたわってくれた。

なのに、どうしてこんなことをしてくるのだろう。

頭のなかが混乱と恐怖で、いっぱいになってくる。自分の知らない男に狼藉《ろうぜき》されてるようだった。

乱暴な指づかいでふくらみを揉みしだかれる。心臓まで握りつぶそうとするかのような荒々しさだ。さらにもう片方の胸が、がぶりと噛みつかれる。

「ああっ！」

やわらかな皮膚に犬歯が食い込み、たまらずに悲鳴を上げる。

尖った状態にない先端を引っ張り出そうとするかのように、前歯と前歯に挟まれ、ぎちぎちとしごかれる。

「っ……う」

無理やり敏感にされてゆく。

「や……こんなの、いやです」

なんとか身をよじって逃れようとすると、両手首を左手で難なく摑まれて、頭上に手を掲げる形でベッドカバーに押しつけられる。そうして胸をひたすらに苛《さいな》まれる。

手指の間に肉を挟まれて、ぐにぐにと烈しく揉まれる。もう片側は嚙まれ、舐められて唾液でべたべただ。指と口それぞれに先端をつままれて、力を入れてひねられる。

「う——っ」

男の右手がジーンズのボタンを、外しにかかってくる。一気に下ろされ、ジッパーの金具が太ももをこすった。そしてなんの斟酌もなく下着の中に手が侵入する。

「うう」

泣きだしそうな呻きが洩れる。ユキジの手は木の枝みたいにがさついて、節くれている。

この前ここにふれたときはやさしく、案じるような手つきだったのに、今は冷たく粗暴だった。潮の中心部に指先を当てると、ものも言わずに、ずぶっと差し込んでくる。

「っ――ん」

喉がひくっと鳴る。狭い内壁をこじ開けて中指が進入してくる。潤っていない下肢がこわばり、反発する。痛い。ひたすら痛い。

「い、いた……い、です」

「だろうな」

潮を見下ろし男は言う。深くて濃い黒目が、いっそう暗い色をしている。

「ぜんぜん濡れてねえもんな。この前はぐちょぐちょだったのによ」

〝ぐちょぐちょ〟という言葉に悪意を感じた。男の攻撃的なもの言いが、鋭敏に響いた。自分のなかに突き刺さっている指と同じくらいに、胸を突き刺す。

「抜いて……指、ぬいて……くだ、さ……」

きれぎれの声で懇願すると、いっそう指先がぐりぐりと意地悪く動かされる。くっ……と息を詰めると、指の存在をさらに生々しく感じてしまう。

「先生のなか、すげえ狭《せめ》ぇぞ」

額のすぐ上からユキジが言う。「ミロクに拡《ひろ》げてもらってないのかよ」

「……え？」

半分涙目になって男を見上げると、向こうははっとしたような顔をして、より強く指の腹を内壁にこすりつけてくる。

「う――っく」

摩擦され、身体がますますこわばる。必死に指を押しのけようと下腹部が縮こまる。自分の身体全体が男を怖がり、拒絶しようとしていた。出ていってほしい、撤退してほしい、と全身で懇願する。その反応に男はかえって刺激されたのか、

「じゃあ俺が拡げてやるよ」

中指に加えてその次に長い指――薬指がずぷり、と入れられる。

「は……っ」

痛みが倍増される。苦しさも、内部から自分を苛む圧迫感も。

二本の指が交互にお腹の壁をぐっ、ぐっと押してくる。尖った関節が粘膜にめり込むたび、内臓がつつかれるようだ。潤いもないまま否応《いやおう》なしに指でほぐされようとして、そんな自分がみじめだった。

されていることはこの前と同じなのに、全然ちがう。こんなのは愛撫じゃない。暴力だ。

「ちっとも濡れねえな」

忌々しげにユキジはつぶやく。指をいったん引き抜くと、二本ともべろりと舐める。たっぷりと唾液をつけてから、再びずずっと埋めてくる。

「んん」

今度はやや、スムーズに入った。唾液が潤滑剤代わりとなって、さっきよりもう少しだけ、指が肉になじんだ。それでも苦しいことに変わりはなかった。

濡れている分、指は無遠慮に潮自身をまさぐってくる。指と指を上下させて、届くところをくまなく刺激してくる。指先で掻《か》いたり、こすったり。おぞましさに腰がひくつく。

「おねが……も……ぬい……て」

もう一度、瞳をゆらして潮は乞う。すると急に圧迫感が引いていき、体内から指が出ていく。

ほう……と安堵の息を洩らすと、下着が乱暴にずり下ろされる。金属がかちゃりと鳴る音がして、お尻を持ち上げられるや、熱い塊がねじ込まれてくる。

「——っ——」

まぶたの裏側で、ばちばちっと火花が散る。ああ、と思った。とうとう、とうとうここまでされてしまった。

組み敷かれている最中も、どこか心の片隅では、ユキジはまさか最後まで踏み越えたりはしないだろうと思っていた。願っていた。きっとこれはお仕置きのようなもの。ある程度して気が済んだら、許してくれるだろう……と。

そんなこと、なかった。

ユキジは本気なのだ。本気で自分を恐喝して、金の代わりに身体で支払わせようとしている。だってこの人はヤクザだから。人を傷つけることも、奪うことも平気でできる人間だから——。

熱棒のような昂ぶりをひと息に打ち込まれ、潮はようやく、完全に、自分の置かれた状況を理解する。

男の性器は前回よりも硬かった。そして灼《や》けそうなほど熱かった。くつろぎきっていない女の内部に強引に潜り込み、自らを容赦なくぶつけてくる。その衝撃の烈しさに、ふっと意識が途切れそうになる。

「はあ……あ」

悲鳴も出なかった。ただ蹂躙《じゅうりん》されるがままだった。身体のなかから自分自身が引き裂かれてゆく、独特の感覚。生まれて初めて味わう痛苦だった。

「気ぃ失うんじゃねえぞ、先生」

なぶる口調で男は言う。

「意識が飛んだ女をやっても、つまんねえからな」

ずず、ずずっと抜き差しがされる。むき出しの性器と性器がこすれあい、摩擦熱が生じる。乾いた内壁にくびれが引っかかり、そのつど新たな痛みが走る。貫かれる痛みと、こすられる痛み。ずきずきとひりひりが混ざりあう。いっそこのまま気絶してしまえたら、どんなに楽だろう。

やがて、奥の方から生あたたかいものが、ぬるりと出てくる。直感的に血だと分かった。潤いのはずがない。こんなことをされながら潤んでくるはずがない。

女の膜がやぶかれて、血があふれてくる。急に感触がなめらかになる。血ですべりがよくなったのだ。男の動きに変化があらわれる。ぬるんだ響きを立てながら、芯熱が深くまで進んでくる。

「や……こな……いで」

鉄板のような胸に手のひらを当てて、なんとかして進入を押しとどめようとする。これ以上は無理です、どうかもう、と。しかしユキジは鋭い目をぎらつかせ、酷薄な笑みを向けてくる。

「おら、しっかり楽しませろよ。先生」

ずちゅ……とさらに先へと嵌入《かんにゅう》してきて、恥骨と恥骨がぶつかった。

「う――っ」

結合がなされた。男の先端から根もとまで、すべてが自分のなかに収まりきった。あんなに太くて長くて大きいものがこうして入ってしまうなんて、嘘みたいだ。だけどもう無理だ。お腹のなかは今にもはち切れそうになっていて、ほんのわずか動かされただけで、びりっと裂けそうだった。

なのに、ユキジはさらにゆさぶりをかけてくる。潮の腰をかかえて自分の太ももの上にのせ、接着部分をずくずくと突いてくる。そのたびに気が遠くなりかかり、次のひと突きで引き戻される。そんなことが繰り返される。

髪の毛と同じように硬い男の陰毛が、ちくちくと皮膚を刺す。当たりあう恥骨がごりっと押されて、鈍い痛みが骨に響く。

「は……あ……っ」

目の縁から涙がこぼれ落ちる。痛くて泣いているのか、それとも恐ろしいからだろうか。きっとその両方だ。

ユキジにやさしくされて嬉しかった。落ち込んでいるときに慰められて、救われた。彼のことが好きだと気づいて、彼からも好きだと告げられて、胸がしあわせでいっぱいになった。

今は悲しい。痛いほど、悲しい。

濡れた目で男を見上げると、男もまた自分を見下ろしている。ぎらついて、同時に冷えたまなざしで。喉ぼとけが上下して汗の玉が浮かんでいる。そしてつながったまま、上だけ服を脱ぎ落とす。

あらわになった上半身が照明の逆光を受ける。引き締まった腹筋は六つに割れていて、獰猛な動物を思わせた。

盛り上がった肩先と腕に虎の一部が見える。黄色と黒の毒々しい色彩だ。以前、ユキジの部屋でこの模様を目にしたときは、どきっとした。今はぞっとする。下品でおぞましい。

「きたねえ刺青だとでも思ってんだろう、先生」

そんな思いを読みとおすかのように、ユキジが指摘してくる。「目を見りゃ分かるよ」と。

「女のなかには刺青に興奮するのもいるけど、あんたはそういうんじゃねえよな」

口調に微量の皮肉がこもっている。

「でもまあ、筋者《すじもん》にやられるなんて、めったにねえ経験だぜ。たっぷり味わえよ」

ふくらはぎを摑まれて、男の肩にかけさせられる。芯熱の先端が内臓をぐっと押し上げる。

「——っあ」

呻きとも、悲鳴ともつかない音が喉からひゅっと出る。なじみかけていた痛みが刷新される。

ぞわぞわした感覚が身体中を駆けめぐり、内壁が懸命に伸び縮みする。速度を上げて攻めてくる男自身に抗《あらが》いながら、拒みながら、なんとか壊されまいとするかのように必死に収縮して自らを限界まで、ぎりぎりまで引き伸ばす。

そうして、とどめのような一撃を受けた瞬間、頭のなかが真空になった。直後、胸もとに熱いものがかけられる。

視線の先に男の性器があった。明るいところでちゃんと見るのは初めてだった。

欲望を放ったばかりだというのに、それはなおも張っていた。表面に浮いた血管が、まるで怒っているようだ。しかも血がべったりとついている。正視しづらいほどグロテスクだ。

「ははっ」

額に汗をにじませて、ユキジが悪い感じの笑みを見せる。

「まさかほんとに初めてだったのかよ」

冷笑的な言い方が、ぐさりと胸を突く。破瓜《はか》の痛みよりもつらく感じられる。ともあれ

——これで終わった。

潮が鈍麻した身体を起こして離れようとすると、腰に手がまわされて引き戻される。

「まだ終わってねえぞ」

その言葉に、絶望感がじわじわと這《は》い上《あ》がってくる。無造作な手つきで後ろから胸を揉んできて、そこに精液がついているのに気づき、男は苦笑する。

四

自らも服を脱ぎ捨てると、ものも言わずに半勃《だ》ちのまま挿入する。

「んんっ」

自分の下で女が呻く。わずかな引っかかりを感じるものの、さっきよりもなめらかに入った。必死になってこちらの侵入を拒もうとするものの、その弱々しい抵抗が欲望に火をつける。

みるみるうちに自分が大きくなっていくのを感じる。女の腹のなかで全勃ちするのは、たまらない心地がした。

「ずいぶんと、なじむの早ぇじゃねえか。先生」

なぶるような言葉をかけて、両の内ももを両手で摑んでうんと割らせる。ずちゅっ……と根もとまで一気に埋めきる。

「ああ……っ」

潮はあごをのけ反らせ、顔をくしゃくしゃにして泣きじゃくる。下がり眉をせつなそうにひそめ、苦悶《くもん》の表情に色気がある。ほっそりとした喉もとに、がぷっと嚙みつく。

女が喉笛の奥を、ひゅうと鳴らす。このまま歯を食い込ませたら、皮膚を突き破ってしまうかもしれない。

いっそそうしてやりたい気持ちと、さすがにこれはやりすぎているという思いが心のなかで交錯する。

抱き潰しかねない勢いで、胸筋を女の胸に押しつける。潮はもう息も絶え絶えの状態だ。涙に潤んだ目でこちらを見上げ、半開きの唇が誘うようにつやつや光っている。その口から、か細い声がこぼれる。

「おね……が、も……やめ」

その訴えをキスで封じる。小さな舌をつけ根から引っこ抜いてやろうかというほど、強く吸う。口のなかで女が短く呻いて、ぐったりする。

なぜだろう。なぜ自分はこんなにも狂暴な気分になっているのだろう。自分で自分に混乱する。それでも怒りと欲望に突き動かされて身体が止まらない。

「裏返すぞ」

「やぁ」

女が、ふるふると首を横に振るのを無視して、接合している身体をぐるりと回す。

「う――っ」

回転しながら下腹がぐにゅりとうごめく。うつ伏せにさせ、バックの体勢になる。自分の腰に女の尻がぴたりとくっついているのを見下ろし、

「おら」

ぱん、と音を立てて打ちつけると、女の腰がびくっとおののく。打てば響くような反応だ。続けて何度も打擲《ちょうちゃく》し、怒張した自らをぐりぐりとこすりつける。

いったん出しても欲望は萎えるどころか、どんどん猛《たけ》っていた。弓なりになった芯熱を腹のなかに深々と突き刺すと、女が声を上げてのけ反る。

いいぞ、と思う。もっと泣きわめけ、と。ぱんぱんと腰をぶつけながら、やわらかな髪を摑み、ぐっと引っ張る。

「ああっ、あっ、はあ」

女の小ぶりな胸がゆれるのが、背中越しに見える。両手を前にまわして、ぐにぐにと揉

みしだくのにあわせて腰を動かす。円を描くようにして弱い箇所をこすりつける。先生はどこが感じやすいのか、前回さわりあったときに分かった。その部分に焦点を絞り込んで摩擦する。

「あぁっ！」

女の悲鳴が獣じみてきた。這いつくばってシーツに爪を立てている指が、わななと震えている。容赦ない攻めに、それでも懸命に耐えている。

それもこれもミロクのためなのかと思うと、攻め立てながらやりきれない気持ちになってくる。身体はどんどん高まってくるのに、心は沈んでいく。

覆いかぶさったまま顔を傾け、潮をのぞき込む。涙に濡れて朦朧とした表情だ。ほっそりとしたあごに手をかけ、朱《あか》い唇に食いつく。

「ゔ……んん」

女が苦しげに喉を鳴らす。舌に舌を絡ませて締めつける。その動きに下肢も同調する。女の内膜に芯熱をめり込ませ、すべらせて、自らを刻みつける。口でも性器でも存分に女を味わう。

ここまでやってしまったら、もう終わりだ。これが最初で最後だ。そう思うと加減がきかない。

太い脚で女の下半身を挟みつけ、渾身《こんしん》の力を込めて自らを叩《たた》き込んでいく。そのつど潮は口のなかでくっと息を止め、狭い内壁をけなげに収縮させる。なんとか衝撃を包み込もうと。懸命な反応が、かえって自分をやっきにさせる。

そうして、やわらかさの果てにある硬いものに先端が届いた瞬間、快感とやるせなさが同時に押し寄せてくる。

「は——あっ」

寸でのところで引き抜いた。あと一秒でも遅かったら危なかった。全力で筋トレした直後のように、はあはあ息を切らしている。心臓が苦しい。痛いほど重苦しい。

自分の身体の下で、潮は気を失っていた。背骨の浮いた華奢《きゃしゃ》な背を、白い欲望が汚している。椅子にかけてあったタオルで背中を拭きとる。仰向けにさせ、脚の間にも布地を当てる。鮮やかな赤い染みが雪白色のタオルについた。

「ん……」

女は薄いまぶたをぴくぴくさせる。今夜、初めてやさしくふれていた。さんざん痛めつけた後に、そうしていた。怒りはようやく鎮まったが満足感は少しもない。固く目を閉じた潮の顔を眺めて、指の背で頬をなぞる。反応はなかった。

自分を拒絶するかのように、女は無反応だった。

# 第四章　惚れた女に命がけ！

## 一

室内電話の呼び出し音で、ゆっくりと意識が浮上してくる。

（あれ……天井がなんだか……高い……？）

自分が今、どこにいるのか、潮はすぐには分からなかった。ベッドサイドの電話機へ腕を伸ばし、けだるい声で「……はい」と答えると、間もなくチェックアウトの時刻ですが、と言われる。

チェックアウト？　なんのことだろう。ぼんやりとした頭に、昨晩の記憶がじょじょに蘇ってくる。ここがどこで、なぜ自分は裸なのかを思い出す。

「は、はい。すぐに出ますので。すみません！」

電話を切って起き上がると、腰がずきん、と鈍く痛む。クリーム色のシーツに赤茶色の染みが点々とついていた。床には服が散乱している。

広い室内には自分しかいなかった。ユキジの姿はとうにない。ずっと前に立ち去ったようだった。カーテンが開け放たれた窓の外には、澄みきった青空が広がっていた。明るい日射《ひざ》しが目に染みる。

全身が砂袋のように重い。それでものろのろとベッドを下りて、浴室へ向かう。早くチェックアウトしなければいけないのは分かっていたが、まずシャワーを浴びたかった。

バスルームの扉を開けると、空気がむわっと湿っていた。壁には水滴がついていて、濡れたバスタオルが手すりにかかっている。空間の中にあの男の気配が残っていた。思わず身体に両腕をまわし、自分を抱きしめる。

(シャワーは……うちに帰ってからにしよう)

急いで服を着ると、ブラウスのボタンはほとんどが飛ばされていた。床に這いつくばって捜す気にもなれず、コートの前をしっかりとあわせて部屋を出る。

エレベーターに乗りあわせた人たちに、自分の顔を見られたくなかった。化粧をしていない素顔の状態であるのに加え、〝あんなこと〟をされたのだと気づかれてしまわないだろうか……と、びくびくした。

フロントでも緊張した。部屋番号を告げると「精算はお連れさまがお済ませです」と、フロントからにこやかな笑みを向けられる。

「ありがとうございました。またお越しくださいませ」という声を背に受けて、急ぎ足でホテルを立ち去る。


自宅に着くなり風呂場へ直行した。

熱めのお湯をざぶざぶ浴びて、スポンジで全身をごしごしとこする。あの男にふれられた部分をすべて洗いたかった。つまり身体中の全部を。あの忌まわしい感触を肌からこそぎ落としてしまいたかった。

なのに、洗えば洗うほど、男の手ざわりや指づかいがまざまざと浮かび上がってくる。皮膚に刻まれた感覚が、どうしても消えなかった。

シャワーヘッドから勢いよく熱い水が降り注ぐ。その下で床にぺたりと座り込む。お腹のなかにはまだ、何かが挟まっている感じがする。

ユキジはいつ部屋を出ていったのだろう。潮が最後に憶えているのは二度目の行為で、後背位にされたところまでだった。烈しく攻められるうちに意識が遠ざかっていって、ある瞬間でぷつっ、とスイッチが切れたみたいに暗転した。

もしも気を失っていなかったら、もっと続いていたかもしれない。そう思うと震えが止まらない。

あんなに恐ろしいユキジは初めてだった。顔つきがまるで変わって、別人のようだった。額に青筋を立てて、目をぎらぎらさせて、まるで獲物を見るみたいな目つきで自分を見ていた。

「ふふ」

乾いた笑いが口をつたい下りる。犯されている最中は泣いたけれど、今は涙も出ない。ユキジの言うとおりだ。真夜中に男からホテルへ呼び出されて、のこのこと出かけていくなんて。自分のあまりの無防備さに笑えてくる。まさかあんなことをされるなんて、露ほども思わなかった。

ユキジを信じていたから。彼を信頼していたから。だからなんの疑念も抱かなかった。自分から喰《く》われにいったようなものだ。

いったいどうしてヤクザなんか信じてしまったのだろう。翔が巻き込まれたトラブルを、なんだってあんな男に相談してしまったのだろう。ヤクザに借りをつくったら、ただで済むはずないということが想像できなかったのか。そんな自分の無知に、愚かしさに腹が立ってくる。自業自得だ。身から出たさびだ。

シャワーを浴び終えると、脱衣所で全身を点検する。胸や内ももに、男の手指の跡や歯型がくっきりとついている。鏡を見ると、噛みつかれた赤い斑点が口もとに散っていた。総体的にひどい有様《ありさま》だった。

（疲れた……）

寝室のベッドに身を横たえる。身も心も疲れきっていて、休息を求めていた。一時間だけ休もう。それからシナリオ作業にとりかかろう。そんなことを思ううち、もう眠りの中に引き入れられていた。

目覚めたら、なんと翌朝になっていた。携帯電話を確認すると、翔からのメールと着信が複数あった。悪久十叺栖とユキジの交渉の結果がどうなったのか、気を揉んでいることだろう。

問題はすべて解決したので、もう何も心配しなくていい。そんな内容の返信を打ち、電源を切っておく。

詳細を知りたがって、なおも連絡がくるかもしれない。それに対応するのが煩わしかった。今となってはユキジのユの字も口にしたくなかったし、そもそもの原因をつくった翔に対する憤りもなくはなかった。

ともあれ、これで、すべて終わった。

もうユキジには二度と会いたくない。スポーツクラブは退会しよう。今回の仕事が終わって脚本料が入り次第、どこかに引っ越そう。この街はあの男の生活圏だ。いつまたどこかで出くわすかもしれないと思うと、ぞっとする。

顔を洗い、キッチンでコーヒーを淹《い》れて、PCの電源を入れる。書きかけのシナリオに目を走らせる。三分の二まで進んでいて、その後の展開をまだ決めかねていた。

（いっそのこと主人公、最後に死なせてやろうかしら……）

シナリオの終盤について、そんな思いをめぐらせる。


それから一週間後、シナリオがあらかた完成する。

結局、主人公が殺されるというアイディアは局側に却下され、ベタベタにベタなハッピーエンドとなった。小山田ウシオお得意のラブコメ節をきかせにきかせた。

見せ場となるクライマックスは、翔演じる主人公の大立ちまわりだ。ヒロインが対立組織に拉致されて、彼は単身助けにいく。自らの身を挺《てい》して愛する女を救いだし、めでたく親分に二人の仲を認められる。そしてヤクザとしても男としても成長し、組の看板を守っていく決意を固める……。

まったく恥ずかしくなるような内容だが、書いていくうちに自分でも意外なほど、のめり込んでいった。こんなヒーロー然としたヤクザが現実に存在するはずがない。実際のヤクザは、残酷で冷酷で、狂暴だ。人の弱みにつけ込んで平気でひどいことをしてくる。最低最悪の人種だ。

そのことを身をもって知ってしまったのに、いや、もしかしたら知ってしまったからこそ、せめて虚構の世界では格好いいヤクザを書きたくなった。

義理人情を重んじて、何ごとにも筋をとおし、愛する女性のために命を懸ける行動にも出る。道を極めると書いて〝極道〟という呼び名がふさわしい、ヤクザらしいヤクザ。そんな、現実のヤクザの姿とはかけ離れたヤクザ像になっていた。

書いているうちに、ふと思う。ひょっとしたら『極道八犬伝』をはじめとするヤクザものの作品の作り手たちも、今の自分と同じような気持ちだったのかもしれない……と。

あとひと息というところで、お腹がぐ〜と鳴った。時計を見ると、そろそろ六時だ。今日中にきりのいいところまで終えてしまいたかった。ささっと外で何か食べて、すぐに戻ってくることにする。

財布と携帯電話だけ持ってマンションを出ると、外気は冷えていた。空から明るさが消えて、急速に薄暗くなってくる。

（逢魔がときに会いましょう……か）

かつての自作の題名が頭に浮かんだ。太陽が沈んで昼から夜へと変わる時刻を、〝逢魔がとき〟というらしい。それを不倫ドラマのタイトルに使ったのだった。魔ものに遭遇しやすいとき、心に魔が差し込むときという意味で。

住宅街を抜けて大通りに向かって歩いていく。テイクアウトのピザでも買おうか、それとも町中華屋さんにいってみようか……と考えていると、

「ウシオちゃん」

背後から声をかけられる。ちょうど周囲にひとけのないタイミングで。

「はい?」

返事をして振り向くと、すぐ近くに黒のワゴン車が停まっていた。後ろのドアが開いていて、男が数名乗っている。全員フルフェイスの、のっぺりとしたヘルメットを着けている。さながら魔もののようだった。

あ、と思う間もなく腕が伸びてきて、車内へ引きずり込まれる。すぐさまドアが閉まって、車が発進する。

二

鮫肌ユキジはその日、呑めない酒を呑んでいた。

月に一度の上納金を武津組組長、武津悟朗のもとへ献上しにうかがうと、いつものごとく一杯やろうと誘われた。普段だったら酒のお相手はスズキに任せるところなのだが、なぜか今日は呑みたかった。呑まなければやってられない心境とは、こういう感じなのだろうかと思いつつ、ビールをぱかぱかと呑《や》った。

ふしぎなことに、ちっとも酔わなかった。コップ一杯のビールで顔が赤らむはずの自分が、二杯、三杯と呑んでいる。

「なんだなんだ、酒の手が急に上がったな」

向かいの上座に座るオヤジがおもしろそうに、くりくりした目を丸くする。

以前にもお供をした寿司屋の小上がり席だった。オヤジとは対照的に、隣のスズキは案じるような表情を浮かべている。ビールにも気持ち程度しか口をつけていない。

こいつはアホだが勘がいい。先日のナイトクラブへのカチコミ以来、ユキジの動静にこれまでになく注意を払うようになっている。社長室に飾っていた鮒戸翔のサイン色紙も、いつの間にやら外していた。

そこまでされるとかえって「余計な気ぃまわすんじゃねえ！」と怒鳴りたくもなるのだが、過剰反応していると思われたくもないので、黙っていた。

「先日の宴席はいかがでしたか？」

オヤジのコップに新しいビールを注いで、ユキジは尋ねる。

われらが海原会、曙一家、関東大鵯鶫会の三団体による友誼《ゆうぎ》同盟「関東和睦会」結成を祝して、各組織の幹部連が集っての宴《うたげ》が先日、開かれた。執行部員の一員である悟朗も出席した。

「まあ、肩こるよな。ああいう義理ごとの場ってのは。呑み会っつっても、そんなに呑めねえしな」

酔わない程度に呑み、周囲のペースにあわせて食い、まんべんなく挨拶をしてきたそうだ。この同盟の呼びかけ人である大鵯鶫会の会長は、えらい男前だったという。

「まだ四十前半だってんだからなあ。俺みたいなロートルからすりゃあ、まぶしかったぜ」

軽みのある口調で悟朗は語る。

「まあ、俺は出世よりも、自分の家族や社員連中なんかを食わせていく方にやり甲斐《がい》を感じるタイプなんだよな。負け惜しみに聞こえるかもしれねえけどよ」

それに、肝心の家族には逃げられちまったけどな、と笑ってつけ加える。

「早く今月の娘の面会日になんねえかなあ」

ユキジは控えめにうなずき、ビールを口に含む。苦い味が舌に広がる。

「おまえ、新しい店はどうだ。繁盛してるか」

「ええ、すべり出しは上々です」

先月オープンさせた台湾カステラ店について、オヤジに報告する。いい場所を押さえたことと、流行に乗っかったのとで、出だしは悪くないと。あとはどれだけ定着するかだ。

「そうか」と悟朗は満足そうに笑う。

「しかし、おまえも俺も、やってることはカタギの商売とそんなに変わってねえよなあ」

オヤジはふん、と鼻を鳴らす。

「背負ってる看板が暴力団なだけで、ちゃんと働いて税金払って、仕事先には気ぃ遣って。上層部は上層部で、お互い助けあいましょうねっつう組合みたいな同盟を結成させて。俺らも上も、ぜんぜんヤクザっぽくねえよな。なんだかアイデンティティ・クライシスに陥っちまうよ」

ユキジの知らない難しい単語を口にする。

「かといって今さらカタギに戻るわけにもいかねえしな。中途半端に出世しちまったばかりに、かえって身動きとれねえよ」

執行部に入ったら入ったで、何かと窮屈な思いをすることもあるのだろう。いっそのことカタギになって事業の方に専念したい。それは悟朗の本音なのかもしれない。

地元の人間相手に商売をする、町の小さな防水屋の社長。そちらの生き方の方が、暴力団幹部としてヤクザ双六《すごろく》のゴールを目指すよりも、オヤジには向いてるようにユキジにも思えた。だが悟朗本人が言うように、今さら足抜けは不可能だ。

組織は金を稼げる人間を絶対に手放さない。

その者が抜けたら、その者が持ってくる上納金も失うからだ。もしも悟朗が引退を願い出たら、上層部は悟朗のシノギをすべて奪いにかかるだろう。組の看板を使って今まで稼いできたのだから、組を出るならそれらをみんな置いていけ、と。会社も財産も、育てた部下たちも何もかも根こそぎ持っていかれる。

どれだけ組織に貢献しようが、ヤクザをやめたいと申し出たが最後、身ぐるみ剝がされて放り出されるのは目に見えている。それを恐れて、内心ではやめたくともやめられずにいる幹部たちも、案外多いのではないか。

自分自身も会社をかまえ、部下たちを食わせる身になってから、ユキジは次第にそんな考え方をするようになってきた。この稼業の実態が見えるようになった。

表向きは任侠道だの仁義だのを掲げていながら、その実、金に汚い世界だ。その点では一般社会《カタギ》となんら変わりない。それでいてカタギよりずっと生きづらくなっている。今の時代ヤクザ稼業は明らかに斜陽産業だ。

それでもそこで生きている以上は、全力を尽くすしかない。自分たちが時代遅れの存在であることを認め、そのうえで生き抜いてゆく方法を模索する。そうしないと自分の父親のような〝終わってる〟ヤクザになってしまう。

「つまんねえことを話しちまったな。さ、今日は呑もうぜ」

悟朗はビールの大瓶を追加する。と、ユキジの懐の携帯電話が振動する。見知らぬ番号からの着信だ。オヤジに断りを入れて中座して、店の奥のトイレ前のスペースへいく。

電話に出ると、「もしもし、鮫肌さん？」男の声がした。やけに馴れ馴れしい。

「どなたですか」

向こうは名乗らずに言葉を重ねる。

「うちの組が面倒みている者たちが、先日は大変お世話になったそうで」

「ああ？」

数秒考えて、理解する。そういうことか。

「あんた、あの洟たれどものケツ持ちか」

「そんなものです」

どうやら、あの半グレ集団、悪久十叭栖の後ろには自分のような同業者がついていたらしい。まあ、そうでなければあんなに堂々と芸能人をガジろうなんて考えないだろう。

「単刀直入に言います。慰謝料および怪我をしたメンバーの治療費、それとビジネスを妨害されたことへの補償金もろもろ込みで、一本払ってくれませんかね」

「アホか、てめえ」

そう言い捨てて電話を切ろうとすると、男は悠然とした口ぶりでつけ加えてくる。

「あ、ちなみにこれ、身代金《みのしろきん》も含めての一本なんで」

「身代金?」

そこへメールが届く。直感的に背すじがざわりとする。文章はなく、画像のみ添付されていた。潮が写っていた。薄暗い背景を背に、怯えた表情でカメラをじっと見ている。まるで自分に向けられている目のようで、心臓がどくんとゆれた。潮の両手首は結束バンドで縛られていた。

「てめえ」

「安心してください。やってませんので。まだ、」

男は最後の一語を強調する。

「あんたも大事な女を輪姦《まわ》されたくなんかないでしょ。もろもろ含めて一本で勘弁してやろうってんだ、安いもんだと思いま——」

「知るかボケ」

男の喋りを遮って、言う。

「そんな女、大事でもなんでもねえよ。てめえらが輪姦そうが何しようが俺には関係ねえ」

ぶちっと電話を切って席に戻る。

「どうも失礼しました」

オヤジに一礼し、泡が消えた自分のビールをごくごく呑む。まるで味がしない。苦いとすら感じない。

潮が自分の女と勘ちがいされて連中にさらわれようが、やられようが、知ったことか。助けてやる義理なんかねえ。それこそミロクにでもすがれってんだ。俺にはもう関係ねえ。

……と頭のなかで独白してから、ぱっと悟朗に向き直り、

「オヤジ、申し訳ありません。もう一回電話してきても、いいでしょうか」

「いいぜ」

携帯を手に足早に店の外へ出る。先ほどの番号へかけ直し、相手が出るのと同時に送話口に向かって怒鳴る。

「一本だな！　分かった。女に手ぇ出したら殺すぞ！」

「ぎりぎりセーフ。今からやっちゃうとこでしたよ」

男は笑い混じりに言ってくる。奥の歯がぎりり……と軋む。

「この前あんたが鼻の骨をバキッと折ってくれた彼なんて、商売道具の携帯まで壊されて怒り心頭でしてね。さっきからあんたの女をやりまくってやるって、うるせえのなんの」

こめかみの血管がぴくぴくと浮いてくる。

「金はどこへ持ってきゃいいんだ」と返すと、向こうはひゅう、と気障ったらしく口笛を吹く。『あんたの色男、きてくれるってよ。よかったな』と、呼びかけている声が聞こえてくる。電波越しに潮の気配を探ろうとするが、何も感じとれない。

「時刻と場所は追ってメールします」

そう言って通話を終えようとする相手に、「おい」と怒りのにじむ声で待ったをかける。

「てめえはどこの組の者だ。俺が海原会の人間だと承知のうえで女をさらったわりには、てめえの名前も名乗れねえのか。ええ？」

すると向こうは、含み笑いと共に答える。

「自分、関東大鵯鶉会の二代目鳶田《とびた》組、安生地英雄《あおじひでお》と申します。どうぞお見知りおきを」

ぶつりと電話が切れる。無機質な電子音が耳の中に鳴り響き、ユキジはしばしの間、その場に立ち尽くす。

まさか悪久十叺栖のケツ持ちが、同盟相手である大鵬鶉会の者だったとは。

それも鳶田組といえば、たしか大鵬鶉会の前会長が率いていた組である。その二代目というからには、安生地という人物はそれ相応の地位にあるはず。

（そんなやつがなんだって、半グレなんかとつるんでるんだ……）

言うまでもない。ヤクザの行動原理は金だ。それは海原会だろうが大鵬鶉会だろうが同じこと。どんな大義名分を掲げようと、任侠だの仁義だのと口ではほざこうと、結局のところ自分たちを動かすものは金なのだ。自分もオヤジも、親父もそしてこの安生地という男も。

それにしても先生の野郎、ふらふら外を歩いててさらわれるんじゃねえ。無事なのか。

会社の金庫番の部下に電話をかけ、今すぐ用意できる金はいくらあるかと問うと、現金なら五千万ぐらいとのことだった。

「至急必要でしたら、株や為替もあわせて三億は用意できますが」

「分かった。そこで待機してろ」

その通話を終えたタイミングを見計らうかのように、安生地から金の引き渡しを指示するメールが届く。

場所は東京近郊の工業地帯の廃工場。時刻は一時間後とある。たったの一時間。いったん会社へ戻り、金と道具(拳銃)を準備させたらもうぎりぎりだ。だが、今すぐここから出発したら三十分以内に着く。

考えを巡らせる。迷っている時間はなかった。どうするべきかここで決断しなければ。

そして決める。ゆっくりと深呼吸をすると、再び向こうに電話する。

「なんですかね、何度も」

相手が出るのと同時に携帯のあるアプリを起動させ、「もう一時間くれ」と、苦々しげな声を出す。今から一億もの金をかき集めるのに、一時間ではとても足りない。すまねえが、あともう一時間くれ、と懇願する。

「おいおい、さっきは大見得きったくせに、手もとに一億もねえのかよ」

安生地の口調に嘲《あざけ》りの色が加わる。

「まあ、たかだか海原会の人間ごときには無茶な注文だったかもな。いいぜ。大負けに負けて二時間後にしてやるよ。ただし一分でも遅れたら、輪姦パーティーはじめるからな。動画を送りつけてやるよ」

最初の電話ではまだ丁寧な口ぶりだったのが、ここにきて地が出てきた。そこで「あんた、こんなことしていいのかよ」と言ってみる。

「ああ?」

「上層部同士が手を組んだばかりだってのに、こんな、自分のとこの親分の顔を潰すような真似していいのかって訊いてんだ」

「うるせえ。ごちゃごちゃぬかすと今すぐてめえの女、ぶち犯すぞ」

吐き捨てるように言うと、「クソが」とさらにひと言ぶつけて安生地は電話を切った。

そこで後ろから声をかけられる。

「社長」

振り向くと、スズキが立っている。こいつらしからぬ緊迫した表情だ。

「……どこから聞いてた?」ユキジの言葉に、

「金庫番のフナサカさんに、お電話をかけてるところからです」とスズキは答える。

「声かけろよ、バカ野郎」

「すません」

ユキジの表情を窺い窺いしつつ「拉致られたの……先生ですか?」とスズキは問う。バカのくせに察しがいい。

「ああ」

「それで……助けにいくんですか?」

「ああ」

ため息混じりにつけ加える。「いくしかねえだろ。こうなったらよ」

「社長、カッコいいっす」

間髪容《い》れずにこいつは言う。

「惚れた女がさらわれたら、四の五の言わずに助けにいく。それでこそオレの見込んだ社長っす」

なんとなく上から目線なのが気になったが、まあいい。

「おまえも付き合うか？」と水を向けると「もちろんす！」という返事がくる。やはりこいつはバカだ。今の状況がどれほどヤバいものであるのか、たぶん分かってねえ。しかしこのバカさ加減がありがたい。

頭のなかの段取りをスズキに話す。向こうは二時間後にこっちがくるものと思っている。その裏をかき、今すぐ、一刻も早く突入する。場所柄からしてセキュリティは甘いだろう。車のトランクには鉄パイプと金属バットを常備している。やつらが道具さえ持っていなければ、勝機は充分ある。

尤も、道具持参で待ちかまえられていたらアウトだが……そのときはそのときだ。

「まずはオヤジに言ってくる」

スズキをその場に残して店へ戻ると、手酌でビールを呑っている悟朗の前でユキジは正座して膝をつく。改まった表情で、自分を破門してくださいと申し出る。

大鶴鶏会の人間に、自分の女を拉《らっ》された。助けにいくのでその前に、どうか破門してほしい……と。

同盟を結んだばかりの相手の組にカチコミをかけるなど、けっして許されない行為だ。当事者はもちろん、その上の者も処罰されるのは必至。しかし破門され、縁を絶たれた身の上であれば問題はない。武津興業と社員のことは悟朗に託せば、なんとでもなるだろう。なにしろ自分に商売のイロハを叩き込んだのは、このオヤジなのだから。

「自分を破門してください。オヤジ」

小さな個室で、自分でも持て余すほどの体軀《たいく》を折り曲げ、悟朗に深々と頭を下げる。

「ここまで育ててくださったオヤジには申し開きもできません。指を詰めていけとおっしゃるなら詰めます。会社も部下もすべて置いていきます。なのでどうか……どうか」

悟朗は腕組みをして、ユキジの話を聞いている。聞き終えると、短く問う。

「惚れてんのか？」

「……はい？」

頭を上げると、「そのさらわれたっつう女に、おめえ惚れてんのかよ。マジで」

その質問に、たっぷりと十秒ほども考えてから「はい」と答える。

答えることで自覚する。自分は潮をどう思っているのか。潮の書くドラマが好きなのか、それとも潮本人が好きなのか……そんなのはどうだっていい。どっちでもいい。ふらふら出歩いていてさらわれた先生に、言ってやりたいこともある。厄介ごとばかり持ち込みやがって。そのたびに俺を振りまわしやがって。

そんなことを考えつつ、もう一度、自らに宣言するようにオヤジに言う。

「はい……惚れています。大事な女なんです」

「いけよ」

オヤジはさらりと言う。「何してんだ。とっとといって、とっとと奪い返してこいよ」と。

「あ……あの、いいんですか」

「バカ野郎」

ぱーん、といい音を立てて平手で頭を叩かれる。

「いいも何も、てめえの大事な女の一大事に何をぐずぐずしてやがんだ。俺がケツ持ってやる。思いっきしぶちかましてこいよ」

パグ犬のように愛嬌のある笑みを、悟朗は浮かべている。

「カタつけてきたら奢れよ。この店貸し切るぞ、おら」

「はい」

そう返事して店をあとにすると、手前の道路にスズキが車をつけて待っていた。助手席に乗り込み「出せ」と命じる。


首都高を降りて街道筋へ入ると、窓の景色が変わってくる。

この辺は工場地帯だ。大規模な化学工場や製油所が隣接し、夜が更けた今もなお白い蒸気を上げて稼働している。明るい光に照らされて闇夜に浮かぶガスタンク、剝《む》き出《だ》しになった金属の塔のような巨大プラント。

そんな一帯を抜けると、少しずつ周囲がさびれてくる。

指定された場所は鉄工所の跡地だった。民家からぽつんと、そこだけ離れたところにあり、人を拉致監禁するにはうってつけのロケーションだった。そこへジャスト三十分で到着する。

だだっ広い敷地《しきち》には車が数台、停められている。高級SUV車やミニバンなど、こんな廃墟《はいきょ》に似つかわしくない車ばかりだ。トランクから鉄パイプを一本手にとり、スズキにはそれより武器になりそうな金属バットを放る。無言で目をあわせて、崩れかけた建物へと近づく。

建物の外壁はところどころが剝がれ落ち、錆《さ》びた鉄骨がのぞいていた。電気でも引いているのか、中は明るい。割れた窓からそっとのぞいてみると、がらんとした空間に男たちの姿が見えた。数えると十人。しかし肝心の潮がいない。べつの場所にでも閉じ込められているのだろうか。

先日のクラブにいた連中に加え、やや年かさの男が二人いる。どちらもぱりっとしたスーツ姿で、周囲の者がラフな恰好をしているなかで異なる雰囲気を発している。一方は眼鏡で、もう一方は坊主頭だ。おそらくどちらかが安生地なのだろう。

ユキジが先日のしてやった短パン男もいる。今日も短パンで、鼻にテープを貼っている。ふざけたことに連中は音楽をかけて酒を呑んでいた。怒りに火が注がれて、鉄パイプをぎゅっと握り直す。

出入口は一箇所だけだ。赤錆びて大きな扉の片一方が外れていて、見張りが一人いる。

中の様子に視線を当てたまま呼びかけると、「はい」という返事が背中に当たる。

「いくか」

扉に寄りかかって携帯をいじっている見張りの前に立つと、気配に気づいた見張りが携帯から顔を上げる。それと同時に鉄パイプを頭めがけて振り下ろす。ものも言わずに男はその場に倒れる。まず一人。

内部に足を踏み入れ、たむろしている男たちの方へ歩いてゆく。急がず、堂々と。突然の闖入者《ちんにゅうしゃ》に連中は呆気《あっけ》にとられているようだ。

「なんだてめえら」

近づいてきた小太りの男の股ぐらを、思いきり蹴り上げ、転がせる。これで二人。緊張感がさっと走って輩どもが色めき立つ。そのタイミングで、

「おう！」

ユキジは腹の底から声を張り上げる。「女はどこだ！」

ビール瓶を振りまわして襲いかかってきた三人目の男の胸ぐらを掴み、背中から地面に叩きつける。そこからは乱闘となる。

連中は手近にあった角材やブロックを武器に殴りかかってきて、それを受けて四人、五人とぶち倒す。全身の血が高揚する。喧嘩の感覚が身体中に蘇ってきて、十代の頃の凶暴さをやすやすと取り戻す。楽しくさえあった。

ちらと目で確認すると、スズキもまた不良時代の顔に戻って容赦なく、次々と輩をぶちのめしている。

「くそヤクザがあ！」

バトン型のスタンガンを手にして短パンが突進してくる。その腕を、渾身の力を込めて

鉄パイプで打ってスタンガンを叩《たた》き落《お》とす。腹を蹴りつけ、うずくまったところを地べたに押しつける。膝で胸部を圧迫し、鉄パイプを横向きにして喉を締め上げる。

「女はどこだよ。また鼻、折られてえのか」

「へっ……言うもんかよ」

「そうか」

鼻のテープをべりっと剝がし、生々しい傷痕の残る鼻根をごんっと殴りつける。

「いってえええっ！」

「どこだよ、女は」

「ここだよ」

斜め背後から声がして、短パンを押さえつけたまま顔を傾けると、潮がいた。眼鏡をかけた細面のスーツの男が、横にぴたりとくっついている。

怪我をしていないこと、服が破かれたりしていないことに、まずほっとした。潮はこれまで見たことがないほどの青ざめた表情で自分を見ている。その目をまっすぐ見返す。安心させるように見返す。それから——男の手に道具が握られているのに気がつく。おそらくはコルト・ガバメントか。

アウトだな。心中でつぶやきつつも、平静とした口ぶりをつくる。

「てめえが安生地か。ヤクザのくせに半グレなんかとつるみやがって。プライドねえな」

「うるせえよ」

電話と同じ険のある声音だった。

「ずいぶんと早いお着きじゃねえか。おまけにこりゃ何の真似だ、あ？　俺ら以外み～んな寝てんじゃねえか」

周囲を見ると、悪久十叭栖の面々は地面に転がっていた。やや離れたところでスズキが棒立ちになり、自分同様に安生地の手に握られているものを見つめている。手にしているバットは、拳銃を前にすると妙に間抜けだった。安生地の坊主頭の部下もまた、抜かりなく銃をかまえていた。

「おいっ、のけよっ」

自分の下で鼻血を噴きながらわめく短パンを、がこん、ともうひと殴りして静かにさせる。ひゅう、と安生地が口笛を吹く。「あんたの色男は狂暴だな」

眼鏡の奥の酷薄そうな目を細め、潮の耳もとで挑発するようにささやく。かっとなりそうになる心をなだめ、ドスをきかせた声を出す。

「女を渡せ」

「金はどうした？」すかさず問うてくる。

「車の中だ」と答えると「嘘だな」と看破される。

「てめえ風情が、こんな短時間で一本用意できるもんかよ。おおかた時間を稼ぐふりして急襲かけてきたってとこか？」

内心でひやりとする。さすが、ヤクザにはヤクザの考え方が分かっている。

「そっちこそ銃に弾入ってんのかよ。ハッタリ用に持ってきただけじゃねえのか」

「試してみるか？」

安生地が銃口をユキジに向けて、引き金に指をかける。潮が小さく「あっ」と叫んだ瞬間、パンッ——。

乾いた音がして後方の壁に弾丸が命中する。途端、弾《はじ》かれたように身体が動いた。

「あー、やっぱサバゲーとちがってリアルの銃は難し……」

そう言いかける安生地に腰を落として突進し、体当たりを食らわせる。

「オヤジっ」

ユキジに銃を向けようとする坊主頭の部下に、スズキがすかさずバットで殴りかかりにいく。二組のタイマンの取っ組みあいとなる。安生地の上に乗り上がり、左右の肩に指をめり込ませて、がつん、と頭突きする。二度、三度と繰り返し。そして潮に叫ぶ。

「逃げろっ、先生！」

「え、あ……でも」

立ちすくんだままの潮に、声を限りに絶叫する。

「いいからさっさと走れ！　走れ走れ、いけ！」

「うっせえな、ボケが」

左の脇腹に、ぐりっと硬いものが当たる。身体の下にいる安生地が、額から血を流しながら銃口を直接身体に押しつけていた。

「さすがにこれなら外さねえだろ」

ごくりと唾を呑んで、男から目をそらさずにもう一度、言う。

「先生、逃げろ」

そのとき、突然白い光が自分たちを照らしだす。入口の扉を豪快に弾《はじ》き飛《と》ばして、何台もの自動車が突っ込んでくる。

とっさに組み敷いている男から身を離し、潮の方へ飛び出す。何も考えず、ほとんど条件反射のごとく。自分自身で潮を庇《かば》うようにして、思いきり抱きしめる。

三

ユキジは絶対に、そう絶対に、自分のことなど助けにこない。

頭から麻袋をかぶせられ、両手を拘束されて、ミニバンの後部座席に転がされている間、潮はひたすらそう思っていた。この数時間で袋を外されたのは、眼鏡のヤクザがユキジに電話をかけている間だけだった。

連れてこられたのは、倉庫のようにがらんとした広い空間だった。埃《ほこり》が宙に舞い、スプレー缶や瓦礫《がれき》が散乱していて、廃墟特有の空虚さが漂っていた。映画やドラマのロケ地としても使えそうな雰囲気だ。

そんなふうに見まわしていたら、「はいチーズ」と声がかかった。携帯でいきなり写真を撮られ、思わずむっとしたら、続けてもう一枚パチリ。

気づかぬうちに周囲には十人前後の男たちがいた。うち一人が「脱がしたのも撮りますか、安生地さん」と、ぎょっとすることを言う。安生地と呼ばれた眼鏡の男は、指をくいっと曲げて近くにくるようジェスチャーし、寄ってきた男の顔面に、いきなりこぶしを叩きつける。

「俺の名前を喋るな」

殴られた男の鼻から血がぽたぽた落ちるのを、潮は唖然として眺める。

「さて」

安生地は潮に向き直り、

「汚いところでごめんね」

ちっとも申し訳なくなさそうな口ぶりで謝る。

「ここは、俺らが悪さするときなんかによく使う場所でね」

〝悪さ〟という言葉に潮がびくっと肩をゆらすと、安生地は薄く微笑む。なんだか爬虫《はちゅう》類《るい》めいた、ぬめっとした顔だと思った。

「まあ、あんたに悪さをするかどうかは、あんたの男の返答次第だな」

「あんたの……男？　誰のことですか」

震えないよう声に力を入れて問うと、

「しらばっくれんじゃねえよ」

安生地の近くにいるハーフパンツを穿いている男が、口早に言ってくる。

「あんた、翔くんとあの野郎と一緒に、あの呑み屋《のや》にいたじゃねえか。裏はとっくに取れてんだよ。しっかし翔くんもバカだよな。なんも考えねえで、あんたらのことべらべら喋るんだもんな」

やっぱ芸能人は頭ゆるゆるだわ、と吐き捨てるような口調で言う。

よくよく見ると、男の顔には見覚えがあった。翔に誘われてユキジと三人でいった会員制のバーで、ユキジとあわやのところで喧嘩になりかけた相手だった。

「あんたに恨みはねえけどさ、あんたの男には恨みMAXなんだよな」

男の鼻には治療用のテープが貼られていた。もしや、先日の〝交渉〟でユキジにやられたのだろうか。

「落ち着け」

安生地が男をいなし、潮をちらりと見て、酷薄な笑みを浮かべる。

「事情はだいたい分かったろう」

潮の目の前で男はユキジに電話をかけた。最初の電話は一方的に切られて、二度目は向こうからかかってきて、終わったと思ったら、またもかかってきた。

その間、潮は生きた心地がしなかった。スピーカーフォンだったので通話は丸聴こえだった。安生地もそうだがユキジも柄の悪い声を張り上げて、ボケとか殺すとか、口汚い言葉をしきりに連呼した。

（あの人……絶対こないっ！　くるはずないわよっ……私のこと、大事でもなんでもないって言ったもの……俺には関係ないって……）

最終的にユキジは安生地の要求を呑んだようだったけど。でも。

（助けになんてくるはずないじゃない……一億円も持ってくるはずないじゃない。だってあの人、私に五千万円払えって言ったくらいなのに……）

電話が終わると再び袋をかぶされて、車庫に停めたミニバンの中に押し込まれた。ダンゴ虫みたいに身を丸めて縮こまり、押し寄せてくる恐怖に呑み込まれまいとする。

怖さのあまり泣けてきそうだった。しかし今ここでどうにかなるわけにはいかない。うちに帰って、脚本の続きを書かなければ。まだ終盤部分が残っている。それを完成させないうちは——死ねない。

思えばヤクザドラマの話を受けてからというもの、自分はひどい目に遭ってばっかりだ。痴漢、ヤクザときて、とうとう半グレたちに誘拐されている。もう一生分の取材をした気分だ。

そうしてどれほど時間が経ったのか。ガラッと車のドアが開き、「おい」と先ほどのヤクザの男の声がした。頭の袋を取られて、手首の結束バンドも解かれる。安生地とその部下が車の外に立っている。

「降りろ」

急《せ》き立《た》てるようにして腕を掴まれる。表情に、電話をかけていたときにはない苛立ちがあった。さらにその手には黒光りする拳銃が握られていた。

「あ、あの、それ」

「とっとと来い！」

恫喝され、早足で車庫から連れ出される。先ほどの工場内部に足を踏み入れ、潮は息を呑む。ユキジがいた。来るはずないと思っていた、ユキジがいた。

目の前では盛大な乱闘が繰り広げられていた。ユキジはハーフパンツの男の上に馬乗りになって、容赦なく殴りつけている。後方にいるこちらには気づいていない。ちっ、と横にいる安生地が舌打ちをする。

「来い」

潮の背中を銃の先でぐっと押し、彼の方へ近づいていく。そして声をかける。

顔を上げたユキジと目があった瞬間、胸がぶるっ……と震えそうになった。深く濃い黒目にいたわりの色がにじんでいる。自分のよく知るユキジの目。力強くてまっすぐなまなざしを当てられて、なぜなのか——こんな状況にも拘わらず——安心した。

銃声がとどろいた。

ほとんど同時に、俊敏な獣のように彼がこちらに突進してくる。安生地と揉みあい、組み敷きながら自分に向かって逃げろと言うユキジから、目が離せなかった。身体も動かなかった。その脇腹に当てられている銃口から、目をそらすことができなかった。

　そのさなか、耳をつんざくような音と共に、半壊している扉から車が次々に走り込んできた。

（え、え、なに――）

　混乱のあまり茫然とする潮に、大きな身体がぶつかるみたいにかぶさってくる。キキーッと甲高いブレーキ音が反響し、轢《ひ》かれる、と予感してその身体をぎゅうっと反射的に、抱きしめ返す。重い。苦しい。もうなにがなんだか分からない。

「……大丈夫か」

　頭の上に声がかかる。

（あ、あれ……？）

「怪我してねえか、先生」

　轢かれていなかった。自分もユキジも地べたに転がったまま、埃まみれでぴんしゃんしていた。分厚い胸に顔を押しつけて、口からひとりでにこんな言葉が出てくる。

「……何しにきたんですか」

　胸筋が、かすかにゆれる。

「あんなこと私にしておいて、今さら何しにきたんですか。あのヤクザの人との電話でも、私のことなんて大事でもなんでもないって……俺には関係ないって言ってたじゃないですか」

「そ、それは……」

ユキジがへどもどしている気配を感じる。潮はきっと顔を上げ、男の濃い黒目をにらみつける。

「なのになんだって私を助けにきたんですか！　あんな、あんなひどいことしておいて……なのになんで……そっちこそ怪我してたらどうするんですか！　下手したら死んでましたよっ」

ユキジの胸板をこぶしで打って罵るうちに、涙が出てきた。ユキジは黙って、されるがままになっている。

「分かんない……もうユキジさんが分かんない……ぜんぜん分かんない」

「ごめん」

静かな声で謝られる。

「俺が悪かった。本当にひどいことをした。ごめん。先生……ごめん」

太い腕がふんわりと自分の身体を包み込む。その筋肉の感触がなつかしくて、あたたかくて、嬉しかった。

「おまえら、おかしいぞー！」

甘くなりかけそうだった雰囲気が、安生地の声で引き戻される。見ると、安生地は屈強な男たちに取り囲まれて地面に膝をついていた。

「周りを無視していちゃつきやがって、おまえら頭どうかしてるぞっ！」

「うるせえよ」

十人前後いる男たちの中で、ひと際迫力のある銀髪の男が、ずいと前に出てくる。

ユキジにも劣らないほどがっしりとした身体つきで、年の頃は四十代前半。どこか無国籍風な顔立ちはモデル、あるいは俳優並みに端麗だが、圧にも似た強いオーラを放っている。潮ですら一見して、この人がボスだと分かった。

銀髪の男はユキジに向かって、うちの人間が不始末をしたと詫びる。

「うちの人間？」

ユキジが眉をひそめると、自分は大鶴鶏会の会長を務める者だと男は名乗る。

「それは……その、どうも」

さっとユキジの顔に緊張が走る。男は潮をちらと見やり、「おまえの色か？」とユキジに問う。

「そうです」

即答するユキジに、男はどこか楽しげに、

「そりゃあ色がさらわれたら、助けにいくのは男の仕事だよな」

それから安生地の方へ歩を進め、「どういうことだ。これは」

落ち着いた口調に、すごみがあった。

「この前の定例会で抗争禁止令を出したばかりだよな。それを早々に、それも同盟先相手に破るたあ……おまえ、俺の顔に泥を塗ろうってぇ肚《はら》か？」

「ご、誤解です、オヤジ。こいつの方から売ってきた喧嘩を、俺は買ったまでのことで……」

安生地の弁明にかぶせるように、

『もう一時間くれ』

少々音の割れたユキジの声が聞こえてきた。ユキジは携帯を操り、安生地との電話の一部を再生する。どちらが恐喝を仕掛けた側なのか一目瞭然の部分を。自分のところの親分の顔を潰してもいいのか？　というユキジの言葉を、安生ははっきりと一蹴している。

「てめっ……録《と》ってやがったのか」

「今どき録音ぐらい、ヤクザ対策で一般人だってやってるぜ」

割れた額から血をにじませ、怒りをあらわにする安生地に平然としてユキジは返す。

「たしかにおまえの声だな」と銀髪の男。

「お、オヤジっ、これには理由がありまして……」

なおも弁解しようとする安生地を、銀髪の男は鋭い視線で制し、

「続きは本部に帰ってからにするか」

それを合図に、配下の者たちが安生地とその部下を車へ連行する。去り際に男は、

「さっきの証拠音声、あとで俺の携帯に送っといてくれ」

懐から名刺を抜いてユキジに渡すと、「いくぞ」と男たちに声をかける。

「そこいらに転がってるガキどもも回収しとけ。今後うちの看板を使って悪さしねえように、きっちり教え込んでやらねえとな」

一行は手分けして各々の車に悪久十叭栖の者たちを積み込むと、現れたときと同様に疾風のように去っていった。受けとった名刺を見せてもらうと、「関東大鵂鶉会四代目会長佐渡島朱鷺《さどしまとき》」と書かれてある。いかにも、という感じの大仰な名前だった。

「あのう、ところで〝色〟ってなんですか？」

そう尋ねるとユキジは途端、むっとしたような顔をして眉間にしわを立てる。さっきあの人は自分を見て「おまえの色か？」とユキジに訊いていた。ユキジはそうだと答えていたが、専門用語か何かだろうか。

「色ってなんですか？」

もう一度問うと、黙ったままのユキジに代わってスズキが答える。そういえばこの人もいたのだった。

「彼女とか恋人とか、マジタレのことです」

「てめえはだあってろ！」

スズキの頭をぱーん、とユキジは平手で殴りつける。

「あ……そ、そう……ですか」

急激に照れくささが込み上がってきて目が泳ぐ。それにしてもと改めて思う。まさか危険を顧みずに助けに来てくれるなんて。まるでVシネさながらだ。いや、

（これってまるで……私が書いてたシナリオみたい……）

ううん、シナリオの主人公よりも主人公っぽい。

「さっきのユキジさん……ヤクザ映画のヒーローみたいでした」

言いながら顔が自然と微笑んでいる。泣き笑いに近い照れ笑いになっている。するとユキジもおずおずと笑う。潮の好きな、はにかむような笑い方で。そこで、絶妙なタイミングでお腹がぐぐ～と鳴った。

そういえば、さらわれたのは夕飯を食べにいこうとしていたときだった。

「ほっとしたら……お腹が空いてきちゃいました」

「なんか食いにいくか、先生」

「もちろん社長の奢りですよね」

　スズキの言葉に「てめえ、まだいたのかよ！」ユキジは顔を少々赤らめて、照れくささを紛らわそうとしてなのか、声を荒らげる。なんだか二時間ドラマのエピローグみたいな空気感になってきた。

（そうだ。この感じ、シナリオに盛り込めないかな。それこそ殴り込みが終わった後のシーンなんかに……）

　二人のやりとりを眺めつつ、そんなことを考えていると、かつて憶えのあった感覚が、ふっと蘇ってきた。アイディアの断片のような、切れ端のようなものが、頭のなかにあわあわと浮かんでくる。久しぶりの感覚だった。

　どこからか声が聞こえてくる。まだ書いていないキャラクター、これから書くかもしれないキャラクターたちのささやきが、耳もとでする。書いて書いて、と自分に呼びかけてくる。

　おかえりなさい、と潮は心のうちでつぶやく。

四

「大事な女がさらわれたら、助けにいくのは男の仕事だろうがよ」
（小山田ウシオ『反社会的勢力的ラブストーリー』シナリオより）

鮫肌ユキジが拉致された小山田潮を助け出してから、約八ヶ月後の夏——。

脚本会議が終了したのは、そろそろ日付けが変わろうという頃だった。制作統括の鯉口氏の都合にあわせて、こんな時刻に会議をしている。

「それでは、第六話以降の後半の展開はそんな感じでお願いします。楽しみにしていますね、小山田先生！」

鯉口氏はライターと煙草をジャケットのポケットに仕舞って席を立ち、潮に笑いかける。

「そうだ。これから若い子たちを連れて呑みにいくんですけど、よろしければ先生もいかがですか？」

そのお誘いに、潮は眉を下げて、いかにも残念といった笑みを返す。

「ああ～、申し訳ありません！　実はこれから先約で打ち合わせがありまして……」

「そうですか。残念だなあ。じゃあこの次、絶対に呑みましょうね」

右手でお猪口《ちょこ》を傾ける仕草をして、鯉口氏は会議室を去っていく。他の参加者も「お疲れさまです」「失礼します」と、口々に潮に挨拶をして退室してゆく。

「打ち合わせって、ほんと？　こんな時間から？」

最後に残った石持氏から、にやっと、いたずらっぽい視線を向けられる。去年よりもさらに恰幅《かっぷく》がよくなった。

「ええと……でも、先約があるのはほんとうです」

潮はややどきりとしつつ、肩にかけているショルダーバッグを手でさする。スポーツウエアやタオルが入っていて、ぱんぱんにふくらんでいる。石持氏は「いよいよ明日だね」と言う。

「はい」

明日、夏の新ドラマの第一回がオンエアーされる。件のスペシャルドラマの続編にあたるものだ。キャストおよびスタッフは続投。したがって、潮も引き続きシナリオを担当している。

三ヶ月前に放送された鮒戸翔主演のドラマ『反社会的勢力的ラブストーリー』は、さいわいにして数字も評判もよかった。石持氏の言葉を拝借するなら「小山田ウシオ×鮒戸翔のゴールデンコンビ復活」ということになるだろうか。さらに、このドラマ版と連動して劇場版も製作することになったが、これはまだオフレコだ。

（ドラマがコケたら映画もポシャるかもしれないしね……油断は禁物だわ……）

現在、潮のもとにはこの仕事の他、シナリオの依頼が何本かきている。テレビドラマが数本と、映画が一本。じっくりと考えて返事をしようと思っている。しかしまずは連続ドラマ版『反社会的勢力的ラブストーリー』を、最終話まで書き上げなければ。明日の初回は楽しみ半分、不安半分というところだった。

「ところでさ……小山田さんの作風っていうか、男性キャラの書き方、以前と比べて変わったよね」

「そうですか」

石持氏から思わぬことを指摘される。

「うん、前はもっとふわふわしている感じだったけど、あ、それはそれでよかったんだけど、今はなんかこう……どっしりとした感じが出てきた」

それを聞いて、ぷっと噴き出してしまう。どっしりとした、という言葉が、実に的確にある人物を表していたので。

「それ、すごく嬉しい褒め言葉です。ありがとうございます」

「ちなみに今夜、深夜の番宣に翔くん、出るよ」

「知ってます」と潮は答える。翔くんのトークが楽しみです、と。

石持氏はエレベーターの前まで見送りにきてくれた。タクシー券を潮に渡すと改まった口調になり、

「遅くまでお疲れさまでした。これからもどうぞよろしくお願いします」

扉が閉まるまで、丁寧に頭を下げていた。

テレビ局の建物を出ると、夏の夜風がむわっと全身にまといつく。潮は「う〜ん」と両手を宙に上げて伸びをする。長時間の会議ですっかり肩が凝ってしまった。タクシーを呼びとめて、いきつけのスポーツクラブ、アクアティックの住所を伝える。


三階のマシンジムフロアへいくと、珍しく今夜はちらほら人がいた。

それでも彼はすぐ目に入る。筋トレスペースの一角で、大きな身体を持て余すみたいにしてラットプルダウンをしている男性。この季節にも拘わらず、手首まで隠れるタートルネックのウェアを着ていて筋肉のラインを浮かしている。潮の視線に向こうが気づき、軽くうなずく。潮もうなずき返すと、壁際のランニングマシンで走りはじめる。

すっすっはーはー、すっすっはーはー。

鼻から吸って口から吐くランニング呼吸を三十分ほども続けてから、フロアの壁にかけられているテレビに目をやる。石持氏が言っていた番組が、そろそろはじまる時刻だった。

クールダウンに入りながらヘッドフォンを耳に当てると、

『こんばんは。今夜のお客さまは俳優の鮒戸翔さんです』

ちょうど司会の女性アナウンサーの声が聞こえてくる。画面には、髪を短めに刈り整えておしゃれな無精ひげを生やした翔が、笑顔で映っている。

『春に放送されたスペシャルドラマは大好評でしたが、鮒戸さんが演じられた主人公の純情ヤクザは、とってもすてきでしたね。演じるにあたってご苦労された点はどこでしょうか?』

『そうですね、脚本にはアクションシーンもあったので身体づくりからはじめました。ただ、意外と筋肉がつきやすい体質みたいで、ちょっと筋トレしたら、すぐにムキっとなっちゃって。監督から逆に筋肉を落とすよう言われました』

笑い混じりに翔は語る。

『いよいよ今日から、続編という形で連続ドラマ版がはじまりますね。初回の見どころを語ってください』

その質問に翔は淀《よど》みなく答える。

『スペシャル版は大団円で終わったんですが、今度はそこから新たな展開に入ります。上層部同士が組んだ同盟に早くもひびが入り、ボクが演じさせていただく主人公は、組長から特別なミッションを言いわたされます。それは何かというと……みなさん、どうぞ今夜、観てみてくださいっ!』

(百点。翔くん今の番宣、百点!)

潮は心のなかで翔にグッジョブと呼びかける。

『それでは鮒戸翔さんと、脚本家の小山田ウシオさんのコンビが久々に組んだスペシャルドラマ、『反社会的勢力的ラブストーリー』ノーカット完全版を放送します。最後までごゆっくりお楽しみください』

画面が暗くなり、開局四十周年作品という文字が浮かんでくる。そこでランニングマシンを降りる。自作品を見返すのはあまり好きではないので。向こうよりもひと足先にトレーニングを終える。

二十分後、待ち合わせていた時刻ちょうどに潮が女子更衣室を出ると、自分よりも長くフロアに残っていたはずの男が、もう待っていた。自販機のそばで水を飲んでいた。

「こんばんは」改めて挨拶すると、

「おう」

薄いブルーのシャツに黒のスラックス、エナメルのスポーツバッグを肩にかけた鮫肌ユキジに声をかける。最近は上のカフェでなく、直接ここで落ちあうことが増えていた。フィットネスクラブを出ると、夜とはいえ七月の空気は蒸し暑い。

「またつらい季節がやってくるなあ。夏でも長袖はしんどいぜ」

車道側を歩いているユキジがつぶやく。

「刺青のある人は夏は大変なんですね」

「汗をかくと、白シャツなんて透けるしな」

なるほど。夏場の白シャツは刺青持ちには要注意……と頭のなかでメモをとると、ユキジに軽くにらまれる。

「先生、今のもドラマで書く気だろう」

「べ、べつにっ。そんな……なんでもかんでも書きませんよっ」

図星を突かれたようで慌てて否定すると、

「ま、いいけどな」

ユキジは目を、すっと細める。すると急に柔和な表情になる。ふしぎだ。基本的にはコワモテの部類に入ると思うのだけど、この人は笑った顔はとてもやさしい。それとも、単に見慣れてきたからそう感じるのだろうか。

「さっきの、ノーカット完全版って、春にやったやつとはちがうのか?」

ユキジの質問に、いくつか追加シーンがあるみたいです、と潮は答える。

「そっか。どうせ録画してあるしな、あとでゆっくり観るわ」

「観なくていいですよ」潮の照れ混じりの言葉に「ぜってえ観る」と、ユキジは返してくる。

深夜の住宅街はしんと静まりかえっているので、声を小さくして会話を交わす。

「今日のお偉いさんとの打ち合わせ、どうだった? 先生」

「まあ、どうにかこうにか。例によっていろいろと注文をつけられちゃいましたけど、それはいつものことなので」

小さな公園の手前を通り過ぎるとき、いつだったか、やっぱり打ち合わせの帰りに、ここで号泣したことを思い出す。あのときも、そばにこの人がいた。打ちのめされてた自分を必死になって慰めてくれた。そのやさしさに救われた。

この数年というもの、小山田ウシオは終わってる、と世間でさんざん言われてきた。だけどユキジはそんなこと、ひと言も言わなかった。心から応援してくれる人がひとりでもいたら、案外それで書き続けることができるのかもしれない。

このところ、潮はそんなふうに思うようになってきている。

『反社会的勢力的ラブストーリー』を書いたおかげで、脚本家としてなんとか息を吹き返すことができたはできた。だけど自分のことだから、いつまたスランプに陥るかもしれない。

（まあ……そのときはそのときだわ）

それでも、今の自分は昔より、多少はしぶとくなったような気がする。

歩きながら自然と手をつないでいた。指と指を交差する恋人つなぎになっていた。やがて潮のマンションが見えてくる。エントランス前まで到着すると、

「じゃあ……」

「ああ」

と、精悍な顔が下りてきて頬に唇がつけられる。潮もまた顔を上げて受けとめる。

自分たちは別れ際、毎回キスをするわけではない。

そういう点でユキジはたぶんに照れ症なので、送ってくれた後はだいたいいつもあっさりと「じゃあな、先生」と言って去っていく。けれどたまに、こんなふうにキスをしてくることもある。どちらかが、あるいはどちらとも、なんだか別れがたい気分になっているときに。

そういうときの彼は、情熱を出し惜しまない。まっすぐに自分をぶつけてくる。舌と舌がふれあって撫であう。おやすみなさいの挨拶キスにしては、少しばかり濃厚だ。どちらかというと前戯に近いものがある。

「……ん……」

大きな舌が自分の舌を押さえ込んで、きゅっと吸う。ぴくん、と腕のなかで身が震える。快感の予兆のような感覚が背すじを走り抜けていく。運動をした後だからか、やけに全身が敏感だ。ちゅく……ちゅく……と舌が縄のように絡みあう。肌に当たる生ぬるい風が艶な気分を盛り上げて、いよいよ離れがたくなっていってしまう。

はあ、と吐息をついて唇を遠ざけるや、どちらからともなく、またくっつける。厚みのある胸が自分の胸にくっついている。そして下腹には熱いものがぶつかっていて、その感触にどきどきしてくる。自分とキスをしながらユキジがこんな状態になっていることに、言いようのない昂ぶりを覚える。このままずっとこうして抱きあっていたくなる。

エントランスのドアが開く気配がして、瞬時にぱっと身を離す。ゴミを出しに外へ出てきた住人が、けげんそうな目をこちらに向けてゴミ捨て場へいき、また建物の中へ戻っていく。

その人がいなくなるまで、並んで門柱の脇に立っていた。廊下に立たされている生徒み

たいだった。自然と手を握りあう。どちらの手も湿っていて、皮膚が吸いつきあう。潮はユキジをちらりと見上げ、

「よ、よ……よかったら、上がっていきます……か？」

我ながらものすごくたどたどしい口調である。こういう関係になってもう半年以上経つというのに、自分から切り出すときは、まだまだ緊張してしまう。シナリオでならいくらでも書ける誘いの文句が、いざ実践となると、さらりと出てこない。

「あ、で、でも、気が進まなかったら全然いいので……」

早口でつけ加えると、絡めている指に無言で力が込められる。それが返事の代わりだった。

夜の帷《とばり》のなかでも、浅黒い男の首すじが赤らんでいるのが、はっきりと見てとれた。

エアコンをつけても室内はまだ暑い。

空気の暑さが身体の熱さを高め、部屋の中へ入るなり再び抱擁を交わす。シャツ越しに洗いたての肌の匂いを、すんと吸う。かすかに石けんの香りが混ざった男性的な肌の匂い。自分が好きな、安心できる匂いだ。

そのまま軽々と抱え上げられ、仕事場兼寝室へ運ばれて、ベッドにそろりと置かれてし

まう。

「横抱きされるのって……やっぱりなんだか照れますね」

「そうか？　先生のドラマにもよく出てくるじゃねえか、男が女を抱き上げるの。てっきり好きなのかと思った」

「あれはっ……演出というか、予告編用の盛り上げ的な絵づくりというか……っ」

そう言いかける唇がふさがれる。先ほどよりも遠慮のないキスを、ユキジはしてくる。はむっと潮の舌を噛んで、さらにはむはむと甘噛みしてくる。

（ん……うぅ）

むずむずする。舌だけじゃなくてなぜか背骨も、さらにそのつけ根の、腰の方までじ〜んとしてくる。こそばゆいようなむず痒《がゆ》いような、じっとしていられない感じがしてくる。

くすぐったさのあまり舌をじたばたさせると、余計に押さえつけられる。心得たような微弱な力の入れ具合が、なんだか憎らしい。唇の重なっている部分をわずかにずらして新鮮な空気を吸い込む。

「ユキジさん……キス……上手ですね」

ぼそりとつぶやくと、

「そうか？」

ユキジはやや照れたようにそっけなく、

「それは気持ち入れてやってるからじゃねえか」

また舌を入れてくる。

「……んん」

口のなかを探索される。肉厚で大きな舌で口内をいっぱいにされてしまう。

ユキジの舌は清潔だ。味も匂いもなく、やわらかくてあたたかい。あごの天井や頬の内側を撫でるように舐めてくる。ときには歯肉や舌の裏側まで。そこまでされると恥ずかしくなってしまう。秘部を舐められるのにも匹敵する羞恥だった。

「ユキジさ……やらし……」

唾液に濡れた舌でそう言いかけると、

「うるせえ」

問題無用とばかりに、ぱくりと舌を食べられる。きゅーっと吸われ、鼠径部《そけいぶ》がひくっとおののく。

ごつごつした手がカットソーの下へ入ってくる。汗で湿った手のひらの感触が心地いい。

スポーツブラを押し上げて、五本の指がふくらみを包み込む。

（——ああ）

キスをしながら声にならない声を出す。ふれられて先端が反応する。まるでそうされるのを心待ちにしていたように。指先で軽くこすられると、ぴんと立ち上がる。

なぜだろう。自分でさわってみてもこんなふうにはならないのに、このかさついた指でそうされると、たちまち張り詰めてしまう。二度、三度と繰り返しこすられて、そこはどんどん硬くなっていく。

「先生、ここ、気持ちいいか」

答えづらい問いを投げかけられて、答えずにいると、凝った尖りを軽く引っ張られる。

「は——」

着ているものがたくし上げられ、胸に唇がつけられる。くち……と突起が歯と歯の間に挟まれて、しごかれる。

「はあ」

片方のふくらみが、すべて男の口のなかに収められる。もう片方は手に包まれて、やわやわと揉み込まれる。

手と口の両方を使って胸を愛撫されるのは、たまらない。玩弄《がんろう》されているような、かわいがられているような、どちらともつかない気分にさせられていってしまう。

鋭い歯が、やわらかな皮膚を味わうように嚙んでくる。かすかにちくっとした痛みが、かえって甘い刺激となる。もう片方のふくらみは、大きな手で撫でさすられる。感触を楽しむようにゆっくり、のんびりと。指先で尖りを摩擦し続けながら。

「あぁ……は」

二種類の愛撫を胸に注がれて、身体中がじんわり痺れてくる。陶酔が胸の先から全身へと流れていって、自分のなかをゆるやかに循環してゆく。

手が自然と男の頭にふれる。松葉みたいにちくちくした髪に指を差し込んで、そろりと撫でる。この感触を気に入っている。もう少し手を伸ばし、太くなだらかな首の線にもふれる。弾力のある首すじだ。

と、胸もとからユキジが顔を上げる。頰をわずかに染めて眉間にしわを寄せている。

「首さわられんの、すげえくすぐってえんだけど」

不機嫌そうな表情に色があった。

だんだん分かってきたことがある。ユキジは照れくさいときや恥ずかしいときに、怒ったような表情になる。当人は意識していないと思う。地顔自体が怖いので、眉をひそめると、いっそう迫力が出る。

去年の秋、知りあった当初の頃は、取材中にユキジがよくこんな顔つきになるものだから、戸惑った。この人は何を怒っているんだろう。私は何か、怒らせることをしてしまったのだろうか……と。

だけどあれは、ひょっとしたらこちらのことを意識して、だったのかもしれないと今では思っている。うぬぼれかもしれないけれど。

「私も……くすぐったいんですが」

男の首に手をかけたまま答えると、ぐっと顔が近づいてきてキスされる。

「――ん」

唇を食みあい、舌同士をくっつける。潮も遠慮がちに舌を使いだし、厚みのある舌に自らの舌を這わせる。応えるように男も動く。女の舌を巻き返し、やや強めに吸ってくる。くらくらしてくる。

ユキジのキスはやさしくて力強い。用心深く口のなかを探りつつ、大胆な動きをしてくる。その大胆さにくらくらする。この男の性質がそのまま表れているかのようなキスだ。

やがて男の右手が腹をすべり下りて、カーゴパンツの紐《ひも》をほどきにかかる。ジッパーを静かに引き下げ、下着の上から秘部を撫《な》で上《あ》げる。

（はぁ）

薄布越しにふれられる感覚に、口のなかでため息をつく。

指先が秘芯《ひしん》のあたりをくすぐってくる。直接ではないだけに、かえって指の感触を意識する。軽く押されて、ぴくっと腰がゆれる。

「痛かったか、今」

案じるように問われて、

「ん……だいじょうぶ、です」

「痛くしてたら、ちゃんと言えよ、先生。我慢するなよ」

低い声が鼓膜を震動させて、その震えは胸にまで響く。彼が自分を気遣ってくれているのが、声からも動作からも分かる。

一番最初に交わったときのこの男の荒々しさを、潮はまだ忘れていない。忘れられない。あれから幾度も身体を重ねあい、だんだんとなじんではきたけれど、あのときに感じた恐怖心は、消えない痣《あざ》のように自分のなかに残っている。

おそらくユキジもそうだろう。女の心に消えない傷をつけたことを、忘れていないだろう。だから潮にふれるときは細心の注意を払い、わずかな反応も見逃さないよう接してくる。

彼の動作の一つ一つにいたわりを感じる。それが自分のこわばりを、少しずつ溶かしていく。下着がするりと落とされて、骨ばった手が隠しどころをまさぐってくる。花弁のひだに指がぬぷ……と沈む。

「んん」

喉を鳴らすような声が出た。自分自身が潤んでいることを自覚して、頰が熱くなる。

「痛くないか」

また訊かれて、小さく首を横に振る。少しためらい、つけ加える。

「きもちいい……です」

「よかった」

太くて骨ばった指がそろそろと、花弁をほぐすみたいに揉んでくる。そうされて、じんじんしてくる。快感と呼ぶには重苦しい熱のような感覚が、ぽわんと生まれる。ふれられている場所よりもずっと奥の、底の方に。そこは熱源だった。

自らが高まってくると深いところで熱源が目覚めて、至るところに飛び火する。身体のなかからじりじりと炙られるみたいで、せつなくなる。

男の指が花弁を丹念にさすする。あふれてくる潤みをそこに擦り込んで、指と指の間に挟んで、やんわりと撫ぜる。

「あ……ぁ」

熱源が拡散する。じんじんとした感覚が下肢全体に沁み込んで、お腹のなかがずきずきしてくる。

「指、入れていいか」

許可を求めるような問いかけに、こくりとうなずくと、中指の先が入り口にぴたりと当てられる。音もなくスムーズに潜り込んでくる。

「は」

ため息がこぼれる。疼きかけている下腹部に快い違和感が収まってくる。腰の位置をほんの少し、気づくか気づかれないか程度にずらして、指を侵入しやすいようにすると、

「ありがとな」

すぐに気づかれてしまう。嬉しいけれど、恥ずかしい。

つけ根まで難なく埋め込まれた指が、内壁をさすってくる。キスの仕方とよく似ていて、最初は慎重に、次第に大胆に。女のなかがどれくらいの状態になっているのか、たしかめようとするように。

そのやわらかな動き方に、緊張がほどけていく。受け入れつつもまだこわばっているお腹のなかが、少しずつリラックスしてくる。ちゅ、ちゅ、と額にキスを落とされる。まぶたにも鼻の先にも。そうして感じやすい箇所をとん、と押されて、はあ、と息を吸い込む。

「先生の場所、ここだろ」

どうだ、というふうに笑いかけられ、羞恥のあまり男の胸に顔をうずめる。すると首の

後ろに左腕がまわされて、ぎゅっと抱き返される。再び弱い部分を指先でこりこり掻かれる。

「あ――」

尿意に近い感覚がくっとせり上がってきて、指をきゅう……と締めつけてしまう。

「だめ、そこ……だめ」

「ちょっとだけ。な」

押さえ込むようにして潮を抱擁し、ユキジはその一点をこすってくる。分裂した熱源が熱を放って尿意がいよいよ強まる。

だけど、ここをどんなに刺激されても最後までは届かない。いつもそうなのだ。達する寸前の状態にまで押し上げられて、それでも弾けることはない。それはそれでつらかった。生殺しのような感覚が延々と続くから。

「ちょっとだけ」と言ったのに、ユキジはしつこくそこをまさぐり続ける。とんとんと押して、くすぐるように掻いて、軽く突く。堅い指先が粘膜にぐっとめり込むたび、ほとんど極まりかかっては波が引いていく。それが果てなく繰り返される。

「っ……ん」

厚い胸板に顔を押しつけて、声が出ないよう必死に耐える。無意識に手がシャツの内側にしのんでいって、素肌の背中にふれている。筋肉の隙間にある背骨に指をかけてしがみつく。

腕がまわりきらないほど幅広で大きい。この男の野性味を、そのまま表すかのような背中だ。男が顔を下げ、再びキスしてくる。舌で舌を撫でさすって、指でも秘部を撫でさする。上と下で、くちゅくちゅという音が重なる。はあ、と唾液の糸を引いて口を離すと、

「先生……舐めるぞ」

濃い黒目に欲情が浮かんでいた。足首を掴まれて、ぐっと大きく開かされる。あ、と思う間もなく脚の間に男の顔が入ってくる。

「や……それ、だめ」

女の訴えを無視して、男の舌が秘部の表面をちゅるっとすべる。途端、びくんと戦慄する。半分は怯えで、もう半分は快感で。

ここをこうされるのには未だに慣れていない。指や性器でふれられるのはまだ耐えられる。見られてないから。味も、匂いも知られないから。だけど顔をくっつけられると、全部あらわになってしまう。見られて、味わわれて、匂いを吸われる。

それは耐えがたいほど恥ずかしい。なのに、恥ずかしければ恥ずかしいほど昂ぶりもまた増してしまう。

「いや……や……っ」

濡れた舌で秘部を余すところなく舐められる。花弁のひだも、薄い茂みにもキスされて、後ろの窄《すぼ》まりまでが舌先でつつかれる。

「や、おねが……だめ……あぁ」

お尻をかぷりと噛まれて、ぶるっと腰がゆれる。そして秘核が舌先で掘り起こされる。

「ああ」

喜びとも諦めともつかない声が出る。そこはもう、とうにくっきりと浮き上がっていた。いつの間にか、ふれあっているうちに欲望が形となって頭をもたげていた。

充血した芯をついばまれて、思わず身じろぎする。痛みではなく、恐怖でもなく、純粋な快感のために。

「うう」

つんと上向いているそれに、熱い息がかかる。ぺろりと舐められ、ちゅっと吸われる。やわらかな唇に包まれて揉まれる。

「……ぅ……」

左右に割られた内ももが、軽くひきつる。秘部のなかに指が再び、ずにゅっと入り込んできて、内壁の、さっきたっぷりといじられた箇所をまたくすぐってくる。

「やぁ……あぁ」

秘芯をなぶられながら、お腹をこすられる。二箇所が同時に刺激されて、互いに競いあうかのように、びくんびくんと反応する。熱源がせめぎあう。

内部がきゅうっとうごめくと、小さな粒もぴくりと震える。意識が秘核に集中しかけると、下腹がずきんと疼いて引き戻される。愛されているのか、それともいたぶられているのか、だんだん分からなくなってくる。

「あ……ぁ……も……」

ふくらみきったクリトリスの限界が近づいてくる。下腹部もじくじくと熱をもち、あともうちょっとで何かがあふれ出てきてしまいそうだった。これ以上は持ちこたえられない。つらい。せつない。たまらない。

ちゅう……と、口に含まれた粒が吸われるのと同時に、張り詰めきった性感が水風船みたいにぱちんと弾ける。その音が脳裏ではっきり聞こえた。男の髪を掴みながら、大きく背をしならせる。

「はあ」

緊張していた下肢が、ぐんにゃりと弛緩《しかん》する。

「いったか、先生」

なぜなのか、ユキジはだいたいいつも確認してくる。

湿った声で「……はい」と答えると、嬉しそうな顔をする。褒められた男の子みたいで、ちょっぴりかわいらしい。ユキジの子どもの頃の面影が、少しだけ浮かんで見える気がする。

「ユキジさん……かわいい」

ぽそりとつぶやくと、途端、彼は眉間にしわを寄せる。

「三十男にかわいいってなんだよ」

照れくさそうな様子が、またかわいらしかった。

男は衣服を脱ぎはじめ、迫力のある裸身が無造作にさらけ出される。がっちりと身が詰まっていて、凹凸のある筋肉がしなやかな線を描いている。太い首に太い腕、太い脚。どこもかしこも太いけれど、お尻は意外と小さくて、きゅっと引き締まっている。

そして背面からももにかけて、ぎんぎらぎんの虎が彫り込まれ、牙を剝《む》いている。いつ見ても、何度見ても圧倒される。体格と相まって異様な雰囲気がある。

準備を済ませたユキジが、のそりとのしかかってきた。その動きもどこか動物めいていた。男の中心にあるものに視線をやり、息を吞む。あまりにも大きく、猛々《たけだけ》しくて、怖くなってしまう。

そんな潮の表情を読むかのように、

「ゆっくり入れるからよ」

「……はい」

その言葉どおり、ユキジはゆっくりと入ってくる。脚の間に頑丈な胴がはまり込み、腰と腰が接着する。ずにゅ……という鈍い響きと共に自分が埋められていく。

「ぅ」と喉をのけ反らせると、「きついか?」と問われる。

正直に言うと、きつかった。果てたばかりで、だいぶ力が抜けたはずなのに、それでも迎え入れるときはやっぱり、どうしても緊張する。

くびれが潜り込んできて、ところどころで引っかかるつど、わずかにぴりっとした痛みが走る。引き裂かれる感覚を身体が思い出す。

「だ、いじょ……ぶ」

かすれ声で答える。全部入ったら楽になる。つらいのは入れられたてのときだけで、男自身が根もとまで収まりきってしまったら、むしろ楽になる。何度もしていくうちにそれが分かってきた。だから早くきて、と目で訴える。

「続けていいか」

「ん」

うなずくと、熱い昂ぶりが進んでくる。潮の反応を窺いながら、気遣いながらも男の動きにためらいはなかった。どの程度までなら女が耐えられるのかを探りつつ、たしかめつつ自らを沈めてくる。

きつくされても大丈夫。その動き方に安心を感じる。

たぶん、とやわらかなものがお尻に当たって、ユキジがはあ、と顔の上でため息をつく。この人なら。この人だから。ユキジに身を任せるたびに、回数を重ねるたびに、そんな思いが深まってくる。

「先生……入ったぞ」

全部入った。彼のすべてが自分のなかに落ち着いた。

男のぐりっとした喉ぼとけを汗がひと筋、つたい落ちる。肩から胸の中ほどにまで広がっている刺青が、潤って光っている。極彩色の模様がきらきら輝いて美しい。

「きつくないか、先生」

もう一度問われて、胸がじんわりとあたたかくなる。心も。

男の頬の両側に手を添えて、引き寄せて、キスをする。自分から舌を入れにいく。ユキジのなかに入りたかった。入って一つになりたかった。

女の舌を男の舌が受けとめて、抱き返す。キスをしながら結合が深まる。口のなかで息が混ざりあう。粘膜と粘膜がぴったりくっつき、吸いつきあう。上も下も。

欲望が自分をいっぱいに充たしてゆく。薄い被膜を介して男自身が放出する熱を感じる。じょじょに熱く硬くなっていき、生きものみたいに刻一刻と変化する。一分の隙間もないほど吸着しあう。苦しいけれど心地いい。きつさすらも甘美に感じられてくる。

（ん……ぅん）

こくりと喉を鳴らして唾液を飲む。水のように透明で、どことなく甘い。舌の感覚まで鋭敏になっていくようだった。

そうして男が律動をはじめる。ゆるやかに急がず、逸《はや》らず。舌で口のなかを這いまわるのに似た動きで、潮のなかを這いまわってくる。

（は……っ……あぁ）

やるせない情感が生まれる。快と不快が拮抗《きっこう》する独特の感覚が、じわじわと拡がっていく。自分の隅々が熱いものでこすられる。こすられた箇所の熱源が目覚めて、分裂する。皮膚の内側も外側もしっとりと湿ってくる。

汗に濡れた胸と胸が摩擦しあい、突端がまた凝ってくる。接合部のすぐ上にある秘芯が、男の硬い毛にこすれて反応する。今しがた極まったばかりだというのに恥ずかしい。それでも身体はどこまでも正直に、男の動作に応じてしまう。

ずずっ……と重低音が下腹部から聞こえる。ユキジがもう少しだけ、奥へくる。骨盤を両手で摑まれ引き寄せられて、太ももの上にお尻が乗り上がる体勢になる。芯熱が内臓の壁にめり込み、キスをしながら息を呑む。

「平気か」

あたたかい息が唇にかかり、艶なまなざしで見つめられる。汗で額に貼りつく髪の毛が、筋張った指で撫でられる。その手つきのやさしさに、涙ぐみそうになる。

お腹のなかにある性器は今にも爆《は》ぜそうなほど苦しげなのに、彼の目も手も、声もやさしい。それが嬉しかった。涙が出そうに嬉しかった。

喉ぼとけに唇をつけて「……好き」と告げる。

「ユキジさん好き、好き、大好き」

思ったことをそのまますぐに口にする子どものように言うと、

「俺も先生が大好きだ」

彼はさらにストレートに言ってくる。顔を見あわせて微笑みあい、抱きあう。男の重さを全身で受けとめて汗の匂いを吸う。さわやかな、いい匂い。

動作が率直に、大胆になっていく。男の愛撫にあられもない声を上げてしまい、それがさらに男に火をつける。互いの欲望が互いを挑発する。楽しみながら、与えあい、苦しめあう。

脚と脚が交錯して、いつの間にか身体が横を向いていた。片方の脚が持ち上げられて、男の太ももが割り入ってくる。へその真下に先端が当てられる。

「ああ――」

喜びと恐怖の入り混じった叫びが、男の口で封じられる。分厚い舌に組み敷かれながら、はち切れんばかりに漲《みなぎ》った性器でこすり立てられる。ひりつくような快感が擦り込まれる。そこは熱源の中心部だ。

本能的な勘のように、この男は自分の急所をぴたり、ぴたりと探り当ててくる。そうやって、いくつもの熱源の在《あ》り処《か》を見つけられてしまった。自分自身でも知らなかった自分の感じやすい部分を、ユキジによって知らされた。

その熱源に焦点を定めて、男は自身をこすりつける。動きの切迫さから、つらさの度合いが伝わってくる。

芯熱がずしんと重たくなった。これ以上ないくらいにぱんぱんになってきて、今にも被膜を破ってしまいそうだった。舌もじんじんとして熱い。

その熱をふんわりと包み込む。男の苦しみを受け入れて、自分自身で抱擁する。そっとまぶたを開けると、ユキジは眉を寄せて固く目を閉じている。そのひたむきな表情に胸を灼かれる。

楽にしてあげたい。もう楽にしてあげたい。つらいことも苦しいことも手放して、安らかな気持ちになってほしい。

熱源の一番やわらかいところに先端がめり込んで、男の動きが一瞬止まる。次の瞬間、あふれてくる。あたたかな恍惚があふれ出し、それは波紋のような輪になって全身に拡がっていく。骨にまで響くような感動を分かちあう。

「気持ち……よかったですか……」

ユキジに倣って、呼吸も静まらないままに、ちくちくする髪を撫でて耳もとでささやきかける。

「ああ」

こもった声が頬をくすぐる。

「すげえ……気持ちよかった。先生は？」

「私も……よかったです」

「そっか」

ふんわりと抱きしめられる。すると、お腹のなかの彼自身がぴくっと震えて、くすぐったい。微笑むと、ユキジも照れくさそうに笑っている。

束《つか》の間《ま》、眠ってしまったようだった。なにやらうるさい叫び声が耳もとでして、目が覚めた。

『大事な女がさらわれたら、助けにいくのは男の仕事だろうがよ！』

どこかで聞いたことがあるような、ないような……とぼんやりと考えて、はっとする。

隣でユキジが腹ばいになって、携帯端末で例のドラマを観ている。

「ちょっ……なに観てるんですか」

「いや、最後の方だけでもちょっと」

「録画したって言ってたじゃないですか」

「ああ、ＤＲモードでな」

小さな画面の中では、クルーカットの翔が敵対組織の男たち相手に大立ち回りを繰り広げている。『反社会的勢力的ラブストーリー』のクライマックスだ。

「やだ……プロの人に観られるの……なんかいたたまれない」

「プロって言うなよ」

枕に顔をうずめる潮の頭を、ユキジはくしゃっと撫でる。

画面に目を落とすその横顔をちらと見ると、どことなく、にやにやしているような。ひょっとしてこの主人公、俺？　とでも思っているのだろうか。

（まあ……当たらずとも遠からず、というところだけど……）

　エンドクレジットが流れ終わると、連続ドラマ版の予告編が続いた。

「明日の……いやもう今日だけど、夜十時からだっけ？　はじまるの」

　ユキジの言葉に潮はうなずく。ちなみに初回は十五分の拡大放送です、と。すると、よかったら一緒に観ないか、と言われる。

「俺んちで。そうだな、ピザでも出前でとって食いながらっての、どうだ」

「あ、いいですね！」

　がばっ、と枕から顔を上げてその提案に飛びつく。自分ひとりでこの部屋で初回を観るのには不安があった。ＳＮＳ上でリアルタイムでフルボッコされたらどうしよう……と。ユキジが一緒に観てくれるとしたら、こんなに心強いことはない。

「そうしましょう。そうしましょう。うわあ、楽しみだなあ。ピザ食べるの私、久しぶりです」

　俺もだ、と答えてから、少し間を置いてユキジはつけ加える。ぶっきらぼうに、ぼそりと。

「そしたら最後の一切れは先生に譲ってやるよ」

「はい？」

　潮は目をぱちくりする。少しして、じわじわと顔が赤らんでくる。見るとユキジも耳の縁をうっすらと染めている。自分のデビュー作の中の、ある一節が頭のなかに浮かんできた。

『愛とは、皿に残ったピザの最後の一切れを譲ること』

文庫書き下ろしⅠ

# はじめてのHのやり直しは甘くて

一

小山田潮は追い詰められていた。

年内じゅうに提出しなければならない二時間ドラマのシナリオ、『反社会的勢力的ラブストーリー（仮）』の〆切が迫りつつあった。中盤まではスムーズに進んでいたストーリーが、クライマックスの辺りでもたつきだし、ここにきて筆が進まなくなった。

（焦るな私、テンパるな私。だ、だだ、大丈夫。あと三日あるんだから……）

デスクの卓上カレンダーに目をやると、「31」という数字の下に赤マジックで〝提出日〟と書かれてある。そう、三日後の十二月三十一日までに初稿を石持氏に送らなければ。脚本家、小山田ウシオの一年半ぶりの新作だ。オワコン返上とか、自分をさんざんディスっているSNS民をぎゃふんを言わせたいとか、そんな気持ちは脇に置いて全力を尽くそう。

数時間後――。

（ああ～っ、もう肩ばきばき、首ごきごき、背中ごりごり。ちょっと休憩！　リフレッシュしてこよう）

きりのいいところで上書き保存してPCの電源を落とすと、エコバッグにランニングウェアを詰め込んで部屋をでる。スポーツクラブ、アクアティックの門柱には、数日前まであったクリスマスツリーに代わって門松が飾られていた。もう年の瀬なのだった。

時刻は夜の一時をまわったところ。マシンジムフロアは今夜も閑散としている。

すっすっはーはー、すっすっはーはー。

いつものランニングマシンで走りながら、クライマックスの展開をどうしようか……と思案していると、

（あ）

筋トレスペースに黒のタートルネックの男がいるのを、ウォールミラー越しに発見する。

（ユキジさん……いたんだ）

ショルダープレスをしているユキジと目があう。向こうはどこかぎくしゃくとした表情で軽く頭を下げると、潮から目をそらして筋トレを続ける。そっけない。

（いや、べつに手を振ってほしいとかじゃあないんだけど……）

この数週間、ユキジはどうもそっけなかった。

ちょうど先月の今頃、潮は半グレ集団に拉致されて、ユキジ（とその部下スズキ）に救出された。それをきっかけで自分たちはその……要するに恋人同士になったのだ、と潮は解釈していた。

いろいろあったけど、改めてよろしくお願いします、という気持ちに。なのに、ユキジはちっとも距離を詰めてこないのだ。

メールも電話もこなければ、どこかで会うこともない。たまたまこのジムで出くわしたら、帰りは送ってくれるけれど、指一本ふれようとはしてこない。むろんキスもしていない。そして態度がぎこちない。

（ユキジさん、まだ私に対して気になることでもあるのかなあ……）

鮫肌ユキジと知り合って約三ヶ月。潮はだんだん彼のことが分かってきた。一見するとコワモテだけど、その実繊細なところがあること。脳筋だけど地頭はいいこと。無骨さとやさしさを兼ね備えていること。案外、面倒くさい男であること。そして怒ると怖いこと。

そう、ユキジは怖かった。

半グレの男たち相手に容赦ない暴力をふるっていたし、なによりも彼の凶暴さは潮自身が身をもって知った。無理やり抱かれた——いや、犯された。あのときの恐怖と痛みはけっして忘れられない。

だけど、ユキジは命懸けで助けにきてくれた。自分に銃を向けられても潮を逃がそうとして、身を挺して庇ってくれた。守ってくれた。

だから許す、というわけではないけれど（そもそも助けられたから許す、というのはちがうと思う）、自分はやっぱりユキジのことが好きなんだと分かった。

ユキジはたしかに自分にひどいことをした。心底反省したみたいで、ちゃんと謝ってくれたけど、それでもやっぱり許せない。だけど、そのうえで自分はユキジが好きだ。

（そういうことをちゃんと話した方がいいよねえ……やっぱり）

そんなことを考えながらクールダウンに入り、鏡越しに筋トレスペースをちらと見ると、彼の姿はもうなかった。

女子更衣室をでると、自販機の近くでユキジが待っていた。白シャツに黒のスラックス、防寒ブルゾンを腕にかけている。

「あ……どうも」

「お、おう」

「お仕事帰りですか」

「あ、ああ。先生はどうだ。その、シナリオの方」

「う〜ん、まあまあです」

煮詰まっていると明かすのもなんなので、無難に答える。

「まあ、あとちょっとなので。がんばります」

「大変だな」

「そちらこそ。年末年始って忙しいんじゃないですか」

「あ、ああ。まあな」

沈黙が生まれる。ユキジのぎこちなさが自分にも感染し、互いに黙って夜道を歩く。ユキジは車道側、潮は歩道側を。

以前のユキジはこういうとき、いろいろ話しかけてくれた。それほど多弁な性格ではないだろうに、潮のドラマを中心に一所懸命、話題を探してくれた。それが嬉しく、ありがたかった。心がぽかぽかした。

なのに、今のユキジは自分といるのが気まずそうだ。硬質な風貌に困惑の色が浮かんでいて、潮に遠慮しているような、あるいは持て余しているような気配がある。二十センチほど距離をとり、互いの服すら接触しないよう気をつけているようでもある。

マンションに到着する。

「じゃあな、先生」

「あ、はい」

潮はエントランスに向かいかけて、立ちどまる。自分より頭ふたつ分高いユキジを見上げる。

「あ、あの、ユキジさん……」

私たち、いったいどういう関係なんですか？　付き合っているんでしょうか、いないんでしょうか？　なんで私のことを微妙に避けてるっぽいんですか？　なんで若干困った顔をしてるんですか？

思いきって、そう口にしようとするものの、

「あ、あの、ええ……っと」

思考がうまく言語化できず、顔からぶわっと汗がふきでる

「顔、赤いぞ先生。風邪ひかないように早く家に入れよ」

「そうですね……おやすみなさい」

自室に戻ると、小山田潮は深いため息をつく。消耗した。ランニング以上に今のはカロリーを消費した。気分転換をしに走りにいったのに、いっそうもやもやしてどうするのだと自分に言いたい。

『小山田さ～ん、ほんっと～～～にお疲れさまでした‼』

電話越しに石持氏の太く、やや甲高い声が徹夜明けの鼓膜を刺す。

『バッチグーです。バッチグー。最高オブ最高。ま、ちょこちょこ直していただくとこが発生するかもしれませんが、基本的にはオッケーなんで！　お正月明けにまた連絡します

ね』

それではよいお年を！　と告げる石持氏の背後から〈AMAホノルル行き百三十便の機内へのご案内は、十五時三十分の予定です〉というアナウンスが聞こえてくる。さすが業界人。年末年始はハワイで過ごすものとみえる。

「どうぞよろしくお願いします。よいお年を」

携帯電話を手にしたままお辞儀をして通話を終えると、

「終わったぁ〜〜〜‼」

この瞬間を待っていた。キッチンの冷蔵庫から、きんきんに冷やしてあったロングの缶ビールを出してぷしゅりと開ける。ごきゅごきゅごきゅと一気に呑み、ぷはあ、とため息。

「ああ〜、最高オブ最高〜」

シナリオ提出後のビール以上においしいビールはない。あっという間に呑み干すと、酔わないうちにシャワーを浴びる。この二日間、お風呂に入っていなかったのだ。入浴後、さっぱりとした気分で二本目のビールを空にする。

睡眠不足に加えて疲れているので、急速に酔いがまわってくる。だけど〆切明けの常として気分が高揚していた。何かしたい。誰かと話したい。仕事をきちんと終えたことを褒めてほしい。その流れで、こんなことを思いつく。

「そうだ！　ユキジさんに電話しよっと」

この前は言いたいことをちゃんと言えなかった。それがずっと胸のなかに、もやもやして残っていた。ユキジに電話をかけるものの、あいにく留守電だ。では、とメッセージを吹き込む。

「ユキジさん、シナリオ終わりました！　さっき石持さんに送信しました！　バッチグーって言われました！　ところで私たちってどういう関係なんですか？　付き合ってるんですか？　いないんですか？　あと、どうして最近のユキジさん、私を避けてるっぽいんですか？　もろもろ説明してほしいのですが」

ひと息に吹き込むと電話を切り、ふあぁ〜、と大きなあくびをする。

「……寝よう」

仕事部屋兼寝室のベッドに倒れ込むなり、意識のスイッチが消える。

ピンポーン、ピンポーン。

インターフォンの音で、潮はむっくり起き上がる。室内は真っ暗だ。何時間くらい眠っていたのだろう。まだ少し寝足りないのだが。

（宅配便かなあ……。あ、ふるさと納税の返礼品がきたのかも）

まだ半分覚醒しない状態で、リビングの壁に設置してある応答スイッチを押し、「はい」

と応じると、

『先生、俺だ』

低く野太い声で、一気に目が覚める。

（え、え、え……ユキジ……さん？）

まさかのユキジである。なんだっていきなり家にきたのだろう。これまで一度もそんな、〝きちゃった〟的なことをしたことなんて、なかったのに。

『よかった。家んなかにいたんだな。携帯にでねえから、また何かあったかと思ったぜ』

床に放ってあった携帯電話を手にとると、ユキジから何件も着信が入っていた。

（あ――そうだった。私、たしかユキジさんに……）

そう、電話をかけたのだった。徹夜&〆切明けの妙なテンション、プラス酒で、ユキジに絡むような電話をかけてしまっていた。思いだした。一言一句思いだした。

（ば、ばかばか、私のばかっ……来年こそは禁酒……しよう）

「す、すみませんでした。ご迷惑をおかけしました」

消え入りそうな声で謝ると、ユキジは部屋におじゃましてもいいか、と言う。

『先生に、その、話があるんだ』

どくん、と心臓が鳴った。

『ちょっとでいい。長居はしねえから』

「は、はい。どうぞ。いえ、ちょっと待っててください！」

五分だけ待ってもらい、その間に寝巻き代わりのスウェットから、もう少しましな部屋着に着替える。髪にブラシをあてて、メイクする時間はないのでビューラーでまつ毛だけ、くりんとさせる。

がさついた紙バッグを手にしたユキジは、スーツにネクタイという、やや改まった装いだった。なんでもユキジの〝オヤジ〟による年末恒例、年またぎカラオケ大会から、やっとのことで抜けでてきたのだそう。

「それはどうも……お疲れさまです。でも、勝手にでてきて大丈夫ですか」

リビングルームのテーブル越しに正座しているユキジに、とりあえずコーヒーをだす。

「大丈夫じゃねえが、大丈夫だ」

ユキジはコーヒーをずずっとすする。難しそうな顔つきで湯気の立つマグカップをじっと見つめ、部屋に入ってから潮の顔を見ようとしない。沈黙に耐えかねてテレビをつけると、にぎやかな年末の特番が流れている。

「今年も終わりですねえ」

なんとはなしに、つぶやく。いろいろあった一年だった。絶賛スランプ中に新作ドラマの仕事が舞い降りて、それが縁で〝タートルネックさん〟ことユキジと深く知りあった。よくも悪くも彼のおかげでヤクザなるものを理解できた。そして、無事に脚本も完成した。

この一年で自分の身に起きた最も大きなできごとは、間違いなくユキジと出会ったことだった。

そんなことを思っていると、

「これ、先生に」

ようやくユキジが口を開き、テーブルの上に持参してきた紙バッグを置く。やや大きめで、ぱっと見は引き出物袋みたいだ。

？　という顔をする潮に、ユキジは表情で開封を促す。バッグのなかには紙製の箱があった。さらに箱を開けると、直径三十センチくらいのホール状の台湾カステラが現れた。黄金色につやつやと光り輝いて、表面には雪のように粉砂糖がまぶされてある。

「これ……」

絶句する潮に、

「先生、たしかプレーンが好きだって言ってたよな」

ユキジは続いて缶ビールの六本パックを卓上にどん、と置く。これもまた潮の好きな銘柄だ。

「先生、ほんとうにお疲れさま。つまんねえもんだけど、どうぞ」

(このビール、公園のブランコで私が呑んでたやつ……)

思いだす。ユキジと知りあってまだ間もない頃。彼に取材して、それを反映させて提出したプロットがダメだしをくらい、やけ酒をきめていたときに呑んでたビールだ。そこへ偶然ユキジがやってきて、励ましてくれた。

『おもしれえ』

『先生、すげえよ』

何度も何度もそう言ってくれて、嬉しかった。ユキジのあの言葉が、どれだけ救いになったことか。あのときの感謝と感動は今も自分のなかにある。

「ありがとうございます」

かすかに潤みを帯びた声で礼を言うと、

「先生」

ユキジは緊張した面持ちで潮をまっすぐ見つめる。姿勢を正し、義理ごとの場に臨むかのようにうやうやしい態度で、

「俺は先生のこと、すごく大事に思ってる。付き合ってほしいと思ってる」

告白にしては深刻にすぎる口調で、言う。

「ここんとこ先生を避けていたのは……先生がシナリオを書くのを邪魔しちゃいけねえと思ってて。それはファンとして、絶対やっちゃいけねえことだから」

話しながらユキジの頬はみるみる赤らんでくる。首すじも、耳まで。

「俺は先生が好きだし、先生が書くドラマも好きだから。そのどっちも大事にしなきゃなんで……」

そこでふう、とため息をつき、冷めたコーヒーをごくごくと飲む。

「もうひとつ、先生に言わなきゃなんねえことがある」

ユキジはテーブルから離れると、カーペットに両手をついて、その間に額もつける。潮に向かって深々と土下座する。

「先生——ごめん」

(え、ええっ⁉　ユキジさんっ、いきなりなにをっ)

床に額《ぬか》ずいたままユキジは潮に言う。

「あのときのことは本当に……本当にすまなかった。俺が悪かった。先生にひどいことした。もし、先生があいうのはもう絶対にしたくねえなら、それでいい。そうされても仕方ないくらいひでえことをしちまったし、先生が俺のこと嫌いになっても——」

「嫌ってません！」

ユキジの独白をカットインして潮は叫ぶ。

「私、ユキジさんのこと嫌ってなんかいません」

ユキジは、はっとしたように頭を上げる。顔はもう真っ赤で、汗の粒まで浮いている。自分もだった。ユキジの謝罪を聞きながら心臓がどくどく跳ねて、体温が上昇した。

「ユキジさん、私の気持ちを決めつけないでください。た……たしかにあのときは無理やりされて……すごく傷ついたし、つらかったけど……私はユキジさんが好きです。嫌いになんて、なれない」

言いながら目に涙がにじんでくる。

「私もユキジさんと付き合いたいです。ユキジさんとあいうことをちゃんと……もう一度、その、最初から……し直したいと思ってるんです」

うう、恥ずかしい。

だけど、ユキジがちゃんと言ってくれたのだから、自分もちゃんと言わなくちゃ。

あなたともう一度、愛しあいたいです。お互いにやさしくしあうセックスを一からし直したいのです――と。

「先生」

太い親指で目尻の涙を拭われる。その手つきのやさしさに、なんとなくむくれた顔をしてしまう。すると、もう一回「先生」と呼ばれ、かさついた唇が唇に当てられる。

コーヒーと涙の味が流れ込む。こうするのはいつぶりだろう。そうだ、無理やり抱かれたとき以来だ。あのときのユキジのキスは荒々しかった。暴力のようなキスで痛みすら感じた。今、彼はおずおずと潮の口のなかに入ってくる。そのおずおず具合が好ましい。

「ん」

肉厚の舌に自分の舌が包み込まれて、きゅっと吸われる。

この感覚がなつかしい。舌と舌を絢いあわせ、互いにどこか遠慮がちに愛撫しあう。相手の反応を探るように、用心深く細心に。やがて食みあう角度は深くなり、口内から濡れた音がしてくる。

ちゅく……くちゅ……。

「ん――っ、ん」

こくん、と喉を鳴らして唾液を呑む。男の弾力のある舌が口のすみずみまで舐めてくる。やわらかな頬の内側も上あごも。舌先で歯列をつつーっとなぞられて、猛烈に恥ずかしくなる。

(や……そんなとこ……まで)

舌がいったん離れ、はあ、と熱い吐息が濡れた唇にかかる。そしてまたキス。

「んん」

舐めて吸って、舐めて。それを延々繰り返すうち、頭がくらくらしてきた。互いに身体をぎゅうと押しつけあい、相手の背に手をかけている。

と、そこでユキジの動きが静止する。口のなかで、はっと息を呑むのが分かった。

「せっ、先生……三分、いや、一分！　悪ぃが一分だけ待っててくれねえかっ」

「え」

ユキジはすっくと立ちあがると、携帯電話を引《ひ》っ摑《つか》み玄関へと向かう。

「すぐ戻る！」

そう言うと、慌ただしく靴を履いて部屋をでていく。

（で、電話……かな）

しばし茫然とする潮だが、遅れて自分もまた、はっとする。

（そっ、そうだ。今のうちに下着を替えよう！）

今、自分が穿《は》いているのは、非常に色気のないギンガムチェックの下着だった。しかも上はスポーツブラ。さらに、自分はいわゆる勝負下着というものを持っていない。

（い……一着くらい買っておけばよかった～っ）

ユキジが戻ってくる前に、せめてもう少しましなものに穿き替えたい。寝室へダッシュして、衣類を収納しているケースの下着ボックスを漁るものの、どれもこれも色気がない。かつフリルやレース付きは皆無だ。さすがこの年まで実年齢と恋愛未経験歴が同年であるだけはある。

（そ、そういえばユキジさん、黒のインナーパンツは〝かわいい〟って言ってたっけ！）

初めて肌をふれあわせたとき、自分のとおそろいみたいだと、たしかにユキジは喜んでいた。その黒パンに穿き替えようとしたところで、

「待たせたなっ、先生！」

玄関ドアが勢いよく開き、ユキジが帰ってきた。ちょうど六十秒経っていた。

「お、おかえりなさいっ」

床に散らばっている地味パンを慌てて拾って収納ケースに放り込み、寝室をでるとユキジとぶつかる。走ってきたのか肩が軽く上下している。右手に携帯電話、左手に煙草の箱を持っていた。

「煙草……買ってきたんですか」

「あ、いや、その」

ユキジはくっきりとした眉をひそめ、恥じらいにも似た表情を浮かべる。

「煙草、じゃなくて……これを」

左手を、すっと潮の前にだす。分厚い手のひらには煙草サイズのコンドームが。一番近くのコンビニまで全力疾走したとのこと。

「俺、普段こういうの持ち歩いてねえから……途中で出てってすまん、先生。先生のドラマに出てくる男たちみたいに……俺、全然ロマンチックにできてねえ」

たどたどしい口調で弁明するユキジを見るうち、自分の頬もじんわり赤くなってくる。

私もユキジさんがいないうちに、ましな下着に穿き替えようとしてたんです。私だって自分のドラマにでてくるヒロインたちみたいに、ロマンチックにできてませんよ。

そんなことを胸のうちでつぶやいて、

「ふふふ」

赤面したまま、顔がほころんでくる。

「ユキジさんのそういうところが好きです」

あんな情熱的なキスをするくせに、コンドームを持ち歩かないユキジがかわいい。律儀に買いにいくところも。きっちり一分ジャストで戻ってくるところも。こんなにかわいい男性、他にいない。

「ユキジさん、大好き」

太い首に腕をまわして自分から抱きしめにいく。ユキジは照れくさそうに微笑んで——

その含羞混じりの微笑がまたかわいらしくて——潮をぎゅう、と抱きしめ返す。そのまま寝室へ移動する。

ちゅ、ちゅ、ちゅ……と顔じゅうにキスされる。頬にもまぶたにも鼻先にも。男の唇は首すじから肩へ移動して、ゆったりめのニットの背中のファスナーを下げられる。向きあう潮を抱え込むようにして肩甲骨にもキスをする。ぶるっと震えると、

「あ、嫌か」

ユキジがおじける気配をみせる。

「い、いえ。く、くすぐったくって」

「嫌だったら言ってくれな、先生」

耳もとでささやかれる。野太い声に気遣う色がある。

「俺、先生の嫌がることはもう絶対……絶対にしねえから」

「——はい」

胸がとくんと鳴る。ニットをすっぽり脱がされてスポーツブラの姿をさらすと、ユキジはごくりと喉を鳴らす。じぃっと見られて照れてくる。

「かわいい。先生、かわいい」

そう言われるとますます照れる。

「ゆ、ユキジさんも脱いでください。私ばっかり、ずるい」

「お、おう。すまねえ」

わたわたとユキジも背広のジャケットを脱ぎ落とす。ネクタイをむしり取り、シャツも剝ぎとると、極彩色の肌があらわになる。潮も思わずごくりと唾を吞む。

(う……相変わらず迫力がある……)

なめした皮のようにしなやかな皮膚は筋肉で盛り上がり、首も肩も腕も太い。大胸筋も発達している。

「ユキジさん……私よりも胸、立派ですよね」

ぽつりとつぶやくと、

「そ、そんなことねえ！　先生の方がいい胸だ！　やわらけえし」

ユキジは必死にフォローしてくれる。その必死さにきゅんときて、彼の顔を抱き寄せる。するとブラをたくし上げられ、裸の胸にキスされる。

「――っ」

尖りが含まれる。ちゅう、と吸われて軽い戦慄が走る。胸の先を吸われると、じんじんする。気持ちがいいというよりも疼きに近い。でも、嫌じゃない。恥ずかしいけど嫌ではない。こんなこと自分では絶対にできないから。

男の舌で転がされ、舐められ、吸われるうちに、こりっとしてくる。歯で軽くしごかれて、

「っ、ん」

反射的に、抱え込んでいる両腕に力が入る。それを催促と受けとめたのか、ユキジは胸への愛撫をさらに続ける。

ふくらみ全体に舌をすべらせて、やわらかな皮膚に音を立てて吸いつく。口のなかにすっぽり収めて、やんわりと歯を立てる。

「はぁ」

尖った歯が肉に食い込んで、ぞくぞくする。このぞくぞくとした感じをたぶん、自分は楽しんでいる気がする。引き寄せている男の短髪に顔をうずめる。針みたいに硬い髪質だ。

ちゅ、と髪の毛にキスをすると、胸もとからユキジが顔を上げる。どこか酔ったような表情に男の色気があった。その顔にキスを落とす。

唾液に濡れた胸に、たくましい胸があたる。厚い筋肉越しにユキジの心臓の躍動が伝わってくる。どくどく、どくどくと忙《せわ》しない。きっと自分もそうだろう。

胸の内側からどくんどくん、と叩かれているようだ。心臓はいま全身の血管に、すごい

勢いで血を送り込んでいるのだろう。身体全体で生きているのを感じる。全身の神経が研ぎ澄まされてこの行為に集中している。

互いの舌を絡ませあいながら、身体をまさぐりあう。ユキジの手のひらは、しっとりと汗ばんでいる。背骨に沿って背中を撫でられると、うっとりする。眠けを誘われるくらい、いい気持ちになってくる。

どきどきしているのに、どこか気分はなだらかだ。胸を押しつけあっていると、胸先がこすれる。口のなかでユキジが小さく息をつく。彼の尖りも敏感になっていた。薄目を開けて表情をうかがうと、眉間にせつなげなしわが浮かんでいる。

「ユキジさん、かわいい」

心の声を洩らしてしまうと、ユキジはなんとも言いようのない顔をする。照れくささと、恥ずかしさと気まずさがシャッフルしているかのような。

「かわいいなんて……生きてて初めて言われたぜ」

その素直な反応が、またかわいいと思った。もしかして自分はユキジのこういうところに（も）惹かれたのかもしれない。小山田ウシオの大ファンだからというだけじゃなく、彼の心の素直さ、まっすぐさに。

「私も、男の人をかわいいなんて感じたの、初めてです」

「そっか」

ユキジはどこか嬉しげに笑い、そろりと自分を押し倒す。胸の谷間にキスして、そのまま、すーっと頭を下げていく。みぞおちから、へその方へ。

（あ）

察知する。これはあれだ。いわゆる〝クン……〟的なことをしようとしているのだ。どうしよう。さすがにそれはまだちょっと心の用意ができてない。で、でも、でも……興味がない、わけではない。

（しゃ、シャワーを浴びておいてよかった……じゃなくって！　見られるのはやっぱり……やっぱりだめっ）

などと潮が葛藤している間にルームパンツをずり下げられてしまう。ユキジは下着をじっと眺め、「かわいい」とつぶやく。

「このパンツ……あんとき先生が穿いてたやつだろ。つうか、憶えてる俺が気持ち悪ぃ」

「……あんとき？」

首をかしげる潮に「ほら、先生が、その、痴漢に遭ったとき」とユキジは言う。

「あ——」

たしかあれは月のきれいな晩だった。ジムの帰りに痴漢に襲われて、あわやというところでユキジが助けてくれたのだ。あらわになった彼の背の刺青が月光に照らされ、色とりどりに輝く模様がとてもきれいだった。

でもまさか、あのとき自分が穿いていた下着の柄まで憶えているなんて。

(ゆ……ユキジさん、ちょっともう……)

かーっと、もう何度目かの赤面がぶり返し、目まで潤んできた。

「先生のそういう顔、かわいい」

もうたまらん、というふうにユキジが口にかぶりつき、脚の狭間に手を伸ばしてくる。布地の上からそうっと秘所にふれる。指の腹で中心部を撫でられ、淡い快感が生まれる。

「っ、ん」

舌で口内を愛撫され、指でも秘部を愛撫される。薄い布越しに無骨な指が丁寧に、小さな粒があるあたりを揉みほぐす。

「っふ」

意外なくらい微細な動きに、反応してしまう。厚い舌が自分の舌にぐるりと巻きつき、適度な強さで吸ってくる。それと同時に指が秘芯をやわやわ、こする。たちまち、ぷっくりとふくらんでくるのが分かった。指の感触がリアルになってきたから。

不意に唇が離されて、

「痛くねえか、先生」

ユキジが問いかける。野太くてやさしい声。潮は小さくうなずくと、男の手をとり下着の内側へ招く。

「さわって……ください」

今日はまだ〝クン……〟的な行為まで進む勇気はない（いずれするとしても）。でも、この手で直接ふれられたい。自分の一番秘すべき部分を、この人の手でさわられたい。自分なりの精いっぱいの誘惑だった。

厚い手のひらが、どこか遠慮がちに侵入してきて秘部を包み込む。はあ、と感じ入ったように彼が息を吐く。節くれた指があわいにぐにゅりと差し込まれ、関節のごつごつとした感触に、ぞくりとする。

すでにそこは潤んでいた。少し動かされるや、やるせない情感が芽生える。快さのなかにもぞわぞわとした感じがあって、だけどけっして嫌いじゃない。きっとまだ覚えたてだから、なのだろう。もっとこの感じを知りたい。そんなことを思っている自分に気がつく。

気遣うような指づかいで愛撫されるうち、だんだんそこがくつろいでくる。ぬちゅぬちゅと濡れた音が響いてきた。

いつしか粒は熱をもち、くっきりと浮き上がる。潤みをまとった指先でいじられて、

「ん――っ」

足のつま先をきゅっと丸めると、

「いまの先生……かわいい。目をぎゅっとつむって、すげえ……かわいい」

ユキジの目もとが酔ったように赤くなっている。なんらかのスイッチが入ってしまったみたいな目。太ももに熱い昂ぶりがあたっていた。形状までくっきりと推し量れる状態になっている。

ちゅ、ちゅ、と首すじに吸いついて手を動かし続ける。指の腹で花びらをなぞり、指先をちょっとだけ挿し込んでくる。浅瀬の部分をくすぐられて腰がゆれる。

「うっ、んん」

そこは敏感な部分だった。入りたての指先をきゅう、とお腹がひとりでに締めつける。その状態で秘核を揉まれて、くっと息を呑む。潤みをたっぷりすりつけられ、堅い指でこすられる。性感が凝縮してくる。

「あぁ……は、ぁ」

頬と頬を寄せあい、目を開けるとすぐ間近に彼の顔がある。力強いまなざしが艶に染まってなまめかしい。快感にあえぐ女の顔を、取りこぼさずよく見ておこうというかのように、じっと見つめてくる。

恥ずかしいことこのうえない。なのに目をそらせない。

内側に入ってきた指が、内壁をこりこりと掻く。じ～んと痺れるような感覚がして、指をさらに締めてしまう。すると応じるようにまたそこを掻かれる。泣きたくなる。

お腹のなかがほぐされて、気持ちのよさと苦しさが混ざりあう。たまらない心地になってきて、もう降参してしまいたい。

「も……だ、だめぇ」

頑健な首にかじりついて懇願すると、秘芯をなぶる指の動きが小刻みになる。二度、三度と摩擦され、ぐっと押された瞬間、電流にも似た衝動が足裏から駆けあがってくる。

「──っ──」

ぶるりと大きく背がしなり、体内にある男の指を思いきり食いしめる。下肢に快感がじんわりと沁みわたる。「はぁ」と、ユキジが感極まったような吐息をこぼした。男の色気がにじむ湿りけのある声音に、鼓膜がかすかに震えた。

「すまねえ、先生」

ユキジはしょんぼりとして謝ってくる。

「その、今のであんまり興奮して……でちまった……ふがいねえ」

「……でるって、何が、ですか」

くったりと脱力した状態で問うと、ユキジは自らの股間に目を落とす。

「先生のいきそうな顔を見てるうちに、なんかもう、むずむずしてきて……」

「あ、そ……そうですか」

どうやら射精してしまったようだ。そういうことってあるんだな……と思うしかなかった。ユキジはどこか照れの入った表情でスラックスごと下着を引き下ろす。刺青は背中から尻、太ももにまで入っていた。炎をまとった虎が広い背中で咆哮する図だ。猛々しくて美しく、つい見惚《みと》れてしまう。

（お尻に刺青入れるのって……痛くないのかな）

後で訊いてみよう、などと潮が考えている間に、ユキジはコンドームのセロファンを破いて装着しようとしている。ふんにゃりしてしまったので、着けづらいようだ。

「またおっ立つ前に入れた方が、痛くなくていいと思う」

まじめな口調で言うものだから、なんだかおかしい。潮はふふ、と微笑んでユキジに抱きつく。

「ユキジさん、やさしい」

「え、や、そうか」

「やさしい。うれしい。ありがとう」

男の眉頭に、ちょんと唇をつける。

「こ、こっちこそ」

お尻に両手を添えられて持ち上げられ、跨《また》がる恰好で座らせられる。ぬるついている中心部に円いものが当てられる。

「ん」

張り詰めきっていないので、すべってうまく入らない。それでもなんとか先端を潜り込ませると、半ばやわらかな芯熱がするりと収まった。

「ふ――」

自分が開かれていく感触。お腹のなかをゆっくり、ゆっくりとあたたかい熱が進んでくる。

「痛くねえか、先生」

ユキジが案じ顔で問う。

「ん……だいじょ、ぶ、です」

体内で男自身が勃起してくる。次第に熱くなってふくらんでくる。痛くないけれど、少しきつい。でも、このきつさも悪くない。ユキジで自分がいっぱいにされている感じがする。

時間をかけて結合していき、男のももに自分のお尻が接着する。はあ、と胸筋に顔を埋めてため息をつく。根もとまでしっかりと彼を飲み込んだ。

「ああ、先生」

感じ入ったようにユキジがつぶやく。顔を上げるとキスがきた。

つながったまま口を食みあう。舌を絡め、吸いあううちに下腹部がなじんでくる。きつい感じがじょじょに薄れて内壁がやわらかくなっていく。

ユキジにもそれが伝わったのだろうか。少しずつ動かしはじめる。腰を少し引いて、進んで。また引いては進んで。その単純な動作を飽かずたゆまず続けるうちに、特に感じる部分がでてくる。切っ先でそこをこすられると、壁がひくりと撓《たわ》む。ユキジはさらにそこを押してくる。

「──っ──」

快感でぐっと息が詰まる。弾力のある先端を敏感な箇所にめり込ませ、ぐりぐりとこすり立ててくる。

「やあ……そ、そこ……だめ」

唇と唇の隙間から泣きそうな声で訴えると、

「ごめん、先生。ごめんな」

謝りながらもユキジは行為をやめない。交わったまま潮を仰向けにさせ、体重をかけないよう乗り上がってくる。どこか大型動物めいた動き方で。

脚の間に太い胴を割り入れ、男の動作を続ける。女の左ももに手をかけて腰を少し持ち上げると、自らの腰を沈めてくる。

「んん……っ、う」

奥から何かがせり上がりそうになる。憶えのある感覚だった。ぎりぎり限界までこらえた尿意があふれでる寸前のような。快感の一歩手前の苦しさ。それが自分のなかに拡がっていく。

眉をひそめて男の熱をぎゅうと締めつけると、ユキジも眉間に深くしわを寄せる。その表情に心が疼く。

硬い髪に腕を伸ばし、引き寄せてキスをする。結合しながらキスするのはたまらない感じになる。口も局部もつながっているから。太い腕が背中にまわされ、結合をさらに深めるように抱擁される。下生えがくしゅくしゅとこすれあい、その感触にどぎまぎする。

丸太みたいな脚と脚に挟まれて、押しつぶされそうだけど怖くない。そう感じられるのが嬉しい。ユキジと再び抱きあえて、初めてをやり直せている。それがとても嬉しくて楽しい。自分の全身が喜んでいる。細胞のひとつひとつまで、どきどき震えて生きている。

「あ……は、あぁ」

女の内部をすみずみまで撫でられる。男の欲望のなめらかな感触を味わう。とても長くて太くて熱いものが、どくんどくんと脈打っている。

無理やりされたときには痛みしか感じなかったのに、今はじんじんと快い。薄皮一枚を隔ててユキジの昂ぶりを感じる。その昂ぶりは自分にも流れ込んできて、男自身にぴたと寄り添い吸着する。

「ああ、先生」

ユキジがせつなげな声をこぼす。

「すげえ気持ちいい……うれしい」

「わたしも」

目が潤んでくる。身体の内も外も、汗と涙と潤みでしっとりと濡れている。ユキジも汗びっしょりだ。浅黒い肌に浮かんだ汗の粒が、色とりどりの模様を光り輝かせる。きらきらして、とてもきれいだ。

「ユキジさん……好き……だいすき」

「俺も……すげえ好きだ、先生」

手も脚も舌も性器も絡めあい、吸いつきあう。心が空白になり、ただひたすらに何かを求めて身体が動く。どうすればいいのか、すでに知っているように迷いなく。ただ男の動きにあわせて、ついていけばいい。

張り詰めきった欲望に熱源を押され、こすられるたび懸命にお腹に力を入れる。するとユキジが、ぴくりとわななく。ねだるように腰をゆすり、進んでくる芯熱を締めつけ、ゆるめて、再び締めつける。

それを何度も何度もするうちに快感がとろけあう。どこまでが自分でどこからが彼なのか、境があやふやになってくる。それでもまだもどかしい。まだ遠い。重なりあう肌をくぐり抜けてユキジのなかに入りたい。細胞単位であなたとひとつになりたい。

そうして境を越える瞬間がやってくる。下肢の動作のリズムが完全に重なったとき、自分がやわらかくひらいて男自身を受けとめる。下腹がせつないほどに引き絞られて、

「……っ」

口のなかでユキジがかすかに呻く。欲望が大きくふくらみ、一瞬静止して、びくびくっと断続的に放出する。終わったと思ったら最後にもう一度、ひくんと震える。まるで皮膜越しにあたたかな水が沁み込んでくるようだった。

ぐったりとした身体を抱きしめると、

「先生」

はあはあと息を乱してユキジが語りかけてくる。

「許してくれて……ありがとな」

「ん」

恍惚に浸りながらうなずくと、無骨な腕のなかに包まれる。そのまま抱きあっているうち、甘い眠けが近づいてくる。

二

目覚めたら年が明けていた。

長く寝てしまったのか、それとも長い時間をかけてセックスしていたのか。たぶん両方だ。頭も身体もすっきりして軽い。ついでにかなり空腹だ。ベッドの横にユキジはいなかった。

（ユキジさん……帰っちゃったの……？）

と、リビングの方から声が聞こえてくる。

『明けましておめでとうございますっ、オヤジ。先ほどは中座してしまい、申し訳ありませんっした！　あ、今年もオヤジの優勝すか。おめでとうございます‼　はい、はい。明日の餅つき大会、もちろん参加させていただきますっ』

ドアを開けると、ユキジはこちらに背を向け、カーペットに正座して電話していた。

『では失礼いたします』

深く頭を下げて携帯を切り、くるりと振り向くと、ぎょっとした顔をする。

「せ、先生、起きたのか」

「あ、はい。明日、餅つき大会なんですか」

「ああ……正月早々義理ごとが続くぜ」

年末年始もなんやかんや、あるらしい。脚本家もそうだけどヤクザの世界も大変そうだ。

「年明け最初はぜってえ先生としゃべりたかったんだけど、オヤジとしゃべっちまった」

残念そうに肩を落とす姿が、かわいらしい。そこでふと気がつく。いつの間にかユキジのことをかわいいと思うようになっている。出会った頃は「怖そう」という印象しかなかったのに。

「ユキジさん、明けましておめでとうございます」

潮も正座して相対すると、新年の挨拶をする。ユキジはしゃきっと気を取り直し、

「本年も、どうぞよろしくお願い申し上げます」

腹に響く重低音で丁寧な挨拶を返してくる。なんとなく、どちらも照れ笑いを浮かべてしまう。

「て、テレビでも見ましょうか」

テレビをつけると袴《はかま》姿の翔が画面に映っていた。振袖姿の女性アナウンサーと歓談している。お正月番組のMCをしているらしい。

『それでは今から鮒戸翔さんと、有名デパ地下のおせち食べ比べをしていきまーす。ちなみに鮒戸さんの好きなおせちは何でしょうか』

『そうですねえ、ハンバーグかな』

ボケをかます翔にスタジオがどっと沸く。

「ミロクも元旦から働いてんなあ」

ユキジのつぶやきに、あれは収録ですけどね、という指摘は野暮なのでしないでおく。

テーブルの上には台湾カステラ（それもホール！）の入った箱と、缶ビールの六本パックがある。どちらも自分の大好物だ。そして隣には大好きな恋人が。

なんて最高の年明けだろう。これはきっと弥勒菩薩さまからのご褒美にちがいない。

「ユキジさん」

できたてほやほやの恋人に微笑みかける。

「よかったらカステラ食べるの、手伝ってくれませんか。ひとりだと完食できそうにないから」

「お、おう」

ユキジが鼻の頭を赤くさせてうなずく。今年はいい年になりそうだ。

文庫書き下ろしⅡ

# スキャンダルで危機!? 愛が試されて

GOKUDOU KYUNKOI
RENAI DRAMA DAISUKINA YAKUZA DAGA WARIIKAYO?

# 一

それから二年が経過した。小山田潮は相変わらず日々テンパっている。けれど二年前と比べると、精神的にはやや安定している。仕事も私生活も順調この上ないからだ。

起死回生をかけたヤクザもの『反社会的勢力的ラブストーリー』（通称：反ラブ）は、単発ドラマから連続ドラマに、さらに前後編で映画化までされる成功を収めた。それを受け、潮のもとには再びテレビドラマや映画の仕事が舞い込むようになっている。

仕事のかたわら、去年から脚本教室にも通っている。講師としてではなく生徒として。脚本の基礎を一から学び直すため、シナリオ作家志望の受講生たちに混ざって勉強している。脚本教室へ通うことをユキジに知らせたときは、

「さ……さすが先生っ。常に自分を高めるその姿勢、カッコいいぜっ‼」

と大いに感動されたものだった。

そう、ユキジとの関係もいたって良好である。恋人同士になって二年。自分たちはまだ一度も喧嘩をしたことがない。嘘だろう、と思われるかもしれないが、ほんとうだ。

ユキジはいつもやさしくて、誠実で、潮を大事にしてくれる。去年の冬、潮がインフル

エンザにかかったときは救援物資を持参して看病しにきてくれたし、潮が仕事で悩んでいるときには「先生、なんかあったか」と敏感に察知してくれる。

ユキジはまったく百点満点、いや、二百点満点の恋人なのだ。鮒戸翔に言わせると、

「水を差すつもりじゃないけど、喧嘩の一つくらいしといた方がいいよお。順調なときより喧嘩しているときの方が相手のことが分かったり、するもん」

とのことだが。そういう翔は事務所の方針でひた隠しにしているのだが、下積み時代からつきあっている同性のパートナーがいる。もう十年近くになるという。長続きするコツを潮が尋ねると、

「う～ん。百回喧嘩して、百回仲直りすること、かな」

中性的に美しい顔をさらに美しくほころばせ、

「あと単純に僕、ユキジさんが怒っている顔、見てみたいんだよね。きっとすっごく怖くてカッコいいんだろうなあ」

恋人当事者としてはユキジのそんな顔、もう二度と見たくないのだが。

その日、潮の仕事用メールアドレスに、こんなメールが届いた。

『小山田ウシオ先生　突然のご連絡を失礼いたします。わたくしＭＨＫ番組制作局ドラマ

部の鯨井《くじらい》と申します。弊局の朝八時からの連続ドラマの脚本を、ぜひ先生にお願いしたく……』

メールを読みながら潮は気絶しそうになった。

その晩、スポーツクラブ、アクアティックでいつにも増して長時間走り込む。走っても走っても、ぜんぜん疲れない。おそらく昼間のメールを読んでからというもの、脳からなにかドーパミン的なものが出っ放しになっているのだろう。エスプレッソを一リットル飲んだかのように頭がぎんぎんしている。

ユキジもまた、筋トレスペースでストイックに広背筋を鍛えている。この二年で筋肉がさらに盛り上がり、美丈夫度が増している。トレーニングを終え、シャワーを浴びるといつものように更衣室前の自販機で合流する。

「先生、なんかあったのか？」

帰り道を歩きながら、さっそくユキジが訊いてきた。冬の夜気で鼻の頭が、うっすら赤くなっている。

「え。そ、そう見えますか？」

応える声は我ながら、明らかにうわずっていた。ユキジはうん、とうなずく。

「さっき、ジムでもむちゃくちゃ張りきってたし。なんか顔がいつもよりぴかぴかしてるぜ」

「じ……実はですね」

ぴたりと立ちどまる。背伸びをしてユキジの耳に口を近づけると、彼は少しかがむ。

「今日、ＭＨＫから連絡がきまして――」

国営放送局、ＭＨＫの看板番組のひとつである朝の連続テレビドラマ。そこから脚本依頼がきたことをユキジに告げる。数秒の沈黙ののち、

「なんじゃそりゃあっ‼」

野太い声が深夜の住宅街に響きわたる。「ユキジさん、しーっ、しーっ」慌てて人差し指を彼の口にあてると、

「す、すまねえ」

ユキジはぱくんと口を閉じる。かわいい。

「ほ、ほんとうか、先生。いや、疑うわけじゃねえが、ＭＨＫってあのＭＨＫか？」

「はい。あのＭＨＫです。毎月受信料を容赦なく取り立てる、あの。この国の脚本家はＭＨＫの朝ドラか大河ドラマに起用されたら一人前だ、といわれている、あのＭＨＫです」

そう説明しながら鯨井氏からのメールの文面を思い返す。

ＭＨＫの朝ドラは年に二作、上半期と下半期でそれぞれ半年間に亘《わた》って放送される。潮

がオファーされたのは現在放送中のドラマの次の次の作品で、つまり一年半後に放送が予定されている。タイトルは『猫にマタタビ』。

「日本初の女性外交官を主人公にした、働く女性をテーマにした内容だそうです。これまでラブコメばっかり書いてきた私に、こんな大役つとまりますかどうか……」

「できるにきまってんじゃねえかっ、先生！」

潮の言葉にかぶせてユキジは力強く断言する。

「先生ならできる。ぜってえできる。やったな先生！　やったなあ～」

鼻だけじゃなく頬まで赤くさせ、自分のことのように喜んでくれる。そんなユキジの反応に励まされる思いがする。嬉しい。ありがとう。一緒に喜んでくれて、ほんとにほんとに嬉しいです。ユキジさんのこんな顔が見たかった。

「先生もついにMHKの朝ドラ進出かあ。楽しみだな。早く観てえよ、先生の朝ドラ」

「い、いや～そんな～。またネットでけちょんけちょんに言われるかもしれません」

「そんなことねえよ。それに万が一、先生のことを悪く言うやつがいたら、俺がぶっ飛ばす」

嬉しさ無限大である。

ユキジの首に腕をまわし、むちゅーとキスをする。最高オブ最高の恋人に、自分とは縁のないものと思っていた憧れのＭＨＫからの仕事。「盆と正月が一緒にきた」とは、まさにこのことだ。いや、足りない。ぜんぜん足りない。盆と正月よりもユキジとＭＨＫの方が、ずっとずっとずっと尊くてありがたい。

「ユキジさん、好き、好き、大好き。ありがとう」

「お、おう。こっちこそだ」

ぎくしゃくと抱擁を返され、肉厚の胸にぎゅうと抱かれる。

ＭＨＫ朝の連続テレビドラマ、第一一四作『猫にマタタビ』の脚本家は小山田ウシオ氏(31)――。

その発表がされるや、さまざまな知り合いから「おめでとう」がきた。旧知のプロデューサーの石持氏に『反ラブ』シリーズ統括の鯉口氏。脚本教室の担当講師に、実家の親からも。

『ヤクザドラマを書きはじめた頃は、あんたに何が起きたんだろうと心配してたけど、まさか今度はＭＨＫとはねえ。ところで鮒戸翔くんも出るの？　よかったらサインもらっ……』

「あ～、母さんごめんね。キャッチホンが入っちゃった。また電話するからっ」

一時間にも及ばんとする母親との通話をなんとかカットアウトすると、潮はふう、とため息をつく。

（朝ドラ効果ってやっぱり、すごいんだなあ……）

『反ラブ』で人気が復活したときでさえ、ここまで多方面からの反響はなかった。洩れなくエゴサしているSNS界隈でも、多くの書き込みをいただいている。

『小山田ウシオが朝ドラって、ちょwおまw』

『MHKも勝負に出たな』

『でも『反ラブ』以降のウシオは良き』

『鮒戸翔もバーターで出るんだろうな』

などなどなど。相変わらず遠慮のない意見ばかりである。

二週間後にはドラマの制作発表記者会見を控えていた。主要俳優陣と、鯨井氏をはじめとするMHKのお偉方、そして潮も登壇する予定だった。デビュー以来ずっと性別不明の覆面主義を貫いてきたが、さすがに天下のMHKの会見でまでそれで押しとおすわけにはいかない。

なので、これを機にいっそ顔だししませんか？　と鯨井氏から促された。

『覆面作家・小山田ウシオ先生の初のメディアへの露出！　いいですね～。きっと相乗効果で話題を呼びますよ』

それに関しては、もちろんユキジにも相談した。なにかと物騒な世のなかだし、へたに世間に素顔をさらしたら厄介なことが起こるかもしれない。

『それこそネット民から顔面偏差値がどうのこうの言われたら……私、高確率で泣きます。その自信があります』

『そ、そんなことねえよ！　先生は顔面偏差値たけぇ！　東大レベルだ！　どうのこうの言うやつらは俺がぶっ飛ばす！』

『……（うれしい）』

といったやりとりを経て、潮は顔だしをする覚悟をきめた。なんとか再ブレイクも果たしたことだし、このあたりで覆面主義を返上してもいい頃合いかもしれない。そう思えた。

（会見までに美容院へいっとかないと……あ、ちゃんとした服も買った方がいいかな）

あとになってこのときを振り返ると、自分の後頭部を思いっきり叩いてやりたくなる。

髪型や装いを気にするよりもまず先に、最優先して気にかけなければならないことがあったのに。ほんとうに自分は迂闊《うかつ》だ。粗忽《そこつ》者だ。だが――気づいたときは遅かった。

それを教えてくれたのは、翔だった。

『ウシオちゃん、今日発売の『週刊文秋』なんだけど』

そんな電話がかかってきたのは、その数日後のことだった。時刻は午前九時。いつも朝四時頃まで仕事をしている潮は、まだ寝ている時分である。ベッドの下に置いてある携帯電話を手探りでとり、半分眠りながら電話にでる。

「翔くん……ふあぁ……どうかした?」

大きなあくびをしてしまうが、翔は意に介さずシリアスな口調で続ける。

『あ、まだ読んでないんだ。そっか。ね、ウシオちゃん、この電話が終わったら携帯の電源を切っといた方がいいよ。それと弁護士さんはいる? もしいなかったら、文秋案件に強い人を紹介するからメールして。ウシオちゃん、何があっても僕は味方だから!』

言い終えるなり、ぶつりと電話は切れる。

「翔くん? もしもし……どうかしたの?」

また何かトラブルにでも巻き込まれたのだろうか。以前にもこんなふうに、翔から厄介な相談ごとを持ち込まれたものだっけ。

(翔くん……結構うっかり屋さんだからなあ)

自分を棚に上げ、そんなことを思いつつ二度寝に入ろうとすると、再び携帯が鳴る。今度は知らない番号だ。

「はい」

『あのー、小山田ウシオさんの携帯でよろしかったでしょうか』

押しの強そうな男性の声。「あ、はい」と答えると、

『小山田さん、ご本人で？』

「はあ、そうですが」

『わたくし『週刊文秋』編集部の烏賊川《いかがわ》と申します。本日発売の最新号で小山田先生の記事を掲載させていただいたのですが、それについてコメントをぜひ頂戴したく……』

記事。誰の？　私の……？　ええと、ちょっと事情が呑み込めない。朝ドラに関することだろうか。

「あのう、『猫にマタタビ』の件でしたらＭＨＫさんの方にお尋ねしてもらえますか」

『あー、いやいや。訊きたいのはそっちじゃなくてね』

向こうは急に馴れ馴れしい口調になり、

『小山田先生がお付き合いしている方について、お話をうかがいたいんです』

え。潮は口をぽかんと開ける。私がお付き合いしている方って……。

『先生の恋人さんは海原会系列の、いわゆるヤクザ方面の方ということで間違いないでしょうか？』

その不意打ちに喉の奥が、ぐうと詰まった。

「え、あ……あの、それ、は」

『その方が反社の人間だと承知のうえで交際されている、ということでよろしいでしょうか。ちなみに先生ご自身も、そっち方面とは懇意にされてるんですか？　ＭＨＫさんはこのことを――』

「す、すすすいませんっ！　キャッチが入りましてっ」

通話終了ボタンをだだだっと連打する。眠けがふっ飛び、腋の下が汗をかいている。

今の男は『週刊文秋』編集部の者と名乗った。

『週刊文秋』――それは、この国で最も高いスクープ率を誇る週刊誌である。芸能から政治、経済、犯罪事件まで、ありとあらゆる分野におけるスキャンダルを嗅ぎつけ、すっぱ抜く。『文秋』にスクープされて芸能生命を絶たれたタレントや辞任に追い込まれた政治家は、数知れず。

ときに正義の鉄槌《てっつい》にも、ときに報道リンチにもなる『文秋』の報道を、世の人びとは「文秋砲」と呼ぶ。たしか少し前、ハリウッドにも進出した映画俳優・小早川善《こばやかわぜん》（愛称コバゼン）が、銀座のホステスとの不倫愛で被弾していた。

（そ、そそそ、そんな……文秋砲ってコバゼンクラスの人が撃たれるものでしょ……わ、私なんて木っ端なのに〜〜〜）

寝巻きにしているスウェットの上にコートを羽織り、ダッシュして三十秒のコンビニまで『文秋』の最新号を買いにいく。自宅に戻り、立ち読み防止のテープを剝がして中身を見ると、

〈『反ラブ』シリーズで人気の覆面脚本家・小山田ウシオの恋人は、リアル反社？〉

その見出しが目に飛び込むや、潮は立ちくらみをおぼえた。記事のなかでユキジは、海原会のフロント企業を経営している青年実業家S氏（34）と書かれてある。

〈小山田氏とS氏は週に数度は都心のクラブで落ち合い、その後は夜の街へと消える仲。かつては純愛ドラマで人気を集めた小山田氏だが、近年はヤクザドラマ『反社会的勢力的ラブストーリー』で大きく躍進。MHKの朝ドラ作品にも起用されたばかりだが、反社の臭いを感じさせる内容にならないことを祈るばかりである――〉

（ちょ……クラブはクラブでもスポーツクラブなんですけど！　なんなのよっ、いかにもいかがわしい感じに書いて……）

おまけに記事には隠し撮りされた写真まで載っていた。ユキジとマンション前でハグしている現場を押さえられている。どちらの目もとにもモザイクが入っているが、それがかえっていかがわしい。

（わ……私なんかをパパラッチしてどうするのよ～～～っ）

と、リビングの固定電話がぴろぴろぴろっと鳴る。この番号を知っているのは身内だけだ。ちなみに翔の忠告どおり、さっきから携帯の電源は切っている。

「は、はい……小山田、です」

『潮――――っ』

母である。

『ちょっとあんた、S氏って誰なのっ！　付き合ってる人いるの？　翔くんのSだったら許すけど、そうなの？　どうなの？』

金切り声が鼓膜に刺さる。お母さん、『文秋』なんてゲスい雑誌、読まないで……という言葉は胸の奥に秘め、

「え、S氏は翔くんでは……ありません」

かろうじてそう答えると、マシンガンのごとくS氏について問《と》い質《ただ》してくる母のブレスの合間に、これだけ言って電話を切る。

「S氏はちゃんとした人だから、どうか心配しないで！」

そして電話線を引っこ抜くと、長い長い息を吐く。

「どうしよう」

壁に背をつけて体育座りをして、つぶやく。ユキジさん、これからどうしましょう……。

ユキジにPCでメールを打つと、駅前のカラオケボックスで落ち合おうとの連絡がきた。アクアティックにも互いのマンションにも『文秋』の記者が張っているかもしれないから、と。実際、今朝から武津興業の入っているビル付近に、それらしき者が数名うろついているとのことだ。

夕方の約束時刻。指定された部屋へ入ると、ユキジはすでにいた。ソファにどっかと座り、眉間にしわを刻んで『文秋』最新号を読んでいる。潮の姿に、軽く目を見開く。

「先生、そのカッコは……」

「あ、変装です。一応」

潮はキャスケットにサングラス、顔の下半分が隠れるマスクという、お忍び芸能人のコスプレめいた変装をしていた。しかもコートの下はブレザーの制服。『五十六億七千万年後に会いましょう』で、ヒロインのJKが着ていた衣装を譲り受けたものである。我ながら完璧な変装だと思うのだが。

「へ……変でしょうか?」

サングラスを外して問うと、

「いや、かわいいっ！　先生は変装してもすげえかわいい！　し、しかもその制服……

『五十六億』のアレだな！」

「ええ、アレです」

というアレなやりとりはさておいて、本題に入る。議題は今後の『文秋』およびマスコミ対策だ。

「迂闊だったぜ。盗撮されていたのに気づかなかったとは……俺もまだまだだな」

ユキジは注文したアイスコーヒーをずずっとすすり、ため息をつく。

たしかに迂闊だった。ユキジではなく自分が、だ。朝ドラに抜擢され、世間からにわかに注目を浴びている今、もっと自らの行動に注意するべきだった。自分たちの関係がどのように『文秋』に知られたのかは分からないが、ユキジとの交際は周囲に隠していたわけではない。テレビ局やドラマ関係者から洩れたのかもしれない。

「迷惑かけて、すみません」

テーブルに額がつきそうなくらい、ユキジに頭を下げる。

「いや、俺よりも先生の方が、その、まずいことになってるんじゃねえか？」

実はそうなのだ。ＭＨＫの鯨井氏から、さっそく連絡がきた。どうやら『文秋』はＭＨＫ側にもコメントを求めたらしい。もちろん突っぱねたとのことだが、局としてもこの件を無視しておくわけにもいかない。

さっきまで鯨井氏とリモートで話しあっていた。そして、十日後に予定されている『猫にマタタビ』制作発表会見で、文秋の記事をきっぱり否定してほしいと言われた。反社の人間とつながりのある脚本家を、MHKの顔ともいえる朝ドラに起用するわけにはいかない、と。

もし潮がS氏との関係を認めてしまったら、

『残念ですが今回の件は白紙にせざるを得ないかと』

柔和なもの言いながら、はっきりとそう告げられた。MHKと仕事がしたければ、反社の恋人とは距離を置いてほしい——と、暗に別れるよう要請された。

絶句する潮に、鯨井氏はさらにこう言った。

反社と関わりのある者などMHKだけじゃなく、どこの局でも使いたがらない。ここできっちり否定しておかないと、業界から干されかねませんよ……と。

『小山田先生、こんなくだらないスキャンダルに足を引っ張られて才能《ギフト》を潰しちゃいけません。先生もご苦労されて、やっと再ブレイクしたじゃないですか。今の立場を捨てたくはないでしょう?』

その言葉に、なんと答えたらいいのか分からなかった。

「そうか」

潮が話すのを聞き終えると、ユキジはうなずく。

「まあ、先方からすりゃあ、たしかにそう言ってくるよな。反社の人間とは手を切れって。当然だな」

「私はユキジさんと別れたくありません」

「もちろん俺もだ」とユキジは言うが、こうも言う。

「だけどよ、MHKが言うとおり、しばらく会うのを控えた方がいいだろうな」

「しばらくって……どれくらい……？」

「そうだな。その朝ドラの仕事が終わるまで、くらいか」

「え」

それって約二年後ではないか。二年間も会うのを控える？　う……嘘ですよ、ね？

「あ、あの、そこまで深刻に受けとめなくってもいいと思いますよ。人の噂《うわさ》も七十五日って言うじゃないですか。二ヶ月くらいじっとしてたら、ほとぼりも冷めるんじゃないかな～、なんて」

がんばって冗談めかして言うものの、ユキジは笑ってくれない。硬い表情のままテーブルに広げた記事に目を落としている。

もしかしてユキジは怒っているのかもしれない。文秋砲に巻き込まれて、仕事がしにくくなるとかで……。

「ユキジさん……その、ごめんなさい」彼の顔色を窺いつつそう言うと、

「先生が謝ることじゃねえよ」

どことなくぶっきら棒な口調だった。ドアを隔てた廊下の向こう側の部屋から、かすかにマライア・キャリーのクリスマスソングが聞こえてくる。恋人たちの聖夜を祝福するアップテンポで明るい歌だ。この部屋のなかが静まりかえっているものだから、陽気な曲調がやけに空々しく響く。

「防音、甘ぇな」

ユキジが舌打ちをする。

二

そういうわけでユキジとはしばらく会わないことになった。

しばらく、というのはユキジの言葉どおり、ほんとうに二年間になるのか。それとも潮の読みどおり、数ヶ月程度で世間さまは自分たちの色恋沙汰を忘れてくださるのか。ちなみにハリウッドスターのコバゼンは、文秋砲でスキャンダルが発覚してから約三年、地上

波から姿を消していた。

ネット民も文秋記事をチェックしてくれたようで、いつにも増してきつい書き込みが目につく。

『小山田ウシオって女だったんだ〜〜』

『しかも恋人が反社て（笑）　分かりやすいな』

『鮒戸翔じゃなかったのか』

『ウシオたん、けっこう小柄やね（コノミノタイプダ）』

文秋砲を被弾してから一週間が経っている。この間、潮はアクアティックにも足を向けず、部屋に篭もりきりだった。外出してパパラッチの類につきまとわれるのを避けるため……ではなくて、単に〆切に追われていたためだ。

「あ〜、やっと終わったぁ」

仕事先に原稿を送り、ようやくひと区切りついたタイミングで、翔からメールがくる。

『ウシオちゃん、一杯呑まない？』

『いいね』と返信すると、以前、彼とユキジと三人で訪れたバーへ誘われる。カウンター席に並んで座ってグラスをかたむけ、

「しっかし、ウシオちゃんもついに文秋砲を食らっちゃったねえ」

翔は同情するように笑いかける。

「でもさ、逆にいうと文秋に狙われるだけの存在になったってことだから。ね」

「そう言われても、ぜんぜん嬉しくないんですけど……」

潮はハーフ&ハーフのビールをぐいっとあおる。ちなみにここは会員制なので、マスコミを心配する必要はない。そういう店を選んでくれた翔の気づかいに感謝する。

「で、ユキジさんはなんて？」と尋ねられ、しばらく会わない方がいい、と言われたことを告げると、

「賢明だね」

翔はハイボールのグラスに薄い唇をあてて、つぶやく。三日後の『猫マタ』制作会見の場で、文秋記事を全面否定することになった……とも潮が言うと、

「それも賢明だ。今はウシオちゃんにとってすごく大事な時期だから、それで大正解だよ。さすがユキジさん、理解があるね」

「……そうなのかなあ」

ぽろりと本音がこぼれる。

「ユキジさん、なんで二年も会うのをよそうなんて言ったんだろう……そんなに長いこと会わないでいたら、もう別れてるみたいなものじゃない」

口調に愚痴っぽい響きがあった。

ユキジはそれで平気なのだろうか。やはり自分に怒っているのだろうか。あのカラオケボックスで、ユキジはとても冷静だった。自分たちの関係が断絶するかどうかの瀬戸際だというのに、さして動揺する様子も見せていなかった。それに少々ショックを受けていた。

この一週間、ユキジからは電話はおろかメールもない。

（直に会うのは避けるにしても、べつに電話くらいしたっていいと思うんだけど……）

向こうから連絡がこない以上、こちらからそうするのも気がひけた。思い返せばこの二年、ユキジはいつもやさしかった。「先生、すげえ」「先生、かわいい」と少ない語彙を駆使して、ふんだんに自分を褒めてくれていた。

なのに、いったん離れるとなったら、これである。案外ユキジは自分の存在がなくとも、楽しくやっているのかもしれない。なにしろ男だらけのヤクザ社会の人なのだし。

店の名物のハニーチーズピザにかぶりついてビールを飲み干し、お代わりをする。二杯目は泡少なめのピルスナーだ。バーテンダーが時間をかけてゆっくり注ぐのを見つめながら、

「男の人って……恋人と会わないでいても平気なもの、なのかな」

翔に意見を求めると、

「う〜ん。人それぞれ、じゃないかなあ」

ちなみに翔は、自分には無理だという。パートナーはもう空気みたいな存在だから、離れているときっと酸欠状態になってしまう、と。

「長い付き合いだからもう、トキメキとかはないんだけどね」

離れていると酸欠状態。いい台詞だ。「今のメモってもいい？」と了解を得たうえで、持ち歩いている『ぐっとくる台詞ノート』にさっそく書き込む。そんな潮を翔は微笑を浮かべて眺め、

「ウシオちゃん、ちょっとマジな話するね。あのね——」

甘めのハスキーヴォイスのトーンをわずかに下げ、これを機にユキジさんとは別れるのもありかもしれないよ、と翔は忠告する。

「やっぱり、あっちの人と付き合うのはリスクが高いよ。特に僕らみたいな人気商売は」

思いもよらないことを言ってきた。翔はユキジ贔屓《ひいき》のはずだったのに……という目を彼に向けると、翔は微苦笑を浮かべて、

「ユキジさんに助けてもらっておきながら、こんなこと言うのは心苦しいんだけど……」

そう前置きしてから、やはり反社の人間は危険だと語る。

二年前、半グレ集団に脅迫されたときはほんとうに怖かった。間違いなく自分の俳優人

生で最も窮地に立たされた瞬間だった。もし、ユキジが解決してくれなかったら、今頃自分はどうなっていたことか……。今でも時どき夢でうなされるという。

「あんなおっかないやつらを相手にして勝った人なんだよ、ユキジさんは。半グレどころじゃない、正真正銘プロのヤクザなんだ。このままあの人と付き合い続けるのは……ウシオちゃんにとって、よくないと思う」

愕然として翔を見る。まさか翔までが鯨井氏と同じことを言ってくるなんて。

「そんな……翔くん、ユキジさんのこと嫌いだったの？」

「好きだよ。好き。はっきり言って好みだもん。でも——それとこれとはべつ」

脚本家・小山田ウシオのキャリアが、ヤクザとの恋愛ごときで潰れてほしくないのだ、と。

「ユキジさんとウシオちゃんだったら、僕はウシオちゃんを選ぶよ。だからウシオちゃんもこれからどうするか、よく考えて」

ああ、そうか。

潮はふっと気がつく。今日誘ってくれたのは、これを言うためだったのか……と。ビールグラスに口をつける。なめらかな苦みが喉をすべり下りていく。

翔と別れると、地下鉄に乗って帰路につく。電車の中吊《なかづ》り広告には『週刊文秋』最新号が貼られている。今週号で文秋砲を喰らっているのは、先月結婚したばかりの歌舞伎界の若手スターだ。元恋人との間の隠し子が発覚したとかどうとか。

ご愁傷さまです、と心のなかで合掌する。

毎週誰かが被弾して血を流している。その記事を読んで楽しみ、消費している人たちがいる。自分とユキジも消費された。消費する側からすれば、いっときの暇つぶしにすぎないとしても、される側からすれば人生を破壊されかねない痛手となる。そんな暇つぶしのために仲を引き裂かれるなんて。

最寄り駅に着いて夜道を歩くと、足もとがやけに明るい。見上げると、頭上に大きな月が浮かんでいる。玉子の黄身のような満月だ。

「会いたいなあ」

自然とそんな言葉がでた。

満月を見るとユキジに会いたくなる。彼との最初の接触も、こんな月夜だったから。ユキジの顔が見たい。あの野太い声が聞きたい。背中のぎんぎらぎんの虎を撫でたい。

翔の忠告が胸に刺さって抜けなかった。鯨井氏のようにユキジを知りもしない人から言われたのならともかく、自分たちのことを知ってるはずの翔からも別れを勧められたのは、かなりショックだった。

不安が広がってくる。ユキジに会いたい。会って、「俺たちぜってえ別れるもんか。な、先生」と言われたい。そうしないと、この不安感がどんどん増してくる。

「よし、いっちゃおう」

くるりと引き返し、ユキジのマンション方面へと進路を変える。すたすたと十分ほども歩いて到着すると、合鍵でエントランスのロックを解除し、エレベーターで五階へ昇る。

時刻は夜の十一時半。訪問するにはちと遅いが、まあ、恋人同士なので許してもらえるだろう。ユキジが在宅中だといいのだが。

自宅ドアまで合鍵で開けるのは、さすがに図々《ずうずう》しいので、お行儀よくインターフォンを押す。ピンポーン。しばしして『――はい』

よかった。いた。

「ユキジさん、私です」弾んだ声で呼びかける。

『せ……先生か。ちょっと待っててくれ』

「はい！」

がちゃりとドアが開き、白シャツに黒のスラックス姿の、戸惑い顔のユキジがあらわれる。

「お久しぶりです」

と笑いかける。

「月がとってもきれいなんで、ユキジさんに会いたくなっちゃって」

いけない。一週間ぶりに会えた嬉しさで、頬がにまにましてしまう。リビングへとおされると、

「酒、呑んでんのか」

「あ、はい。ちょっと知り合いと。お酒くさいですか？」

コートの袖口や髪の毛先をくんくん、する。ユキジはそれには答えず、冷蔵庫から未開封のミネラルウォーターのペットボトルをだしてくれた。礼を言って水を飲む。

「お元気でしたか。すっかり寒くなりましたよね。ユキジさん、アクアティックには行ってます？　私はこの一週間ずっとうちに引き篭もってて……」

と、そこで言葉を切る。ユキジの顔は険しい。口を真一文字に引き結んでいる。

「あ、突然きちゃってすみません。それもこんな時間に。でも、ユキジさんの顔がどうしても見たくなっちゃって」

そう言ってもユキジは笑わない。いつもの彼なら、潮がこういう甘めなことを口にしたら、照れくさそうに微笑んでくれるのに。ユキジははあ、とため息をつき、

「先生」

低い声が耳を打つ。

「今がどういう状況か分かってんのか。この前、しばらく会うのはよそうって決めたよな」

「あ、は……はい」

（ユキジさん……ひょっとして……怒ってる？）

予想外の反応だった。なんだかんだでユキジのことだから、自分の来訪を喜んでくれるものだと思っていた。だが、そうではないようだ。むしろ迷惑がっているような。

「先生、前々から思ってたんだけど、もうちっと行動に気をつけた方がいいぜ。深夜にスポーツクラブへ行ったり、酔っぱらってブランコこいだり。そういうの、ほんと危ねえからよ」

「は、はあ」

おっしゃるとおりだ。だけど今、それを言う必要がありますか、とも思う。

せっかく会いにきたのだから、もうちょっとやさしくしてくれてもいいのに……。そんな潮の気持ちをよそに、ユキジのお叱りは続く。

「このマンションに入るところを、また週刊誌にでも撮られてたらやべえじゃねえか。一度目はともかく二回もされたらバカだぜ」

その言いぐさに、かちんときた。たしかにユキジの言うとおりだ。ここへ来るまで周りをちゃんと見ていなかったのは否めない。認めます。

が、なんだって自分ばかりが責められなければならないのか。私だって困っているのだ。それにユキジは〝S氏〟ですんでいるからまだいいが、身バレしているぶん、こっちの方が大変なのだ。いや、そもそもこんな事態になったのは――。

「これって、ぜんぶ私のせいなのでしょうか?」

カーン、と頭のなかでゴングが鳴る。なんの音だろう。もしや開戦を告げる鐘の音か。脳内レフェリーが「ファイッ」と煽《あお》る声も聞こえてくる。

「文秋砲を喰らったのはたしかに不注意でした。でも、半分はユキジさんにも責任があるんじゃないでしょうか」

いつになく好戦的な口調になっていた。

「もしも私の交際相手が一般人だったら、たとえば普通の会社員だったら、あんな記事なんて書かれなかったと思うんですよ」

「ああ」

ユキジは語尾を上げる。うなずきの「ああ」ではなく、どういう意味だ? の「ああ」

だ。

「記事になったのは、交際相手がヤクザだから、なんですよね」

彼をまっすぐ見返し、言う。

「私だって迷惑してるんです。せっかく朝ドラに抜擢されたっていうのに、こんなくだらないスクープなんかされちゃって」

「くだらない、か」

ユキジは自嘲ぎみに笑う。

「そうだよな。反社のドラマを書いてる脚本家が反社と付き合ってるなんて、安っぽいドラマみてえだよな」

「それ、私のドラマが安っぽいってことですか」

「そうは言ってねえよ」

「べつにいいです。そのとおりですし。どうせ私は安っぽいので」

「だから、んなこと言ってねえだろ」

よくない空気になってきた。喧嘩したくてきたわけじゃないのに、互いに態度がとげとげしくなっている。今日のユキジはやさしくないし、自分も突っかかっている。室内の空気まで重苦しくなってきた。付き合いはじめてからというもの、こんな雰囲気になるのは初めてだ。

せっかく会いにきたというのに、どうしてユキジは喜んでくれないのか。さっきから苦虫を噛み潰したみたいな顔をしてるのか。私がいるのが迷惑なのか。もう私が嫌いになったのか。会わなくなって、いっそせいせいしているのか。

そんな考えが次から次へと頭のなかを駆け巡り、苛立ちが最高潮に達した瞬間、こんな言葉をぶつけてしまう。

「だいたいユキジさんがヤクザだから、文秋砲なんて撃たれる破目になったんですよ！」

ユキジのこめかみに、ぴくりと青筋が浮かぶ。

「俺のせいだってのか」

「そうですよっ‼」

ダメ押しとばかりに、さらにぶつける。

「私、こんなことで自分のキャリアを潰されるなんて、絶対いやですから！」

瞬間、ユキジは痛みをこらえるような顔になる。わずかに胸がちくっとしたが、腹立ちの方が勝っていた。彼にダメージを与えてやって、すっとした思いもあった。

潮はユキジをにらみつけたまま、

「夜分にどうも失礼しました。もう二度とお邪魔しませんので」

二度と、の部分を強調して言うと部屋をでる。玄関で靴を履き、キーケースから合鍵を外して、靴箱の上に硬い音を立てて置く。リビングにいるユキジにも聞こえるように。

夜道を足早に歩く。ユキジは追ってこない。「すまねえ、先生。俺が言いすぎた、ごめん。ごめん先生」なんて謝りながら潮を追いかけてきたりはしない。

そんな——自分の書く安っぽいドラマみたいな展開にはならない。

そのまま歩き続けるうちに腹立ちは次第に収まって、代わりに悲しくなってくる。やっぱり今日、ユキジのところへいくべきではなかった。彼を怒らせ、傷つけた。ひどい言葉を投げつけてしまった。でも、自分だっていやな思いをさせられた。

「おあいこよ、おあいこ」

つぶやく声がしょげている。もしかしたら自分たちは、これで終わるのかもしれない。このまま、もう二度と会わなくなって自然消滅的に終わってしまうのかもしれない……。

前方の夜空には月が煌々《こうこう》と輝いている。ユキジとはじまったのも満月の晩なら、終わったのも満月の晩というところか。きれいな月。いやになるほどきれいな月だ。

眺めているうちに月の輪郭がぼやけてくる。両目に涙が盛りあがっているからだった。

三

小山田潮が鮒戸翔と会員制バーで飲んでいるのと同時刻、鮫肌ユキジも武津悟朗とキャバクラ、フィッシュボーンで呑んでいた。

「しっかし、おまえもやるじゃねえか。ヤクザ誌どころか一般誌の、それも文秋なんて売れてる週刊誌に載るなんてよぉ」

海原会の若頭補佐にしてユキジの〝オヤジ〟の悟朗は、さっきから何度もその話題を繰り返している。ここでもう三軒目で、すでにいい具合にできあがっていた。師走なので執行部内で義理ごとが重なり、本日もその帰りだった。ユキジを電話で呼びだして「ちょっと付き合え」と酒に誘ったのだ。

「しかもおまえ、路《ろ》チュー写真なんか撮られやがって。この色男が」

悟朗は得意技のヘッドロックをかましてくる。

「い、いえ。路チューはしていません、路チューは」

懸命に訂正する自分を、テーブルについているアユリがくすくすと笑う。てめえ、笑ってねえで助けろ。

「そうです。社長はチューはしていないっす。してるのはハグっす」

代わりに傍らに控えているスズキが口を挟んでくる。

「ハグぅ？　ハグってなんだ。日本語で言え、バカやろう」

「ハグっていうのは抱きあうことっす。抱擁っす。こんなふうに」

そう言うと、オヤジにがっちりロックされているユキジに抱きついてくる。胸板に顔をすりすりさせてくんじゃねえ。

「社長～、文秋砲を喰らうなんて、さすがっす。コバゼンみたいっす」

「おお、コバゼンなら俺も知ってるぜ。いい役者だよなあ」

スズキもだいぶ酔っていた。

「俺も好きっす。特にコバゼンがヤクザ役に挑戦した『トーキョー・ヤクザ』っていう映画が……」

そこからふたりはコバゼントークへ移行し、ユキジを解放してくれた。

「どうぞ」

アユリがウーロン茶のオン・ザ・ロックのお代わりをつくってくれる。ぐびりと飲んで、ユキジは長い息を吐く。

「疲れてるみたいね、社長さん」

「んなことねえよ」

疲れているとしたら、身体ではなく気持ちの方だ。文秋砲を被弾した潮のことが気がかりだった。朝ドラなんてデカいチャンスを摑んだこのタイミングで、こんなスクープをされるとは。まったくマスコミ連中の底意地の悪さときたら、ヤクザ以上だ。

芸能界は人気稼業だ。このご時世、裏社会とつながりのある者は容赦なく糾弾される。二年前、半グレ集団に目をつけられた鮒戸翔はからくも難を逃れたが。

（まさかミロクを助けてやった先生が、こんな目に遭うとはな……）

自分のわきが甘かった。おそらく朝ドラの件が発表されたあたりから、文秋は潮の身辺を嗅ぎまわっていたのだろう。スキャンダルの火種がないかどうか。

ヤクザドラマで一発当てた脚本家の恋人がヤクザだなんて、マスコミ《やつら》にとっちゃあさぞ、おいしいネタだろう。そこんとこを俺がもっと用心しておくべきだった。

くそ――。

返す返すも自分に腹が立ってくる。

「ウシオ先生、元気にしてる？」

アユリの声に、意識をこの場へ引き戻される。

「アタシ、テレビの世界のことはぜんぜん分かんないけど、大変そうね」

「ああ」

なんでもワイドショー番組でもこの件は、ちょろっと取り上げられたそうだ。『反ラブ』シリーズで鮒戸翔が演じた主人公のモデルはS氏か？　なんて話題で、ひな壇コメンテーターたちが盛りあがったとか。

くだらねえ。どいつもこいつも先生をオカズにして、おもしろがりやがって。

ぐびぐびとウーロン茶をあおると、ふふ、アユリが笑っている。今日のドレスはクリスマス仕様だ。赤地に白のファーをあしらった、大胆なスリットの入った裾から長い脚が伸びている。

「なんだよ」

「しょげてる社長さん、かわいい」

アタシに叱られてしょんぼりしてるアキラそっくり、とアユリは言う。アキラとはアユリの下の方の息子だ。去年、小学校に入学したとき、上の兄貴のときと同様にランドセルを贈ったっけ。

「ケツの青いガキと一緒にすんな」

むくれたような口ぶりが、我ながらガキくさい。

アユリは脚を組み替えて「これからどうするの？」と訊いてくる。

「どうってそりゃあ」

しばらく先生とは距離を置く、と答える。そうする他にない。

なによりも最悪なのは、この一件で朝ドラの話がおじゃんになることだ。それだけは絶対避けなければ。やっとスランプを脱却して、再び上り調子になってきているというのに。

この二年、潮はがんばってきた。その姿を誰よりも間近で見ていた。

盆も正月もなく働き、脚本学校に通って基礎から学び直して、潮は毎日毎日書いている。

ユキジといるときも、ときどきノートを取りだして何か書き込むことがある。

いつだったか、それはなんだと尋ねたら、潮は恥ずかしそうに笑って答えた。『ぐっとくる台詞ノート』です、と。

『ユキジさんの台詞もいくつかメモってるんですよ』

そう言われて嬉しかった。

『いつか、ユキジさんの台詞をドラマのなかで使ってみたいなあ』

トゥクンときた。最高だ。推し（最近覚えた言葉である）の先生と恋人同士になれて、おまけに自分の台詞をドラマで使いたいだなんて。

（ああ……先生……最高だ最高だ最高だ……好きだ）

「ちょっとちょっと社長さん、恋する乙女の顔になってるんですけど」

アユリが呆《あき》れ顔《がお》になっている。

「そんなんで、ウシオ先生とちゃんと距離、置けるの?」

痛いところをついてくる。ぐう……と顔を歪《ゆが》めるユキジに、「アタシから忠告をひとつ」とサンタネイルを施した爪を向けてくる。

「会わないでいても、心まで離れないようにね。こまめに電話するとかメッセ入れるとか。でも社長さん、そういうの苦手っぽいからな〜」

そうなのだ。自分の指は太いので、スマホの文字入力は得意ではない。それに用もないのに電話して、先生の仕事の邪魔をしたくない。

「直に会えないからこそ、そんなコミュニケーションを大事にしないと。用事なんて、なくっていいのよ。あ、なんならリモートセックスやってみたら? あれ、燃えるらしいわよ〜」

「うるせえ! とっととヘルプいってこい、ヘルプ」

はいはい、とアユリは笑って席を立つ。オヤジとスズキはまだコバゼントークで盛り上がっている。

自宅へ帰ってから、先生に電話しようかどうか、逡巡する。

ひょっとして仕事で忙しいかもしれない。それに、この前は自分の方から「距離を置いた方がいい云々」と言っておきながら、のこのこ連絡するなんて男らしくないような。

(でも先生の声……聞きてえなあ)

リビングのエアコンも入れないまま室内をうろうろしていると、ピンポーンとインターフォンが鳴る。そして——ああいう結果になったわけだ。

初めて潮と喧嘩した。付き合うようになって初めて、潮に腹立ちを覚えた。巨体を折り曲げるようにして床にしゃがみ込み、頭をかかえる。

(先生……なんだって予告なしに来るんだよ……いや、嬉しいが！　嬉しいがしかし、俺としちゃあへらへら喜ぶわけにゃあいかねーだろ‼　頼む、もうちっと危機意識を持ってくれ！)

ユキジは潮の、基本的にはポジティブ思考で、落ち込んでも立ち直りの早いところが好きだった。一見すると頼りなさそうだが、根っこの部分はタフだと思う。だから長いスランプだって乗り越えられたのだろうし、自分のような男と付き合ってくれている。

だが今日、潮のそんな大らかさを初めてマイナスに感じてしまった。

こちらの態度も悪かったのは否めない。これがもっと気の利いた男——たとえばミロクのような——なら、もうちょっとやんわりと潮をたしなめられたろうに。自分の脳筋ぶりが嫌になる。潮が少しばかり酒のにおいをさせていたのにも、若干もやついた。

今回の件で潮のキャリアを台無しにしたくなかった。なのにうまく伝える言葉が見つからず、責める言い方をしてしまった。それにしても、潮のあの発言はきいた。

「ユキジさんがヤクザだから、文秋砲なんて撃たれる破目になったんですよ！」

腹に響いた。銃弾を喰らったようだった。さすがは俺の見込んだ脚本家。心を抉《えぐ》る言葉を的確に撃ってくる。

「……文秋砲よりはるかに痛ぇぜ」

誰に聞かせるでもないひとり言が、口から洩れる。

潮の言ったとおりだ。自分がヤクザでなければ、潮はこんな窮地には立たされなかった。大事な女の足を引っ張るような、ダセえ男にだけはなりたくなかった。潮と恋人同士になれてからというもの、ずっと、先生が困ったときには力になり、支えたかった。

なのに今、自分の存在自体が潮にとんでもない迷惑をかけている。それが悔しく苛立たしい。だが、事態を収拾するためにどうすればいいのか分からない。まったくもって手詰まりだ。

ふと、カーテンを引いていない窓の外を見ると、まん丸い月が浮かんでいる。

『五十六億七千万年後に会いましょう』第一話を思いだす。主人公のＪＫとミロクが出会った月夜の晩を。小山田ウシオなる存在を自分が初めて知ったのも、あのときだった。

当時はまさか小山田ウシオとこうなるなんて、想像もつかなかった。自分にとっては潮こそ、弥勒菩薩の化身のごとくはるか遠く、手の届かない存在だった。ドラマのなかでJKとミロクは結局、それぞれの世界で生きていくことを選んだ。互いに想いあっているからこそ、相手を自分の世界にとどめてはいけない……と。

自分たちもそうすべきなのかもしれない。

人間と弥勒菩薩は生きている世界がちがうように、自分と潮も、そもそも属している世界がちがう。俺はヤクザで先生は脚本家。自分たちはどうやったって重ならないし、重なってはならない。

このへんが潮どき、なのかもしれない。先生の恋人から一ファンへ戻った方がいいのかもしれない。

そんなことを考えながら満月を眺める。

四

十二月二十四日、奇しくもクリスマス・イブに『猫にマタタビ』制作発表記者会見は行われる。場所はＭＨＫホールの記者会見場だ。

　用意された控え室で、小山田潮は鯨井プロデューサーと打ち合わせをしていた。

「こちらが進行表です。司会はうちのアナウンサーの鰯谷《いわしだに》エマが務めます。正面向かって上手から統括の魚住航《うおずみわたる》、演出の波岡雄大《なみおかゆうた》、そして主演を務める斉藤金魚《さいとうきんぎょ》。小山田先生はそのお隣になります」

「私が斉藤さんのお隣で……いいんでしょうか」

　斉藤金魚はアラサー世代のなかでも突出して存在感のある女優だ。子役出身で、コメディからシリアスまで、映画もドラマも舞台もこなす芸達者で知られている。朝ドラの主人公を務めるのも、満を持しての感がある。ご一緒するのは初めてだ。

「もちろんです。斉藤金魚と小山田ウシオが、本作のいちばんの売り要素ですから」

　鯨井氏はうなずく。

「共に同世代で、女優として脚本家として最旬のふたりが組む、今の時代にふさわしい女性のエンパワーメントドラマ！　これはきますよ～」

　うんうん、と悦にいったように氏は腕組みをしてうなずく。そしてきりっと顔を引き締めて、

「ところで報道陣との質疑応答についてなんですが……」

例の文秋記事に関する質問も、きっと飛んでくるであろうと氏は予測する。本来ならば、ドラマの内容とは関係ない質問はシャットアウトするところなのだが、

「打ち合わせどおり、小山田先生ご本人から記事の内容は事実無根とおっしゃっていただけますか」

「はい。承知しております」

言うべき台詞はすでに準備してきた。

〝先日、某週刊誌においてわたくし小山田ウシオと、S氏なる反社会的勢力に属する方が恋人関係にあるとの記事が掲載されましたが、当該事実は一切ありません。写真も合成加工による捏造《ねつぞう》です〟。

MHKの法務部も文面はチェック済みだ。ちなみに今日の服装は、黒のワンピース。会見内容を鑑みて甘さを抑えた装いにした。

「もし途中で詰まってしまったり、深掘りする質問が飛んできたら、司会がうまく捌《さば》きますので」

ありがとうございます、と鯨井氏に頭を下げる。

「いやあ。この前の文秋には僕らもひやりとしましたが、結果的にいい宣伝になりましたね」

本日の会見には、ここ数年の朝ドラ制作発表のなかでも図抜けてプレスが集まっているとか。紙媒体にテレビにネット、芸能畑とは関係ないジャンルからもけっこうきているそうだ。

「そ……そうなんですか」

怖気《おじけ》づきそうになる潮に、「大丈夫、大丈夫」と鯨井氏は笑みを向ける。

「小山田先生がズバッと文秋記事をぶった切るのを、みんな楽しみにしてますので」

そこへ、こんこん、とドアがノックされる。

『すみません、斉藤ですがご挨拶をしてもよろしいでしょうか』

澄んだ声が扉越しに聞こえる。「金魚ちゃん？　どうぞどうぞ」鯨井氏が潮に許可をとらずに答えると、

「失礼します」

星が入ってきた。比喩ではなく文字どおり、斉藤金魚は光を放っていた。

意志的な太い眉に切れ長の目。クールな顔立ちだけど、アヒル口が親しみやすさを醸している。長い黒髪を首の後ろで結び、衣装は鮮やかなオレンジ色のワンピース。

「初めまして。斉藤と申します。今回、小山田先生とご縁をいただきまして、とっても嬉しいです」

金魚は潮ににっこり笑いかけ、スターであるにも拘わらず、へりくだった挨拶をする。

「こ、こちらこそです。どうぞよろしくお願いいたします」

慌てて潮も会釈を返す。

「小山田先生、金魚ちゃんは『反ラブ』シリーズに出演していたかもしれなかったんですよ」

「え！　そうなんですか」

目を丸くする潮に、

「ええ。ヒロインのライバル役のキャバ嬢で、オファーをいただいていたんですが」

金魚は苦笑して肩をすくめる。

「ちょうどそのとき出ていた舞台公演で転んじゃって、足首にひびが入ってしまいまして」

泣く泣く出演を見送ったそうだ。

「だから、今度こそご一緒できて、ほんとうに光栄です」

そこで鯨井氏は「じゃ、僕はちょっと」と控え室をでていく。金魚と二人きりになると、
ふふ、と再び微笑みかけられる。

「小山田先生って想像していたとおりの方ですね。かわいらしくて、すてきな方」

金魚のような人物から「かわいい」と褒められると、かえって恐縮する。いえいえそんな、と片手をぱたぱた横に振ると、金魚は太眉をやや下げて、

「いろいろと大変でしたよね。お察しします」

〝大変〟とは文秋砲を指しているのだろう。潮はさらに恐縮し、

「誠に申し訳ありませんでした。斉藤さんにもご迷惑をおかけしてしまって」

すると金魚は、

「ほんと週刊誌ってクソですよね」

美麗な唇から美しくない単語を発する。なんでも金魚自身も数年前、某週刊誌に恋愛スクープを抜かれたことがあったという。

相手は自分よりはるかに無名の舞台俳優。交際が明るみに出たことで、世間からおもしろ半分な言葉をさんざん投げつけられたそうだ。

『芸能界一の格差カップル』

『相手の男も俳優？　つうか知らねえよ。誰？』

『彼氏というより金魚のヒモでしょ（笑）』etc。

そんな陰口に悪口、誹謗《ひぼう》中傷なんて気にしないつもりだった。しかし次第に恋人との仲はぎくしゃくしていき、結局、破局したそうだ。

「……そうだったんですか」

斉藤金魚にそんな恋愛スキャンダルがあったなんて、知らなかった。当時の自分はスランプのただなかにあったので、意識して芸能界の情報を耳に入れないようにしていたのだ。

「だから、こんなことを言うのも僭越《せんえつ》ですが、私、小山田先生のお気持ちが分かるような気がして」

と金魚は言う。

自分たちはスクープに敗《ま》けてしまった。だけどその一方で、破局したからこそ今の自分があるのだ、と。

「私、彼と別れてからずっと恋人をつくっていません。もう、そんな気持ちがなくなっちゃった。恋するエネルギーを全部仕事に向けています。そのおかげで朝ドラ主役をゲットしましたし」

てへ、と金魚はおどけた笑顔をみせると、すっと真顔になり、

「でもときどき、どうしても思っちゃうんですよね。もしもスクープに潰されないで彼と付き合い続けていたら、今頃私はどうなっていたかなあ……なんて」

もしかしたら朝ドラの主役を張れるほどの役者には、なれていなかったかもしれない。ほどほどのポジションで、ほどほどの活躍をして。恋人と結婚し、出産でもしていたら、

数年間は第一線から遠ざかってしまうだろうし、そのままゆるやかに引退していたかも……と。


「それはそれで充実した人生かもですけどね」

金魚は静かに微笑む。あり得たかもしれない人生を見つめているみたいなまなざしに、潮は思わず見惚《みと》れてしまう。まるでドラマのなかの一シーンを切りとったかのようだ。

「たぶん私は一生、あのとき彼と別れないでいたら……って考え続けるんだろうなあ」

ちなみにその元恋人は俳優業を引退し、現在は他の女性と結婚して子どももいるそうだ。

「……そうなのですか」

「ええ。しあわせそうでなによりです」

そこへ、こんこん、と再びドアがノックされる。

『小山田ウシオさん宛てにお届けものですが』

金魚ははっとして、

「ごめんなさい。いきなりダウナーな自分語りをしちゃって、引いちゃいましたよね。でも、なんでだろう。小山田先生には話せてもいいかなって気持ちがして」

会見の前にご挨拶がしたかった、と言う。

「先生、緊張なさらないでください。私が横についてますので、何かあったらフォローいたします」

　金魚は明るい表情に戻り、届けものを持ってきた職員と入れちがいに退室する。

「どうぞ」と渡されたのは三十センチ四方の白い紙箱だ。

「ど、どうもです」

　なんだろう。祝花などはＭＨＫの宣伝部が対応してくれているはずだが。まあ、爆弾とかではないだろうと箱を開けると、

「……わあ」

　声がでた。あらわれたのは、きらきらに光り輝くホールの台湾カステラだ。潮の大好物の、プレーンの。粉砂糖がふんだんにまぶされている。前にも一度、同じものをもらったことがあった。ちょうど一年前に。

　箱には手紙が同封されていた。実用的な茶封筒に、角ばった字で『小山田ウシオ先生へ』と書かれてある。開封すると、これまた実用的な和便箋が一枚。

『小山田ウシオ先生
　前略　この度はＭＨＫ朝ドラの脚本の依頼がきたこと、誠におめでとう御座います。

　先生はやっぱりすげえです。俺のひいばあちゃんも欠かさず見ていた、あの朝ドラに抜

濯されるなんて。やっぱり先生は天才だ。ひいばあちゃんに教えてやりたい。きっと感劇するはずだ。

昔、俺は先生の書いたドラマに救われた。感動した。小山田ウシオに憧れた。先生と付き合えて、この二年、すげえうれしくて楽しかった。一生分の思い出になった。

だけど俺がヤクザである以上、きっとこれからも先生に迷惑をかけることになるだろう。

俺は先生の足を引っぱりたくない。先生の負担になりたくない。

だから、このへんで恋人から一ファンに戻ろうと思う。先生にはもっともっと活躍してってほしいから。

これからはまたドラマを見ながら先生を応揺していきます。

先生、がんばれ。小山田ウシオは天才だ！

鮫肌ユキジ』

ユキジは字が下手だった。加えてところどころ残念な誤字もある。これはファンレターか、それとも絶縁状なのか。あるいはその両方だろうか。

初めて彼から手紙をもらった。初めて自分の気持ちを文章にして、伝えてくれた。ユキジはこんなことを思っていたなんて知らなかった。ぜんぜん知らなかった。

先日の口論を思いだす。あのとき、自分はひどいことを言った。文秋砲を被弾したのはあなたのせいだ、と。あなたがヤクザだからだと。ユキジは言い返さなかった。ただ、これまでにない表情を浮かべていた。殴られた人のような顔だった。

自分がユキジを殴ったのだ。拳ではなく言葉で彼の心を傷つけた。もしも自分が同じことを言われたら――「先生が脚本家だからひどい目に遭わされた」なんて言われたら、どんな気持ちがするだろう。

唇をぎゅうと嚙みしめる。いけない。動揺してきた。

もうすぐ会見がはじまる。段取りはすでに終えている。文秋の記事は完全否定し、S氏のことなど知らないと言うことになっている。自分には反社の恋人などいない、と。やっとここまでこれたのだ。ここでまた躓くわけにはいかない。もしもこの朝ドラ案件をふいにしたら、私は一生後悔する。金魚だって恋人と破局したから今の成功があるのではないか。

そこでふと、さきほどの金魚の独白が蘇る。

『私は一生、あのとき彼と別れないでいたら……って考え続けるんだろうなあ』

自分もそうなるのだろうか。これから先、もしあのときユキジさんと別れなかったら……なんて何度も考えながら生きていくことになるのだろうか。それで後悔しないだろうか。

「わからない……わからないよ。そんなの」

泣きの入った声でつぶやく。朝ドラを選んでも、ユキジを選んでも、どちらにしてもきっと自分は後悔する。それは分かる。しかもユキジ当人を含めて周りの人は、みんな朝ドラを選べと言っている。言ってくれている。だから私は朝ドラを選ぶべきなのだ。そうだ。常識的に考えたら誰だってそうする。

なのに——どうしてこんなに心がぐらぐらしてるんだろう。

こんこん、とこの日、三度目のノックの音がする。

『小山田せんせーい。そろそろお時間ですが、よろしいでしょうかー』

心臓がびくんと跳ねる。とっさにホールカステラの台紙を両手で持つと、思いっきりかぶりつく。口のなかいっぱいに甘さが広がり、もぐもぐとゆっくり、ゆっくり味わう。よし、落ち着いた。

「はい。今いきます」

ドアに向かって返事すると、ドレッサーの鏡に映る自分と目があう。こんな表情をしている自分は初めてだ。覚悟をきめたような顔。鼻の頭についている粉砂糖を指先で払って
「しっかり」と呼びかける。

# 五

武津興業の社長室で鮫肌ユキジはぐったりしていた。

ついさっきまで月イチでの税理士の先生と、今年最後の面談を終えたからだ——と思いたい。会社の業績は今年も黒字で終わった。夕方からオヤジのところへ上納金を納めにいくことになっている。その流れで、いつものごとく呑みに付き合うことになるだろう。

むさくるしい男ふたりでしっぽりと過ごすなんて、ちっともクリスマスらしくないが、こういう日に予定が入っているのはありがたい。

壁時計を見ると、間もなく四時になる。そろそろアレがはじまる時刻だ。

机の上に広げた帳簿に目を落とし、各店舗の売り上げ報告に意識を集中しようとする。が、いつの間にかまた時計に目が向かっている。四時から『猫にマタタビ』制作発表記者会見が行われるのだ。

湯呑み茶碗をとり、冷えきった茶をずず、とすする。渋い。

昨夜、潮に手紙を書いてみた。誰かに手紙を書くなんて、はるか昔の少年院時代、ババアこと曽祖母に差し入れを頼んだとき以来のことだ。何度も書き直しては便箋を丸めて捨てた。自分の気持ちを文章にするのはこんなに難しいのかと思った。

考えていることを正確に表現する言葉が、なかなか見つからない。カッコつけて書こうとするとカッコ悪くなるし、書いた端から嘘くさくなっちまう。まったく文字を書くのは面倒くせえし難しい。

潮はこんな大変なことを仕事にしているのかと、改めて気がついた。もっと早く気づけていたらよかったと思いながら、悪戦苦闘しつつ、なんとか書き終えた。

今頃、潮のもとには花やら祝電やらがしこたま届いているだろう。自分のささやかな品など埋もれてしまっているかもしれない。それでも贈った。先生に宛てた最初で最後のファンレターだ。

ドアが控えめにノックされ、「おう」と応じると、「失礼します！」とスズキが入ってくる。

「社長、テレビ見なくていいんすか？　はじまってますけど」

「ああ」

とだけ答え、帳簿に視線を戻す。スズキはその場に突っ立ったまま、こいつにしては複雑そうな顔をしている。

「どうした」

「社長……もしかしてウシオ先生と……別れちゃうんすか」

バカのくせに勘がいい。ここ最近の自分の様子から、それとなく察したのだろうか。

「おまえには関係ねえ」

「あんな週刊誌の記事にびびって芋を引くなんて、社長らしくねえっす」

「うるせえ！」

つい怒号がでた。スズキは背すじをぴんと伸ばし、

「失礼しゃっした！」

九十度に頭を下げる。退室しようとするやつの背中に、「おう」と声をかける。

「夕方、オヤジんとこへいくぞ。おまえも付き合え」

「はい！」

再びひとりになると、重いため息をつく。このところため息ばかりついている。アクアティックへいく気にもなれず、筋トレもサボり気味だった。まさかこの自分が、筋トレする気がなくなるなんて。

数日前、アクアティックの入り口で記者連中が張っていた。向かう途中で気がつき、やつらに見つからないうちにくるりと引き返した。連中、クラブのスタッフや利用者にも聞き込みをしているかもしれない。

もう少し落ち着いたらスポーツクラブを変えよう。先生にこれ以上、迷惑をかけないためにも。

しばらくはつらくなるだろう。小山田ウシオのファンになって十一年。小山田潮と恋人同士になって二年。しあわせな二年間だった。また一介のファンに戻るだけだ。そう、先生と俺は所詮は釣り合わないのだから――。

なんてセンチな気分に浸っていると、

「社長っ、テレビ見てください、テレビっ‼」

スズキがノックもなしにまたやってくる。テレビテレビってうるせえぞ、てめえ！　と怒鳴りつけてやろうとするユキジの眼前に、携帯の画面をスズキはずいっと突きつける。潮が映っていた。可憐な顔にカメラが寄っている。動画共有サービスのＭＨＫ公式チャンネルだ。会見はもうはじまっているようだ。

『はい、そのとおりです』

潮は緊張した面持ちで、だがきっぱりとした口調で言う。

『私はＳさんとお付き合いさせていただいております』

会見場の空気がざわめく。フラッシュがばちばち焚《た》かれ、潮がまぶしそうに顔をしかめる。プレス席で起立してマイクを手にしている、眼鏡をかけた頭髪の薄い中年男が、潮に問い質す。

『それでは弊誌の記事内容が事実であるとお認めになるのですね？　小山田先生の交際相手は反社の方ということで、よろしいでしょうか』

「あっ、こいつ。こいつが文秋の記者っす。さっきから先生にしつっけえ質問して……」

「しいっ、黙れ！　先生がなんかしゃべる！」

スズキと顔を寄せあい携帯電話を凝視する。画面のなかの潮はやや濃いめに化粧していて、なんだか別人みたいだ。普段の頼りなげな雰囲気はなく、毅然《きぜん》とした顔つきで記者と対峙《たいじ》している。白い喉がかすかに上下して、潮が唾を呑む音が聞こえた気がした。

『私の交際相手はたしかに、いわゆる反社と呼ばれる世界の方です。書けない時期が続いていた頃に出会い、私に書く気持ちを取り戻させてくれました』

会場が静まりかえる。登壇している関係者もそれを囲んでいるマスコミ陣も、誰もが潮を注視している。

『その人のおかげで今の私がいるんです。自分たちの関係をこの場で否定したら、彼を深く傷つける。それだけは絶対してはいけない。ようやくそれに気がつきました』

『では反社の恋人とお付き合いしながら、公共放送ＭＨＫの朝ドラの脚本も手がけるおつもりだと？　それはちょっと社会的常識が欠如しているとは思いませんか？』

「おい、薄らハゲ！　てめえ、さっきからねちっこいんだよっ」

記者の切り返しにスズキが毒づく。降板すべきかどうかはＭＨＫの判断にゆだねたい、と潮は答える。どんな結論がくだされようとも受け入れます、と。

『ただ』

そこで潮は言葉を切り、自分を映しているメインカメラを見据える。まばたきもせず、じっと。まるでカメラの向こう側にユキジがいるのを知っていて、見つめてくるかのように。そして質問者に――いや、すべての者に宣言するかのように堂々と告げる。

『もしも朝ドラのお仕事を失うことになるとしても、大切な人を失いたくありません。非常識かもしれませんが、正直な気持ちです』

そのまま一礼し、頭を上げると、潮は泣いていた。大きな目から涙をこぼして『ご迷惑をおかけして申し訳ありません』と再度、頭を下げた拍子に固定マイクにごつん、と額をぶつける。

『い、いたた……た』

隣にいるオレンジ色の服の女がぷっと噴きだし、ハンカチを取りだして先生の目もとを拭いてやる。そしてぎゅっと抱きしめる。

『い、以上で会見を終了いたします。お集まりの皆さま、どうもありがとうございました！』

司会者が早口で会見をぶった切ると、映像は唐突に情報番組らしきスタジオに切り替わる。

「あ、おいカメラ、戻せっ。先生んとこに戻せ！」

ユキジが携帯に向かって怒鳴りつけている間に、えらい勢いでコメントが湧いてくる。

『感動した！　小山田ウシオ、根性みせたな！』

『カワ（・∀・）イイ!!　生ウシオたん、バリくそかわいいっ』

『へ、文秋ざまあ』

『ウシオ、自分に酔ってんじゃねーよ。あー胸糞《むなくそ》』

『マイクにごつんは、さすがにあざとい（笑）』

『金魚姉さん、ナイスフォロー！　このコンビの『猫マタ』楽しみです』

携帯をスズキに返すと口がひとりでに動いた。

「おい」

「はい」

「車をまわせ」

「了解っす！」

MHK放送センターの、関係者用出入口から少し離れたところに車をつけさせる。あまり近くで停車して、警備員にでも見咎《みとが》められてはいけない。むろんマスコミにもだ。しばらく待っていると、小柄な女が建物からふらりと出てきた。足どりはおぼつかない。小脇にしっかりと白い紙箱を抱えている。

「ちょっと待ってろ」

運転席のスズキに声をかけ、後部座席から降りる。一歩一歩、踏みしめるようにゆっくりと歩いて女に近づいていく。

「先生」

とぼとぼ歩いている潮が顔を上げ、あっというふうに口を丸く開ける。メイクを落とした童顔には疲労があり、泣いたせいか目は充血していた。

「……なんでここに」

「さっきの、その、会見を見て、それで。それより先生、おでこ痛くねえか」

潮は眉を八の字にして苦笑する。

「えらい人たちに、いっぱい怒られちゃいました。こんな非常識な脚本家は前代未聞だって。やっぱり降板するかもしれません」

「そうか」

「でも、いいんです。どうせ後悔するのなら、ユキジさんを選んで後悔したい」

「……そうか」

潮はユキジをまっすぐ見上げる。両手で台湾カステラプレーンの、クリスマス特別仕様ホールの入った紙箱を抱いて、もう一歩、近づく。

「ユキジさん」

ひと呼吸おいて、

「大好きです」

こちらからも一歩踏みだし、紙箱ごと先生を抱きしめる。

「さっきの先生、すげえカッコよかった。すげえ……すげえカッコいいドラマみたいだった」

ほんとに自分は語彙がない。今のこの、はちきれそうな思いを表現する言葉がどうしても見つからない。すげえ、すげえとしか言えないのが不甲斐ない。それに「すげえ」だけではぜんぜん足りない。

ドラマよりもっとずっと先生はカッコよかった。やっぱり小山田ウシオは最高だ。鼻の奥がつーんと痛くなってくる。

「こんな最高のクリスマス、俺、初めてだ」

「私も……最高のクリスマスプレゼント、もらっちゃいました」

先生がコートのポケットから茶封筒を取りだす。昨日、苦労して書きあげた手紙の入った封筒だ。見つめあい、互いに引き寄せられるようにキスをする。先生の唇はやわらかくて甘じょっぱい。粉砂糖と涙の味がした。

「あ、いたぞ！」

離れたところから声がしてキスを中断すると、薄らハゲとカメラを構えた男が、こちらへダッシュしてくる。その背後にも何人かわらわらと。

先生の手を摑んで車に駆け込み、スズキに命じる。

「出せ出せ出せ！」

「うぃっす！」

急発進する車のなかで先生がふふ、と微笑《わら》う。

「ユキジさん」

「お、おう」

「これから九十九回喧嘩して、九十九回仲直りしましょうね」

「お……おう！」

本音を言うと先生と喧嘩なんて、もう絶対にしたくないのだが、先生が笑っているのでよしとしよう。と、ルームミラーに映るスズキがニヤニヤしている。

「てめえ、ちゃんと前見て運転しやがれ！」

運転席に蹴りをかますと、

「あざあーっす‼」

嬉しそうに答えてくるのを無視して、改めて先生とキスをする。夕暮れどきの街なかを走る車の窓外から、今の気分にぴったりなクリスマスソングが聞こえてくる。『Let It Snow, Let It Snow, Let It Snow』と。

六

〈覆面脚本家・小山田ウシオ、MHK朝ドラ会見で非常識発言「私の恋人は反社です」〉という見出しの記事が掲載された『週刊文秋』最新号は売れに売れ、新年最初の完売号になったと編集部の烏賊川氏からお礼（？）のメールが潮に届いた。

MHK公式チャンネルには、潮の非常識発言をカットして配信された『猫にマタタビ』会見動画に対し、ノーカット版会見のアップロードを求める書き込みが殺到。さまざまな動画共有サービスで潮の発言部分のみをフォーカスした映像が流れ、わずか数日で再生回数は五十万回を突破した。

『ウシオたんの純愛宣言いい！　泣ける最高』

『推せるわー。ウシオとS氏、推せるわー』

『『反ラブ』シリーズもっかい、無印版から観なおそっと』

『MHKさん、どうかうちらの小山田ウシオを降板させないでやって下さい m(_ _)m』

小山田ウシオスレッドを中心に、そんな反響がMHKに続々寄せられ、それはちょっとした社会現象にまでなった。かつてあれほど自分をディスっていたネット民が、ころっと手のひらを返したかのように擁護派にまわったのだから、

（これだからネット社会はほんとにもう……）

潮としては絶句する他ない。そして、とどめとばかりに斉藤金魚が朝ドラの上層部に直《じか》談判《だんぱん》してくれた。『猫にマタタビ』の脚本は小山田ウシオ先生で、ぜひお願いします。もし小山田先生を降板させるというのなら、わたくし斉藤も出演を辞退させていただきます──と。

そうして件《くだん》の会見から一年と四ヶ月後。

二〇二×年、四月一日、MHK公式ニュースより一部抜粋：

【日本初の女性外交官を主人公に、働く女性の生きざまや信念、男性社会のなかで奮闘する姿をエモーショナルかつコミカル&ドラマティックに綴る、MHK連続テレビドラマ第114作『猫にマタタビ』がいよいよ本日からはじまります。

主演は斉藤金魚さん（33）。脚本は、先日結婚したばかりという小山田ウシオさん（33）。同い年のお二人はプライベートでも友人同士とのことで、放送開始を記念して対談していただきました。オファーの経緯や作品に懸ける思い、互いに寄せる信頼感などたっぷり語っていただきます……】

文庫版あとがき

はじめまして、あるいはこんにちは。草野來《くさのらい》と申します。

お楽しみいただけましたでしょうか。本作はジュエル文庫の姉妹レーベル「ジュエルブックス」より2021年に刊行したもので、嬉しいことに文庫化の運びとなりました。本編に加え番外編を新たに書き下ろしたので、こんなにも分厚いボリュームになってしまいました（苦笑）。

ほんとうにここまで読んでくださりまして、ありがとうございます。

『極道きゅん戀《こい》』が生まれるきっかけとなったのは、それ以前に刊行した『龍の執戀《しゅうれん》』（ジュエル文庫）という二部作でした。この作品で私はTLジャンルで（も）人気のヤクザものに初挑戦し、ありがたいことに大変好評をいただきました。

それを受けて再びヤクザものをやってみようということになり、ハードモードだった『龍～』とはかぶらない感じで……と考えた結果、こんなヒーローとヒロインになったのです。

二人の出会いと、紆余曲折《うよきょくせつ》を経て恋人同士になるまでが本編。番外編は二部構成で、前半は「あの初Hは許しがたい。ユキジ、ちゃんと詫びを入れろ」と多くの読者さまからお叱りを受けた反省を活《い》かしたお話です。そして後半では潮が文秋砲を被弾したのを機に、ユキジとの愛が試される内容です。

番外編では本編よりも二人とも、人として、そして恋人同士としてわずかなりとも成熟している姿になっていたらいいのですが……。

脳筋ヤクザのユキジと、ぱやぱや脚本家の潮は、これまで書いてきたカップルのなかで最も相性のいい組み合わせだと思っています。もしも彼らを好きになってくれましたら、こんなに嬉しいことはありません。

挿絵を担当してくださった炎《ほのお》かりよ先生！　まさしく美丈夫としか呼びようのないユキジと、彼曰く「かわいいけれどそそられない」（褒め言葉です‼）潮を、とてもカッコかわいく描いてくださり感激しました。そしてコミカライズ版を手がけてくださっている松下リサ先生！　番外編のユキジと潮の関係性は、現在も連載中のコミカライズ版から相当な影響を受けております（あ、あとアホのスズキも！）。

担当編集M氏、コミカライズ担当編集Mさん、誠にありがとうございます。すべての関係者さま、そして読者のみなさまに感謝・感謝・感謝です。

二〇二五年一月　草野來

ジュエル文庫をお買い上げいただき、ありがとうございます!
ご意見・ご感想をお待ちしております。

**ファンレターの宛先**

〒102-8177　東京都千代田区富士見2-13-3
株式会社KADOKAWA　ジュエル文庫編集部
「草野 來先生」「炎かりよ先生」係

ジュエル文庫
http://jewelbooks.jp/

# 極道《ごくどう》きゅん戀《こい》

## 恋愛《れんあい》ドラマ大好《だいす》きなヤクザだが悪《わり》ぃかよ?

2025年3月1日　初版発行

**著者　草野 來**

**イラスト　炎かりよ**

発行者 ――――― 山下直久
発行 ―――――― 株式会社 KADOKAWA
〒102-8177 東京都千代田区富士見2-13-3
0570-002-301（ナビダイヤル）

装丁者 ――――― Office Spine
印刷 ―――――― 株式会社暁印刷
製本 ―――――― 株式会社暁印刷



Printed in Japan
ISBN 978-4-04-916315-5 C0193

◇◇◇